Lilly Schönauer

Für immer und einen Tag

Über das Buch:

Als die junge Richterin Laura ihren Mann Peter in flagranti mit seiner Langzeitaffäre erwischt, hat sie endgültig genug: Sie wird die Scheidung einreichen. Der lang geplante Urlaub bei ihren Eltern in der Steiermark ist unter diesen Vorzeichen alles andere als entspannt. Und dann läuft sie auch noch ihrer großen Jugendliebe Fabian über den Weg. Sofort funkt es zwischen den beiden wieder. Aber Lauras Mann will um sie kämpfen, und auch Fabian scheint mittlerweile mit Isabell und dem kleinen Jacob eine Familie zu haben …

Lilly Schönauer steht für Geschichten, die zum Träumen verleiten, für große Gefühle und für moderne Frauenfiguren – erzählt in den wunderschönen Landschaften Österreichs und mit beliebten Stars besetzt.

Lilly Schönauer

Für immer und einen Tag

vgs
EGMONT

Bibliografische Information der Deutschen Nationalbibliothek
Die Deutsche Nationalbibliothek verzeichnet diese Publikation in der Deutschen Nationalbibliografie; detaillierte bibliografische Daten sind im Internet über http://dnb.d-nb.de abrufbar.

Originalausgabe:

verlegt durch EGMONT Verlagsgesellschaften mbH,
Gertrudenstraße 30–36, 50667 Köln

1. Auflage
Umschlaggestaltung: HAUPTMANN & KOMPANIE,
Werbeagentur, München – Zürich, Michaela Kneissl, unter Verwendung
eines Motivs von © Lazar Mihai-Bogdan/Shutterstock
Redaktion und Lektorat: Gerhard Seidl/teXt in form, München
Produktion: Susanne Beeh
Satz: Hans Winkens, Wegberg
Druck & Verarbeitung: GGP Media GmbH, Pößneck
ISBN 978-3-8025-3652-6

www.vgs.de

1

Peter betrachtete sich noch einmal prüfend im Spiegel des elegant eingerichteten Badezimmers. Sein Haar kam ihm schütter vor, die Geheimratsecken breiteten sich mehr und mehr aus. Ob er sich während der letzten Jahre zu viel zugemutet hatte? Seit er die Kanzlei alleine führte, hatte er selten mehr als zwei Wochen Urlaub im Jahr gemacht, gelegentlich ein verlängertes Wochenende; jeder Abend, an dem er vor neun Uhr zu arbeiten aufhörte, konnte als Festtag gefeiert werden. Er wischte diese Zweifel beiseite. Der Gedanke, dass sich ein ungesunder und anstrengender Lebenswandel so unmittelbar im Gesicht ablesen lassen könnte, passte so gar nicht in sein Weltbild.

Haarausfall und Männlichkeit hatten miteinander zu tun, irgendwo hatte Peter das kürzlich erst wieder gelesen – im kostenlosen Magazin einer Fluggesellschaft, soweit er sich erinnerte. Er war eben so ein Typ: potent, durchsetzungsfreudig, energiegeladen, ein Kämpfer. Dennoch musste er feststellen, dass auch seine Batterien langsam leer wurden. Sein Alltag langweilte ihn, aber wirklich neuen Anforderungen fühlte er sich im Moment nicht gewachsen. Lauras Vorschlag – wenn er ehrlich war, hatte es sich nicht um einen Vorschlag gehandelt, eher um ein Ultimatum, auf das er eingehen musste, wenn er ihre Ehe retten wollte – kam ihm da gerade zupass. Es schien ihm eine ausgezeichnete Idee, spätestens am Nachmittag aufzubrechen, um in die Südsteiermark zu fahren und für ein paar Tage abzutauchen. Seine Schwiegereltern bewohnten in dieser romantischen Landschaft eine ansehnliche und geräumige Villa. Dort konnte er sich, wenn es wirklich nötig war, auch in das Büro zurückziehen, um unausweichliche Tätigkeiten zu erledigen. Lauras Vater hatte dafür bestimmt Verständnis, war er doch selbst so ein Arbeitstier gewesen, bis ihn das schwache Herz gezwungen hatte, kürzer zu treten. Damals hatte Peter die Kanzlei übernommen, in der er vorher als Juniorpartner gewirkt hatte, und kurz danach auch die Tochter geheiratet. Etwa sieben Jahre war das her, und nun steckten sie in der tiefsten Krise, die sich nur vorstellen ließ. Das verflixte siebte Jahr eben. Aber das würde sich einrenken, daran hegte er keinen Zweifel. Es würde ihnen beiden gut tun, Zeit füreinander zu haben. Sich wieder neu kennenzulernen, nach der anstrengenden Phase des Aufbaus. Laura und er hatten sich währenddessen ein wenig auseinandergelebt.

Früher, als sie ihre Arbeitstage noch Zimmer an Zimmer verbracht hatten, war alles so weit in Ordnung gewesen. Regelmäßig tauschten sie sich durch die halb offenen Türen über ein gerade geführtes Telefongespräch, einen Gedankenblitz, ein ungelöstes Problem aus. Wenn es zeitlich irgendwie zu ermöglichen war, zogen sie in der Mittagspause gemeinsam zum Italiener um die Ecke, aßen einen Teller leckerer

Pasta oder einen frischen Salat. Diese regelmäßige unkomplizierte Nähe fehlte ihm, das war ihm klar geworden, als er über sich und Jacqueline nachgedacht hatte. Er schüttelte den Kopf, wie um die Gedanken an sie loszuwerden. Bevor er sich zum Gehen wandte, öffnete Peter noch einmal vorsichtig die Tür zum Schlafzimmer und betrachtete Laura, deren langes blondes Haar sich schimmernd über ihr Kopfkissen ergoss. Er liebte sie, möglicherweise mehr wie eine kleine Schwester, die er sich immer gewünscht hatte. Aber er liebte sie. Und er freute sich auf die kommenden Tage. Behutsam küsste er Laura auf die zartroten Lippen und verließ die Maisonettewohnung, um bis zur geplanten Abfahrt alles zu erledigen.

Der Weg bis zum Büro war nicht weit, aber Peter zog es wie immer vor, das Auto zu nehmen. Er hasste es, im Anzug Fahrrad zu fahren, auch wenn das gesünder und umweltbewusster wäre. Ständig bestand die Gefahr, sich schmutzig zu machen, ein elegantes Hemd oder eine hochwertige Hose mit dieser klebrigen schwarzen Mischung aus Straßenstaub und Schmieröl zu ruinieren. Und wie oft passierte es, dass man bei schönstem Sonnenschein das Haus verließ und nur wenig später tief hängende Regenwolken den gesamten Himmel mit einer eindrucksvollen graublauen Schicht überzogen, die sich von einer Minute auf die andere in einem Schwall dicker Tropfen entlud, um den Gehsteig und die Straßen unversehens in Sturzbäche zu verwandeln. Außerdem fand Peter es unangemessen, als renommierter Anwalt für Fragen des Wirtschafts- und Steuerstrafrechts mit dem

Fahrrad bei einem Klienten vorzufahren. Und es kam nicht gerade selten vor, dass er überraschend noch am gleichen Tag um eine dringende Konsultation gebeten wurde.

Gerade als Peter mit seinem silberfarbenen Audi TT von der Börsegasse nach links auf den Schottenring einbog, der wie immer um diese Tageszeit dicht befahren war, entdeckte er Jacqueline, die wohl gerade zu Fuß auf dem Weg in die Kanzlei war. Er wechselte auf die rechte Spur und hupte kurz, um auf sich aufmerksam zu machen. Aber es drehte sich nur eine ältere Dame in seine Richtung und gestikulierte wild mit ihrem Stock, um kundzutun, dass sie sich gestört fühlte. Die herausragende Eigenschaft der Wiener ist ja nicht, wie gerne volkstümlich besungen wurde, der Schmäh, im Alltag dominiert der Grant, der jeden treffen kann, der sich nur ein kleines Stück vom allgemein akzeptierten Verhalten abhebt. In Schrittgeschwindigkeit passierte Peter die parkenden Autos und hoffte, Jacqueline würde auf ihn aufmerksam werden. Hinter ihm begannen die ersten Fahrzeuge zu hupen, weil er mit seiner gemächlichen Fahrweise die dringend benötigte Spur blockierte. Auch das ignorierte sie. Peter gab Gas, er beschloss, sie an der nächsten Straßenecke abzupassen. Vielleicht hatte sie Lust, mit ihm zu frühstücken, schließlich würden sie sich für längere Zeit nicht sehen, da gab es doch einiges zu besprechen.

»Hallo, Peter!« Endlich hatte Jacqueline ihn wahrgenommen. Sie lächelte über das ganze Gesicht und beschleunigte ihren Schritt. Peter beugte sich über den Beifahrersitz hinweg, um ihr die Tür einladend zu öffnen.

Mit tiefbraunen Augen schmachtete Jacqueline ihn an. »Wohin willst du mich entführen, Chef?« Sie neigte ihren Oberkörper zu Peter, um ihn zu küssen, und gewährte ihm damit einen verlockenden Einblick.

»Du weißt doch …«, Peter wich zurück und umklammerte das Lenkrad fester. Er starrte geradeaus. »Ich dachte, wir könnten wie in alten Zeiten zusammen frühstücken.« Peter zögerte. »Aber vielleicht war das doch keine so gute Idee?«

»Wie früher?« Jacqueline schien die beiden Worte auf ihrer Zunge zergehen zu lassen, während sie ihre langen dunklen Haare sorgsam und mit einer Andeutung von Laszivität mit den ausgestreckten Fingern der linken Hand hinter das Ohr strich. Sie neigte den Kopf leicht zur Seite, sodass ihr Hals verführerisch lang wirkte. »Wie früher ist immer eine gute Idee!« Sie stieg zu ihm in den Wagen.

Peter schüttelte energisch den Kopf. »Ich habe es Laura versprochen! Unser Urlaub ist ein Neuanfang. Und in wenigen Stunden fahren wir los!«

Vorsichtig und verständnisvoll wirkend legte Jacqueline ihre linke Hand auf seinen Oberschenkel. Eigentlich hatte Peter vor, sie mit seiner Hand zu ergreifen und sie Jacqueline sozusagen zurückzugeben. Aber während er gerade im Begriff war, dies zu tun, spürte er ihre Wärme, den zarten Druck der Finger und des Handballens durch den dünnen Stoff seiner Hose. Die Erinnerung an die letzten Monate kam schneller, als er erwartet hatte, und Peter begann, ihre Hand sanft zu streicheln.

Zufrieden mit dem Ergebnis ihrer Annäherung griff sie Peters Vorschlag auf: »Stell den Wagen doch bei der Kanzlei ab und lass uns ins Schottenring gehen. Ich mag das Wiener-Börse-Frühstück dort so gerne!«

»Aber wir müssen tatsächlich einiges für die nächsten Wochen besprechen«, versuchte Peter die Distanz zwischen sich und Jacqueline wieder herzustellen. Doch er befürchtete, bereits wieder verloren zu haben. Er konnte sich ihrem Temperament, ihrer rassigen Erscheinung einfach nicht entziehen: diesen samtigen braunen Augen, den vollen Lippen, den langen kräftigen, fast immer offen getragenen dunklen Haaren. Gegen Jacquelines fast südländische Ausstrahlung wirkte Laura blass und leidenschaftslos. Er hätte ihr kündigen sollen. Wenn er sie weiterhin täglich sah, würde er niemals dauerhaft von ihr loskommen. Er spürte schon jetzt, dass er ihren Verführungskünsten erliegen würde, wenn sie es nur darauf anlegte.

»Natürlich!«, bekräftigte Jacqueline, die sicher war, Peter wieder da zu haben, wo sie ihn haben wollte. Sie konnte es sich bei ihrem durchschnittlichen Gehalt nicht leisten, auf einen so spendablen Liebhaber wie ihren Chef zu verzichten. Und solange es niemanden in ihrem Leben gab, der vielversprechender war, würde sie ihn mit allen Mitteln zu halten versuchen. Als Peter ihr in der vergangenen Woche das Ende ihrer Beziehung verkündet hatte, war es schließlich nicht seine eigene Entscheidung gewesen. Es hatte nichts damit zu tun, dass möglicherweise ihr Verhältnis abgekühlt oder eine andere Geliebte in sein Leben getreten wäre. Es war auf

Drängen seiner Frau hin geschehen, nach dieser blöden Geschichte, als Laura ihn unerwartet am Flughafen Schwechat abgeholt hatte. Natürlich wollte Laura Peter nur überraschen und hatte, obwohl es ihr nicht verborgen geblieben war, dass ihr Mann und seine Sekretärin so vertraulich dem Ausgang zustrebten, keine Miene verzogen. Als ob nichts wäre, hatte Laura sie angemessen freundlich begrüßt und ihr sogar höflich angeboten, sie mit nach Wien zu nehmen, während Peter ziemlich belämmert dabeigestanden hatte, als Laura ihn wie Luft behandelte. Aber eine Fahrt zu dritt im Auto, das war dann doch mehr gewesen, als Jacqueline sich hatte zumuten wollen. Sie erfand noch schnell eine kranke Tante, die unweit des Flughafens, aber auf der von Wien abgewandten Seite wohnte und die sie, die Gelegenheit nutzend, an diesem Tag noch kurz besuchen wollte. Während sie kaum hörbar Abschiedsfloskeln murmelte, hatte sie ihre Reisetasche geschultert und war, ohne sich umzusehen, zum Bus-Terminal stolziert, wobei sie das Ehepaar seinem Schicksal überließ.

Jacqueline hatte sich immer vor diesem letztendlich vorhersehbaren Moment gefürchtet: In kompromittierender Situation von der Gemahlin des Geliebten ertappt zu werden. Sie befürchtete ein sinnloses und riskantes Kräftemessen, einen Zickenkrieg, den in diesem Moment keine von beiden ohne starke Verletzungen gewinnen konnte. Und das Risiko, ihn zu verlieren, war für die Geliebte größer. In der direkten Konfrontation würde wohl jeder Mann zu seiner Frau halten. Wenn er es nicht täte, hätte er sie schon lange vorher verlassen. So betreten, wie Peter gewirkt hatte, als er Laura entdeckt hatte, die sie beide unverwandt und mit starrem Blick, wohl schon längere Zeit am Gepäckband wartend, beobachtet hatte, hegte Jacqueline keinen Zweifel daran, dass ihr Status als Geliebte durch die Entdeckung mehr als gefährdet war. Es wäre wohl am besten, sie riefe am nächsten Tag gleich morgens im Büro an und bäte für ein paar Tage um Urlaub, vorgeblich damit sie sich einige Tage der Tante widmen konnte, deren Ende nahe schien. Sie war sich nicht sicher, ob Peter dieser Lüge Glauben schenken würde, schließlich hatte sie die Tante niemals zuvor erwähnt. Andererseits entsprach es nicht ihrem Arrangement, sich über solche Dinge auszutauschen. Außerdem zeigte Peter sich in seinen privaten Beziehungen nicht als besonders misstrauisch, das war ganz allein seiner Tätigkeit als Rechtsanwalt vorbehalten.

Es war Jacqueline gelungen, ihm seit jenem Nachmittag am Flughafen erfolgreich aus dem Weg zu gehen, bis gestern ihr Handy geklingelt hatte. Peters Stimme klang wie immer, aber was er sagte, machte Jacqueline klar, dass sie abgeschrieben war. Er teilte ihr, fast ein wenig um Entschuldigung bittend, mit, dass er für einige Zeit mit Laura verreisen würde, weswegen ihre Anwesenheit im Büro nun erforderlich sei. Als seine engste Mitarbeiterin sollte sie die Stellung halten und ihn gegebenenfalls informieren, wenn sein Eingreifen sich als nötig erweisen sollte. Schließlich war die Südsteiermark nicht aus der Welt, und wenn es Dinge gab, die sich nicht per Telefon oder Internet erledigen ließen, könnte er notfalls mal für einen Tag nach Wien kommen. Um sie auf den aktuellen Stand der Dinge zu bringen, sollten sie sich am kommenden Vormittag, also jetzt, in der Kanzlei treffen. Über das Ende der Beziehung hatte Peter nicht gesprochen, aber ebenso wenig über das Gegenteil. Auch wenn er ernsthaft daran zu arbeiten schien, sich mit Laura auszusöhnen, wollte er sich möglicherweise noch ein Türchen bei Jacqueline offen halten. Zumindest hoffte sie das. Durch dieses Türchen würde sie versuchen hineinzuschlüpfen.

Mittlerweile hatte Peter sein Sportcoupé in die Tiefgarage gefahren, und sie spazierten gemütlich ins Kaffeehaus Schottenring, nachdem Peter sicherheitshalber telefonisch einen Fensterplatz reserviert hatte. Jacqueline liebte es, an einem Werktag wie eine Touristin die Ringstraße entlangzuflanieren. Bei dem wunderbaren Sonnenschein hatte sie einen Moment Lust, sich in den Schanigarten zu setzen, aber die morgendlich frischen Temperaturen hielten sie davon ab. Das Café Schottenring gehörte zu den letzten verbliebenen der ehemals siebenundzwanzig Ringstraßencafés. Fast einhundertdreißig Jahre Wiener Kaffeehaustradition mit hohen Stuckdecken, schweren Vorhängen und einem wuchtigen Tresen aus dunkelbraunem Holz, der an einen barocken Altar erinnerte. Aufmerksam half der Oberkellner, der sie an den vorgesehenen Fensterplatz geführt hatte, Jacqueline aus dem leichten Übergangsmantel und zog ihr den Stuhl zurück, damit sie leichter Platz nehmen konnte. Während Peter die Speisekarte mit der umfangreichen Auswahl an Frühstückskombinationen studierte, musterte Jacqueline die anderen

Gäste. Ältere Damen, die alleine am Tisch saßen, aber diesen Umstand noch immer behaglicher fanden, als völlig ohne Ansprache in der eigenen Wohnküche zu frühstücken. Einige Banker, die meist zu zweit oder zu dritt am Tisch noch ein paar Strategien für den kommenden Handelstag besprachen, während sie regelmäßig auf die Bildschirme ihrer geöffneten Laptops blickten, die das schnurlose Internet im gesamten Café mit aktuellen Börsenkursen versorgte. Eine Gruppe Maturanten oder Studenten, die den Tag sorglos vergnügt mit einer Freistunde begannen und fröhlich durcheinanderplauderten. Die Touristen fehlten noch, sie hatten wohl zuerst noch ein ausführliches Sightseeing-Programm vor sich, ehe sie sich den legendären Wiener Torten und Süßspeisen widmen durften.

In kindlicher Freude hatte Peter das mondän klingende Kaiserfrühstück gewählt, das sich vor allem durch einen Piccolo und zwei Eier im Glas auszeichnete. Jacqueline bestellte ihr Börsenfrühstück, eine für Kontinentaleuropäer genießbare Variante der gehaltvollen englischen Ham and Eggs, bei der die optionale Beilage, Bohnen in Tomatensauce, durch geschmolzenen Mozzarella ersetzt wurde. Dazu orderte sie ebenfalls ein Glas Sekt, um mit Peter, worauf auch immer, anstoßen zu können.

»Wie geht's deiner Tante?«, fragte Peter ein wenig desinteressiert, weil er mit der Situation, in der er sich nun gerade befand und die er selbst herbeigeführt hatte, mittlerweile ziemlich unzufrieden war. Wenn er ernsthaft vorhatte, seine Neigungen für Jacqueline zu begraben, konnte er kaum etwas

Dümmeres machen, als sich mit ihr so privat und vertraulich zu treffen.

Jacqueline versuchte kurz zu prüfen, ob Peter einen Verdacht hegte, aber er schaute, während er ihre Antwort abwartete, so unbeteiligt aus dem Fenster, dass sie sich unentdeckt wähnte. »Schwer zu sagen, ihre Werte haben sich während der letzten Woche gebessert, aber ich fürchte trotz allem, dass sie nicht mehr lange bei uns sein wird. Sie war früher eine so lebenslustige Frau, mir die liebste aus der ganzen Verwandtschaft. Aber nun starrt sie nur noch auf den Fernseher, der den ganzen Tag läuft, ohne dass sie irgendetwas davon sehen will. Er ist wohl wie ein Fenster zum Leben, das ihr jeden Tag mehr fehlt.« Jacqueline war froh, so etwas tatsächlich einmal miterlebt zu haben, deshalb konnte sie die Umstände plastisch und damit glaubhaft schildern. Außerdem war es ziemlich clever gewesen, den nahenden Tod anzukündigen, so hatte sie weiterhin einen Grund in der Hinterhand, wenn sie erneut den Eindruck hatte, besser für ein paar Tage von der Bildfläche zu verschwinden. »Es war kein Problem zurückzukommen, wenn du das wissen wolltest. Die mobile Pflege des Roten Kreuzes kümmert sich sehr aufmerksam und kommt dreimal am Tag, um nach Tante Hilde zu sehen. Außerdem wohnen ihre Kinder nicht weit entfernt. Aber natürlich arbeiten sie den ganzen Tag.«

Ein Ober kam, räumte die Tischdekoration ein wenig zur Seite, um Platz zu schaffen für Teller und Gläser, den Korb mit den Semmeln, die Schälchen mit Butter und Marmelade.

»Schade, dass wir den Kaffee nicht in diesen geheimnisvollen Maschinen aus den Zeiten von Maria Theresia bekommen. Aber ich glaube, die werden nur am Nachmittag serviert. Kennst du sie?« Jacqueline schaute fragend zu Peter hinüber.

Der schüttelte den Kopf. »Du weißt doch, dass ich mir nichts aus Kuchen mache. Und ich versitze meine Zeit auch sonst nicht in Kaffeehäusern.«

»Aber das musst du dir mal ansehen: Die Maschine ist nur aus Glas und Metall. In dem einen Glasbehälter befindet sich der frisch gemahlene Kaffee mit ein paar exotischen Gewürzen angereichert. Darauf tropft das heiße Wasser, das in einem danebenstehenden Metallbehälter von einem brennenden Docht erhitzt wurde. Wenn das Wasser aus ist, wird der aufgegossene Kaffee in den Metallbehälter zurückgesaugt und kann durch einen kleinen Hahn heiß in die Tasse gegeben werden. Ich werde dich dazu einladen, wenn du aus der Steiermark zurück bist.« Jacqueline erhob ihr Sektglas und schaute Peter auffordernd in die Augen. Zögernd hob auch er sein Glas. Jacqueline stieß mit ihrem Glas sanft gegen seines und schaute ihrem Gegenüber verheißungsvoll und auffordernd in die Augen. Das zarte Klirren der Gläser erzeugte eine erotische Stimmung, die Jacqueline intensivierte, indem sie mit den Zehen ihres nackten Fußes, den sie schon vor einiger Zeit aus ihrem Pennyloafer befreit hatte, vorsichtig unter Peters linkes Hosenbein fuhr. Sie schob den Stoff nach oben und begann, mit der Innenseite der Fußsohle seine Wade zu massieren.

»Eigentlich wollte ich mit dir über die Angelegenheiten der Kanzlei sprechen …« Peter nahm ein Brötchen in die Hand und schnitt es mit dem Messer auf.

»Eigentlich wolltest du mich abschieben, weil deine Frau uns auf die Schliche gekommen ist!«, sprach Jacqueline endlich aus, was schon die ganze Zeit das Gespräch zwischen beiden hemmte. »Aber ich möchte nicht einfach so beiseitegelegt werden wie ein benutzter Waschlappen.« In scheinbarem Widerspruch zu ihren drastischen Worten strich Jacqueline sich mit der Zungenspitze langsam und verführerisch über die Lippen. »Das Mindeste, was du mir schuldest, ist, dass wir unsere Trennung gemeinsam begehen.«

Peter war sichtbar unbehaglich zumute. Er wand sich auf seinem Stuhl und versuchte, sich ihren Berührungen zu entziehen. »Wie stellst du dir das vor?« Mit sinnlosen Anstrengungen arbeitete er die Butter in den weichen Semmelteig.

»Wir gehen romantisch essen und verbringen noch eine Nacht miteinander. Dann kannst du zurück zu deiner Familienrichterin, und ich lasse dich in Ruhe.« Jacquelines Fuß war mittlerweile bei Peters Knie angelangt. Ihr Blick hätte die Antarktis zum Schmelzen gebracht – doch plötzlich wurde sie ernst: »Und während deiner Abwesenheit werde ich mich nach einem neuen Job umsehen.«

Peter rutschte mit seinem Stuhl noch weiter zurück, während er die fertig bestrichene Semmel in der Hand hielt, und tropfte sich prompt Marillenmarmelade auf die Hose. Er zeigte sich diesem massiven Flirt nicht gewachsen. Während er die Marmelade hilflos zuerst mit dem nicht ganz sauberen

Messer, danach mit seiner Serviette zu entfernen versuchte und den Fleck dabei nur schlimmer machte, bemühte er sich, ihren Vorschlag abzuwehren: »Das geht keinesfalls. Hast du mich nicht verstanden? Ich fahre in die Steiermark!«

»Wenn du meinst.« Jacqueline merkte, dass sie mit ihren direkten Attacken jetzt nicht weiterkam. Sie beschloss, auf Peter einzugehen, zog ihren Fuß zurück, um ihn wieder in den Schuh zu schieben, straffte den Oberkörper und setzte eine geschäftsmäßige Miene auf. »Was gibt es zu besprechen?«

2

Wie meistens gelang es Laura auch diesmal nicht, noch einmal tief einzuschlafen, nachdem ein Weckerläuten ertönt war, das nicht für sie bestimmt war – obwohl Peter extra ein sehr leises Modell verwendete und das aufrüttelnde Geräusch so schnell wie möglich zum Verstummen brachte. Sie döste zwar noch eine Weile vor sich hin, nickte gelegentlich sogar kurz weg, fühlte sich dadurch aber nicht erholter. Trotzdem verspürte Laura keine Lust, gemeinsam mit Peter aufzustehen, wenn sie erst nach ihm aus dem Haus musste. Im Morgenmantel in der Küche herumzusitzen, Kaffee zu schlürfen und dabei gedankenverloren in der Tageszeitung zu blättern, während sie darauf wartete, endlich das Badezimmer für sich alleine zu haben, schien ihr vergeudete Zeit. Wenn es nach Laura gegangen wäre, hätten sie eine Wohnung mit zwei getrennten Badezimmern genommen. Sie hasste es zu duschen, während jemand anderes sich im gleichen Raum die Zähne putzte, sich rasierte oder verrichtete, was auch immer zur morgendlichen Hygiene gehörte – und andersherum war es auch nicht besser. Man musste nicht alle intimen Details über den Menschen wissen, mit dem man zusammenlebte. Es reichte ihr völlig aus, das Schlafzimmer zu teilen. Wenn Peter ihr dabei zusah, wie sie sich auszog, kam sie sich immer schlecht vor, gemustert und bewertet, wie auf dem Markt. Obwohl sein Blick nichts Abschätziges hatte. Doch irgendetwas musste ihm ja bei ihr fehlen, sonst hätte es dieser Affäre mit seiner Sekretärin nicht bedurft. Es hatte Laura nicht überrascht, die beiden Hand in Hand im Ankunftsbereich des Flughafens zu sehen. Schon als Peter und sie noch zusammen in der Kanzlei gearbeitet hatten, waren ihr die Blicke nicht entgangen, die Peter ihrer damals gemeinsamen Sekretärin nachgeschickt hatte, wenn ihre Pobacken sich mit jedem Schritt senkten und hoben. Das hatte nicht aufgesetzt oder beabsichtigt gewirkt. Es gehörte zu Jacquelines Körpersprache. Aber es verfehlte seine Wirkung auf die anwesenden Männer niemals. Auch Klienten, denen sie Kaffee servierte, hatten oft Mühe, ihr nicht anerkennend hinterherzupfeifen. Weiterführende Gedanken zum Thema Peter und Jacqueline hatte Laura sich damals verboten. Sie wollte es nicht nur vermeiden, eifersüchtig zu wirken, sie wollte es auch nicht sein. Laura hielt dieses Gefühl für inadäquat, überließ es lieber gelangweilten oder unterdrückten Frauen, die damit den Kampf um ihre scheinbar berechtigten Besitzansprüche führten. Ihren Vorstellungen von einer Beziehung entsprach es nicht. Diese gründeten vielmehr auf unbedingtem Vertrauen und partnerschaftlicher Offenheit. Doch seit sie wusste, dass sie betrogen worden war, konnte sie ihren früheren Annahmen nicht mehr trauen. Es schmerzte und verletzte sie mehr, als sie sich jemals zugestanden hätte, was möglicherweise daran lag, dass sie nicht einfach gehen konnte, wozu sie zwischendurch große Lust gehabt hatte. Schließlich hatten sie geheiratet, besaßen gemeinsam eine Kanzlei, eine neu eingerichtete Wohnung und einen Berg Schulden. Da konnte man nicht, wie mit siebzehn, einfach sagen »Das war's« und mit ein paar Tränen in den Augen die Verletzungen hinter sich lassen. Dennoch hatte sie mit diesem Gedanken gespielt. Bis sie auf die Idee mit dem gemeinsamen Rückzug in das Haus ihrer Eltern gekommen war. Sie wollte sich und Peter eine neue Chance geben, einander zu entdecken, miteinander etwas zu erleben, Zeit füreinander zu haben – ohne Druck, ohne Ablenkung und näher an der Natur, die zumindest Laura viel bedeutete.

Das Leben inmitten der Steinwüste der Wiener Innenstadt blockierte auch Lauras Zugang zu einem Teil ihrer Persönlichkeit. Es gehörte zu ihr, barfuß durch taufeuchtes Gras zu streifen, mit offenen Armen einen Hügel hinunterzulaufen, mit den Vögeln zu singen oder laut zu rufen und auf die Antwort eines Echos zu hoffen. Sie konnte sich nicht erinnern, ob sie das alles jemals mit Peter zusammen gemacht hatte. Sicher nicht, seit sie in Wien lebten. Da galt es, Ausstellungen zu besuchen, Baudenkmäler zu besichtigen oder fremde Stadtviertel zu erkunden. Alles Aktivitäten, die sie unter keinen Umständen missen wollte. Die Entscheidung, sich nicht jedes Wochenende mit all den anderen Städtern zu einer Blechlawine verklumpt in die Ausflugsgebiete zu wälzen, sondern sich den Angeboten der Metropole zu widmen, hatten sie gemeinsam getroffen. Wie sehr ihr die Natur fehlte, hatte Laura erst bemerkt, als ihre Stadterkundungen sie vor ein paar Monaten nach Grinzing geführt hatten. In der scheppernden Straßenbahn, die sie in nur dreiundzwanzig Minuten vom nahen Schottentor hinauf zum alten Ortskern bringen würde, waren sie sich einig gewesen in der Befürchtung, dort eine Art Disneyland für Heurigen-Touristen erleben zu müssen. Doch der nordwestliche Randbezirk hatte an vielen Ecken eine idyllische Ursprünglichkeit bewahren können, die man in einer Weltstadt nicht mehr erwartete. Sie spazierten die Himmelstraße hinauf, vorbei an großzügigen Grundstücken, teils noch mit alten Villen, gelegentlich aber auch mit eleganten Gebäuden moderner Architekten bebaut.

Obwohl es ein Sonntag mit gutem Wetter war, fühlten sie sich wie Eroberer, so wenig andere Fußgänger oder Autofahrer waren unterwegs. Erst beim Keltischen Baumkreis, der sich auf einer Art Hochebene befand, von der aus man einen beeindruckenden Blick über Wien hatte, trafen sie auf zahlreiche Ausflügler, vor allem Familien. Hauptattraktion neben einem großen Kinderspielplatz und dem, in einem aus Holz errichteten Oktogon untergebrachten Restaurant waren vierzig unterschiedliche, in einem großen Kreis gepflanzte Bäume. Zu jedem Baum gehörte eine Betonstele, auf der dem Stifter, meist ein Unternehmen, gedankt wurde. In Ich-Form geschrieben, als spräche der jeweilige Baum zu seinem Betrachter, war Wissenswertes zur jeweiligen Art zu lesen. Unter anderem war auch eine Zeitspanne oder ein einzelnes Datum angegeben. Wer an einem dieser Tage geboren war, stand, wie bei einem Horoskop, unter dem Zeichen dieses Gewächses und konnte sich gleich mit den wesentlichen Zügen seines

Charakters vertraut machen. Hier rutschte die Idee des Baumkreises, die Laura zuerst gefallen hatte, ins Esoterische oder Beliebige ab. Sie war sich nicht sicher, ob die Übereinstimmung dieser beiden Kategorien nicht ziemlich hoch war. Außerdem bezweifelte sie, dass der Baumkreis wirklich auf die Kelten zurückging, wie hier behauptet wurde. Eine Theorie, die sie noch am selben Abend dazu im Internet gefunden hatte, überzeugte sie wesentlich mehr: Ein französischer Journalist hatte Anfang der Siebzigerjahre eine Serie über Horoskope veröffentlicht, die auf alte Kulturen zurückgehen sollte. Vermutlich im Rückgriff auf Ranke-Graves, der in seinem Buch *Die weiße Göttin* einen keltischen Baumkalender beschrieben – und vermutlich bereits das liebevoll erfunden hatte. Mehr als zehn Jahre nach dem Franzosen verfasste eine deutsche Autorin ein grundsätzliches Werk über das keltische Horoskop und hatte damit einen Mythos neu geschaffen, der sich in einschlägigen Kreisen schnell verbreitete.

Zum Spaß suchten Peter und Laura ihre Bäume, den Olivenbaum und die Kastanie, konnten mit den zugeschriebenen Eigenschaften aber wenig anfangen. Auf einem Nebenweg verließen sie den Himmel, wie die Ebene um den Baumkreis herum auch genannt wurde, und stiegen weiter den Pfaffenberg hinauf, einsam durch den lichten Wald.

Welch ein Kontrast zu dem Häusermeer, das sich weit hinter ihnen im Wiener Becken erstreckte. Wenn man die Stadt von hier aus sah, war man fast froh um Hochhäuser und andere aufragende Gebäude, die einem die Orientierung erleichterten: das von Hundertwasser gestaltete Fernwärmewerk Spittelau mit seinen vergoldeten Zwiebeltürmchen, die massiven Blöcke des Allgemeinen Krankenhauses, die Skyline der UNO-City, die sich jenseits der Donau erhob.

Es war ein wunderschöner Ausflug gewesen, an den Laura gerne zurückdachte. Doch zu weiteren Unternehmungen dieser Art war es nicht mehr gekommen. Vielleicht fiel der Beginn der Affäre zwischen Peter und Jacqueline in diese Zeit, in der ihre gemeinsamen Aktionen sich auf gelegentliche Restaurantbesuche reduzierten. Sie hatte keine Lust, darüber länger nachzudenken. Ihre Liebe sollte eine zweite Chance bekommen, das war das Ergebnis ihrer Auseinandersetzungen gewesen; und Laura freute sich darauf, wie auch auf die gemeinsame Zeit im Haus ihrer Eltern.

Laura hörte, wie Peter näher kam als er sie zum Abschied zart auf die Lippen küsste. Ein gutes Gefühl! Sie zog die Bettdecke noch einmal fester um sich und zupfte das Kopfkissen zurecht, obwohl sie wusste, dass sie bald aufstehen musste. Wie üblich würde Laura die Koffer für sie beide packen. Eine jener Arbeitsteilungen, wie sie sich in langjährigen Beziehungen meist ohne Absprache einschlichen. Aber Laura hatte keine Probleme damit, sie traute Männern im Haushalt vieles zu, jedoch nicht den korrekten Umgang mit Wäsche, und vor allem mit gebügelten Kleidungsstücken. Der Geruch von frischem Kaffee zog ihr in die Nase. Offensichtlich hatte Peter noch schnell die Espressokanne auf den Herd gestellt, bevor er gegangen war. Er konnte so liebenswürdig sein!

Mit einem kurzen Zwischenstopp auf der Bettkante federte Laura hoch. Sie hatte lange genug Zeit gehabt, sich mit dem Tag anzufreunden, und es fiel ihr nicht schwer, nicht heute. Milch aufzuschäumen ersparte sie sich, zwei Löffel Zucker in die Tasse, den dampfenden Espresso aufgießen und kurz verrühren. Laura schaute durch die Fensterfront hinaus. Ein schöner Spätsommertag. Das Packen würde umfangreich werden: Vom kurzärmeligen Shirt über den dicken Pulli bis zur regendichten Trekkingjacke musste zu dieser Jahreszeit wohl alles mit. Die Tasse in der Hand, spazierte Laura die rot lackierten Einbauschränke entlang und öffnete eine Tür nach der anderen. Dann zog sie zwei elegante Rollkoffer hervor und legte sie weit geöffnet auf die weiß bezogenen Betten. Peters Reisegepäck war schnell zusammengestellt, bei Männern passte alles irgendwie gut zusammen. Jeans, dunkle Stoffhosen, dazu eine kakifarbene, wenn es sommerlich leger sein sollte. Ein paar Hemden, Poloshirts, Pullis. Die entstandenen Leerräume packte sie mit Socken und Unterwäsche voll, die sie beliebig herausgriff. Laura warf einen Blick auf die Uhr. Die Zeit reichte gerade noch, um die Schuhe und die Kosmetika herzurichten. Der Zusammenstellung ihrer Bekleidung würde sie sich nachher widmen. Wie sie Peter kannte, kam der sicher später als verabredet, daran hatte sich Laura gewöhnt und konnte sich darauf einstellen. Gelegentlich erwies es sich als vorteilhaft, weil auch sie sich nicht so beeilen musste.

Die zwei Kilometer zum Bezirksgericht Josefstadt in der Florianigasse, ihrem Arbeitsplatz, seitdem sie sich erfolgreich auf eine freie Stelle als Richterin beworben hatte, fuhr Laura oft mit dem Fahrrad. Es erinnerte sie an ihre Jugend in dem kleinen steirischen Ort, in dem sie aufgewachsen war. Da war sie meistens auch mit dem Drahtesel unterwegs gewesen. Sie konnte immer schnell stehen bleiben, ein paar Worte wechseln, wenn sie jemanden traf, den sie kannte. Ein kleiner Ratsch mit der Nachbarin an der Ecke, ein freundliches Hallo für den Briefträger oder die Männer von der Müllabfuhr. Außerdem konnte sie auf dem Heimweg schnell noch die eine oder andere Besorgung erledigen: ein paar Leckereien aus dem Feinkostgeschäft besorgen, im Naturkostladen frisches Gemüse erwerben, den Verführungen der Konditorei erliegen oder sich einen Strauß Blumen zum Geschenk machen, die sie im Fahrrad nach Hause transportierte. Im Gegensatz zu Peter brauchte sie sich um ihre Kleidung weniger Sorgen zu machen. Die schwarze Robe, ihre Berufskleidung, verdeckte notfalls manche Unzulänglichkeiten, auch wenn Laura das keinesfalls ausnutzte. Normalerweise trug sie unter dem schwarzen Umhang eine helle Bluse und ein elegantes Kostüm. Nur so fühlte sie sich korrekt gekleidet, das hatte sie sich in der Kanzlei und während der gleichzeitig absolvierten Ausbildung als Richteramtsanwärterin so angewöhnt. Sicherheitshalber hatte sie in ihrem geräumigen Arbeitszimmer immer einen Satz frischer Kleidung parat. Als Familienrichterin zog sie es vor, die distanzschaffende Robe nur zu tragen, wenn es unbedingt sein musste oder sie jemanden einschüchtern wollte. Die meisten Menschen irritierte der Aufenthalt im Gerichtsgebäude bereits so sehr, dass es eher angebracht schien, ihnen ein wenig von der Angst zu nehmen, indem Laura ihnen in privater Kleidung entgegenkam.

Nun saßen ihr Herr und Frau Landauf gegenüber, vor einem Jahr geschieden, die sich nun plötzlich über das Sorgerecht für ihre Tochter uneinig waren. Laura hatte die beiden zu einem Gespräch eingeladen, in dessen Verlauf sie die beiden vom Nutzen einer einvernehmlichen Lösung des Problems überzeugen wollte, ohne die peinlichen Prozeduren, die ein Prozess unausweichlich mit sich bringen würde.

»Bei Ihrer Scheidung haben Sie sich auf ein gemeinsames Sorgerecht für Anna verständigt. Und jetzt, ein Jahr später, möchte jeder von Ihnen beiden das alleinige Sorgerecht.« Prüfend schaute Laura die beiden Mittdreißiger an, die auf der anderen Seite des Schreibtisches immer mehr in die Stühle rutschten, wie Schüler, die Angst davor hatten, ausgefragt zu werden. »Haben Sie sich das genau überlegt?« Sie ließ eine weitere Pause entstehen, damit ihre Worte Zeit hatten zu wirken. Als Frau Landauf vorsichtig zu einer Antwort ansetzte, schob Laura eindrücklich den Oberkörper nach vorn: »Im Gegensatz zu Ihnen habe ich solche Verfahren oft genug erlebt, und ich weiß, was auf Anna zukommt! Anhörung, psychologische Gutachten, Aussagen vor Gericht … und letztendlich wird Anna immer das Gefühl haben, sich für den einen und gegen den anderen entscheiden zu müssen. Wollen Sie ihr das wirklich antun?«

Ratlos sahen Annas Eltern einander an. So mit den zu erwartenden Belastungen für ihre Tochter konfrontiert, wollte keiner von beiden sich mehr in den Vordergrund drängen.

Für Laura lief alles wie erhofft. Bei diesen Gesprächen, die möglichst in Abwesenheit der jeweiligen Anwälte geführt wurden, konnte sie oft mehr für die Gerechtigkeit erreichen als in komplizierten Prozessen, bei denen die Beteiligten sich gerne in immer gehässigerer Weise fertigzumachen versuchten. Sie nahm zwei Dokumente in die Hand: »Hier sind Ihre Anträge«, sie reichte jedem der beiden ein Blatt, »Sie müssen sie nicht unterschreiben!«

Hin- und hergerissen, ob sie die gerichtliche Klärung ihres Anliegens nun vorantreiben oder doch besser vermeiden sollten, betrachteten die Landaufs die ausgehändigten Papiere.

»Geben Sie sich doch eine Chance! Sie machen Anna damit die größte Freude!« Sie schaute beide noch einmal beschwörend und eindringlich an.

Die früheren Eheleute hatten immer wieder scheue Blicke gewechselt. Nach Lauras letzten Worten berührten sie einander kurz, um sich über das Einverständnis zu versichern. Gemeinsam erhoben sie sich und verließen das Amtszimmer.

Während des Gesprächs hatte Anna im Flur auf einer Holzbank gesessen und die Eltern erwartet. Während sie vorsichtig deren Stimmung auslotete, klappte sie das spannende Buch zu, das sie gelesen hatte, und trat auf sie zu. Es fehlten ihnen noch die Worte, aber den dreien war anzumerken, dass ihnen ein Stein vom Herzen fiel. Die einfühlsam, aber nachdrücklich argumentierende Richterin hatte den Landaufs die eigentlich naheliegende Möglichkeit aufgezeigt, sich wieder gemeinsam und gelassen über die Zukunft zu verständigen. Anna ergriff die angebotene Hand ihres Vaters und stapfte zwischen den beiden dem Treppenhaus zu, während ihre Mutter zärtlich die Hand um ihre Schulter legte. Sie drehten sich noch einmal kurz zu Laura um, die mit lautem Knacken die Tür ihres Büros zusperrte. Ihre Gesichter drückten stille Dankbarkeit aus. Die Richterin sah ihnen noch eine Weile nach, bevor sie sich beschwingt auf den Heimweg machte. An der Eisdiele legte sie einen Zwischenstopp ein: Urlaub und Eis gehörten seit ihrer Kindheit zusammen. Sie wählte die klassischen Kindersorten Erdbeere und Schokolade. In einer Hand das Lenkrad, in der anderen das Eis, wäre sie am liebsten mit dem Fahrrad bis zu ihren Eltern gefahren.

Lotte Reichenbach wartete an diesem Tag nicht ab, bis ihr Wecker das Signal zum Aufstehen gab. Der Tag war noch nicht richtig angebrochen, als sie sich mit Block und Bleistift an den Küchentisch gesetzt hatte und, während sie sorgsam den Tee vier Minuten lang ziehen ließ, notierte, welche Verrichtungen sie noch erledigen wollte bis zur Ankunft von Tochter und Schwiegersohn. Es hatte nichts mit ihrem Alter zu tun, diese Vorgehensweise hatte sie sich schon angeeignet, als sie noch als Anwaltsgehilfin gearbeitet hatte. Etwas zu vergessen gehörte zu den Nachlässigkeiten, die sie sich nicht erlaubte. Das Gästeschlafzimmer hatte die Zugehfrau bereits am Vortag gerichtet, auch den ganzen Kram weggeräumt, der sich überall ablagerte, wenn man zu zweit so vor sich hin lebte. An ihr war es nun, für Schönheit und Gemütlichkeit zu sorgen. Auch wenn der große Garten noch in voller Pracht stand, wollte Lotte ein oder zwei dekorative Blumensträuße besorgen, außerdem Fleisch für das Gulasch am Sonntag und frischen Salat, einen Kuchen für den Nachmittagskaffee backen und ihren Mann daran erinnern, sich um den Wein für den Abend zu kümmern. Mehr fiel Lotte gerade nicht ein. Um einzukaufen, war es noch zu früh, sie beschloss daher, mit dem Kuchen zu beginnen. Eigentlich ein einfaches Rezept, ein leichter Rührteig mit gemahlenen Haselnüssen und geriebener Schokolade, auf dem Blech ausgestrichen und mit einer Orangenglasur überzogen. Wie das Gulasch gehörte er zu den Familiengerichten, die es geben musste, wenn die Tochter nach Hause kam.

Die Backzutaten hatte sich Lotte bereits am Abend zuvor hergerichtet und abgewogen. Butter und Eier ließen sich schöner verarbeiten, wenn sie auf Zimmertemperatur erwärmt waren. Und natürlich musste das Mehl gesiebt werden, um sich gleichmäßig in den Teig einrühren zu lassen.

Vom Wirtschaften seiner Frau aus dem Schlaf geholt, kam Herbert, nachdem er die Zeitung aus dem Briefkasten genommen hatte, in die Küche und setzte sich in den Lehnstuhl, der dort für ihn bereitstand. Er liebte es dabeizusitzen, wenn Lotte kochte oder backte. Die Geräusche und Gerüche, das routinierte Gleichmaß der Bewegungen: Alles zusammen schaffte eine heimelige Atmosphäre, die er zu schätzen gelernt hatte, nachdem er das Erwerbsleben hinter sich gelassen hatte. Zum Ausgleich las er den einen oder anderen Artikel vor, von dem er wusste, dass seine Frau sich dafür interessierte. Und wenn Not am Mann war, erklärte er sich sogar bereit, in den Keller oder die Speisekammer zu gehen, um dringend benötigte Zutaten zu holen. Aber Lottes vorausschauende Art machte diesen Notfall zu einer Seltenheit. In früheren Jahren, als sie noch ohne Zugehfrau ausgekommen waren, hatte Herbert sich um den Abwasch gekümmert, nun wurde, was nicht in die Spülmaschine geräumt werden konnte, in einer Ecke der großen Arbeitsplatte zusammengeschoben.

»Begleitest du mich zum Einkaufen?«, wollte Lotte wissen, nachdem sie mit der Stäbchenprobe sichergestellt hatte, dass der Kuchen durchgebacken war.

Herbert legte bedächtig die Lesebrille zur Seite, um ein wenig Zeit zu gewinnen. Er verspürte das Bedürfnis, seiner Frau nahe zu sein und irgendwie an den Vorbereitungen teilzunehmen. Aber gemeinsame Einkäufe gehörten zu den unangenehmsten Unternehmungen, vor allem hier bei ihnen im Ort. Lottes Art, mit jedem ein Schwätzchen zu halten, machten ihn zu einem Trottel, der stumm dabeistand, teils Interesse vorgab, teils desinteressiert in die Luft starrte und vor allem den Einkaufskorb und die Baumwolltaschen bewachte. »Gerade fällt mir ein, dass ich wohl noch ein paar Unterlagen von Peter brauche. Ich muss noch schnell ins Arbeitszimmer und nachsehen, damit ich die beiden noch anrufen kann, bevor sie Wien verlassen.«

»Unterlagen? So, so!« Lotte schmunzelte ungläubig. Sie hatte ohnehin nicht damit gerechnet, dass Herbert sie begleiten würde, obwohl es praktisch gewesen wäre. Dann fuhr sie eben mit dem Wagen, um alles transportieren zu können. Um Herbert nicht ganz aus der Verantwortung zu entlassen, erinnerte sie ihn noch an den Wein, der rechtzeitig aus dem Keller geholt werden musste, um die richtige Temperatur zu erhalten. Dann band sie ihre Schürze ab, überprüfte kurz ihre Frisur und zog mit Einkaufszettel und Geldbörse bewaffnet los.

3

Voller Elan betrat Laura die Wohnung und rief laut nach Peter. Anschließend verharrte sie einen Moment und wartete. Keine Antwort. Sie warf ihre große schwarze Aktentasche sowie die dazu passende kleine Handtasche auf die bequeme, mit leuchtend weißem Stoff bezogene Sitzlandschaft und ließ ihren Schlüsselbund neben diesen dunklen Haufen fallen. Dann entledigte sie sich ihrer Kostümjacke und warf sich auf eines der zahlreichen noch freien Sitzkissen. Obwohl sie damit gerechnet hatte, dass ihr Mann auch diesmal nicht pünktlich sein würde, war sie tief enttäuscht. Ein Neuanfang, so hatte sie insgeheim und ohne es sich selbst einzugestehen gehofft, sollte sich anders anfühlen als das Gewohnte. Wie schön wäre es gewesen, von Peter mit einem Blumenstrauß und einem Lächeln empfangen zu werden, das Gefühl vermittelt zu bekommen, ihm wirklich etwas zu bedeuten. Ohne große Motivation, die Reisevorbereitungen in seiner Abwesenheit alleine weiter voranzutreiben, saß sie da, schaute hektisch auf die Uhr und wartete, während ihr Blick über die mit roten Ziegeln gedeckten Hausdächer wanderte.

Das Schrillen des Telefons holte Laura aus den Gedanken zurück. Sie nahm das Gespräch entgegen. »Althoff«, meldete sie sich. »Ach, du bist es, Peter«, sagte sie fast erleichtert, und ihre vorher sehr geschäftsmäßige Stimme wurde weich. »Ich dachte, du bist längst zu Hause!«

»Ja, das wollte ich auch.« Peter konnte Lauras Enttäuschung hören, und es fiel ihm nicht leicht weiterzusprechen, aber der Plan war nun mal gefasst. »Aber dann rief mich Kellermann an. Er hat neue Unterlagen für seine Verhandlung, die ich unbedingt so schnell wie möglich durchsehen soll.«

Laura vernahm außer Peters Stimme dieses geschäftige Rascheln im Hintergrund, als blätterte er, während er mit ihr sprach, gleichzeitig in irgendwelchen Papieren, die sicherlich wie immer in Stapeln auf seinem großen Schreibtisch lagen.

»Ich werde heute noch zu ihm nach Brüssel fliegen. Tut mir wahnsinnig leid, Laura!«

»Kellermann oder Jacqueline?«, insistierte Laura mit schneidender Stimme. Sie hatte sich wirklich darauf verlassen, dass Peter alles so arrangieren würde, wie sie es vereinbart hatten. Natürlich hatte sie damit gerechnet, dass er nicht durchgehend mit ihr in der Steiermark sein würde, sondern den einen oder anderen Termin trotzdem wahrnehmen musste. Doch wenn es bereits so anfing, dass er die gemeinsame Abfahrt nicht einhalten konnte … Einen Moment lang wusste sie nicht, was sie schlimmer fand. Von ihrem Mann erneut betrogen zu werden oder ihn, wie schon seit Jahren, dauernd an seine Arbeit zu verlieren?

Das spontane Misstrauen seiner Frau überraschte Peter doch. Er hatte angenommen, sie würde ihm nach der langen Aussprache wieder ihr volles Vertrauen entgegenbringen.

Irgendwie hatte er sich fast grundlos auf ein sehr gefährliches Spiel eingelassen. Wollte er wirklich seine Ehe aufs Spiel setzen, nur um Jacqueline noch einmal besitzen zu können? Aber nun konnte er keinen Rückzieher mehr machen, das würde ihn nur verraten. Er musste weitermachen. »Bitte, komm, sei nicht kindisch!« Es war dieser alte Trick, sich argumentativ an die Stelle des Vaters zu setzen, um den anderen auf die eigene Seite zu ziehen. »Kellermann ist einer unserer wichtigsten Klienten. Die Verhandlung findet schließlich am Montag statt. Und der Sieg in diesem Prozess ist wichtig für die Kanzlei. Ich denke, dein Vater wird das verstehen. Aber wenn du möchtest, ich kann auch kurz …«

Es war also schon lange klar gewesen, dass Peter bereits am Sonntagabend wieder zurück nach Wien musste. Laura war fassungslos: Wie hatte er ihr das verheimlichen können? Offensichtlich hatte er nicht verstanden, wie wichtig Laura dieser Urlaub war. Wichtig nicht nur für sie persönlich, sondern vor allem für sie beide, als Paar, als Partner. Nein, irgendwie spielte es unter diesen Umständen tatsächlich kaum mehr eine Rolle, was hier genau ablief, ihr Vertrauen in Peter brach zusammen. Dann würde sie eben ihre eigenen Pläne verfolgen. Auch um sich darüber klar zu werden, stellte der Aufenthalt bei ihren Eltern eine gute Möglichkeit dar. Plötzlich spürte sie, wie groß die Distanz zwischen ihnen beiden geworden war. Statt ihre Stimme zu erheben, um ihren aufwallenden Emotionen Ausdruck zu verleihen, wurde sie eher leiser und klang fast nachsichtig. »Peter, mach doch einfach, was du willst! Ja? Ich fahre auf jeden Fall! Und zwar jetzt!« Laura beendete das Gespräch mit einem Knopfdruck und stellte das Mobilteil auf dem Glastisch vor sich ab.

Ehe Peter darüber nachsinnen konnte, wie er sich nach dieser Abfuhr fühlte, tänzelte Jacqueline mit einer frisch aufgebrühten Tasse Kaffee an seinen massiven Schreibtisch heran. Ein schönes altes Möbelstück mit wertvollen Intarsienarbeiten. Sie stellte die Tasse vorsichtig ab und warf ihm einen verschwörerischen Blick zu.

Mit entschiedenen Schritten suchte Laura das Schlafzimmer auf, ärgerlich darüber, dass sie morgens nicht ihre eigenen Sachen gepackt hatte statt Peters, der sie jetzt nicht einmal brauchte. Dann hätte sie jetzt einfach ihren Koffer nehmen können und losfahren. Ohne Freude suchte sie sich Klamotten zusammen und warf sie in den bereitstehenden Koffer. Wenn irgendetwas fehlte, würde sie eben zum Shoppen nach Graz fahren. Sie wollte jetzt einfach nur weg, und zwar schnell. Als Laura gerade dabei war, den Reißverschluss zuzuziehen, läutete das Telefon erneut. Die Hoffnung keimte in ihr auf, dass Peter es sich anders überlegt haben mochte, seine Pläne zu ihren Gunsten geändert hatte. »Peter?«.

Aber am anderen Ende der Leitung begrüßte sie die Stimme ihres Vaters.

»Papa, grüß dich! … Ja … Ja, ich kann dir die Unterlagen mitbringen. Ich fahr noch schnell in der Kanzlei vorbei … Nein, das ist kein Problem! … Ich freu mich auch! … Bis gleich!«

Eltern schienen über ein besonderes Talent zu verfügen,

einen ahnungslos in unangenehme Situationen zu bringen. Laura hatte auf nichts weniger Lust, als vor ihrer Abfahrt noch einen Umweg über die Kanzlei zu machen. Jetzt würde sie noch einmal Peter begegnen, den sie vorher so schön abserviert hatte. Sie fuhr mit dem Lift bis in die Garage hinunter, öffnete das Verdeck ihres schwarzen Wagens, verstaute den Koffer und ein paar Utensilien, die nicht mehr hineingepasst hatten, im Kofferraum und startete mit quietschenden Reifen.

Nervös trommelte Laura auf das Lenkrad, als sie schon an der ersten Ampel die zweite Grünphase abwarten musste, bis sie die Kreuzung endlich passieren konnte. Der typische Wochenendverkehr schien bereits eingesetzt zu haben. Wenn es nach ihr gegangen wäre, hätten sie sich zu diesem Zeitpunkt bereits auf der Autobahn befunden.

Vor der Kanzlei gab sie sich keine Mühe, einen ordnungsgemäßen Parkplatz zu suchen, sondern stellte den Wagen an einer Einfahrt halb auf den Bürgersteig. Mit denkbar schlechter Laune eilte sie die großzügigen Treppen in den zweiten Stock hinauf. Jacquelines Schreibtisch im eleganten Empfangsbereich war nicht besetzt. Hatte sie schon Feierabend? Dafür sah der Schreibtisch nicht aufgeräumt genug aus. Also war sie möglicherweise in Peters Zimmer. Laura warf einen kurzen Blick in die leere Kaffeeküche. Ihre schmalen Absätze stöckelten hastig über den Marmorboden. Laura überlegte, ob sie sich mit einem lauten Gruß bemerkbar machen sollte, entschied sich aber dagegen. Die Tür zu Peters Büro stand offen.

Jacqueline bemerkte, als Erste, dass sie nicht mehr alleine mit Peter im Zimmer war. Ertappt schaute sie der Frau ihres Chefs in die Augen. Dabei rutschte sie von seinen Oberschenkeln herunter und schloss den zweiten Knopf ihrer Bluse, blieb aber provozierend neben Peters Stuhl stehen. Nach den heutigen Erfolgen siegessicher geworden, war sie bereit, den Kampf aufzunehmen.

Schlimmes ahnend schob Peter sich in seinem Bürosessel hoch und drehte ihn leicht, um besser zur Tür sehen zu können. Abgrundtiefe Enttäuschung spiegelte sich in Lauras Gesichtsausdruck. Sie reagierte völlig anders als am Flughafen, als sie ihn und Jacqueline zum ersten Mal erwischt hatte. Fast schien es Peter, als schössen Tränen in ihre grünen Augen. Was sie da gerade gesehen hatte, schien sie zutiefst verletzt zu haben.

Während Peter noch nachdachte und sich langsam daranmachte aufzustehen, drehte Laura sich wortlos um. Sie hatte genug gesehen. Genug für diesen Tag. Genug, um das Leben mit Peter zu beenden. Sie beschleunigte ihren Schritt.

Hilfesuchend wandte Peter seinen Blick zu Jacqueline. Aber die vermittelte den Eindruck, als hätte sie mit der ganzen Angelegenheit nichts zu tun. Er musste Laura nach, sich stellen. Wenn er noch irgendetwas retten wollte, konnte er sie jetzt nicht so gehen lassen. »Laura!« Er lief ihr hinterher und holte sie noch ein, bevor sie das Treppenhaus erreichte. »Laura, warte bitte!«

Einfach weiterzugehen hatte wohl keinen Sinn, das würde die Auseinandersetzung nur ins Treppenhaus verlagern. Das empfände Laura nur als noch peinlicher, als die gesamte Situation sich so schon darstellte. Schlimm genug, dass sie erneut betrogen worden war. Nun sollte sie sich auch noch irgendwelche verlogenen Ausreden anhören. Laura drehte sich angriffslustig zu Peter um. »Wie dumm von mir. Ich wollt's dir wirklich glauben. Ich wollte dir wirklich glauben, dass du diese Geschichte beendet hast.« Ihre Stimme war lauter geworden. Was hatte es für einen Sinn zu versuchen, Contenance zu wahren, während Peter so ungehemmt machte, was er wollte. Dennoch verabscheute sie sich in solchen Augenblicken selbst.

Mit langsamen Schritten versuchte Peter die Distanz zwischen ihnen beiden zu überwinden. »Bitte! Lass uns in Ruhe darüber reden.«

Nein, schoss es Laura durch den Kopf. Alles in ihr wehrte sich dagegen, sich irgendwelche ungereimten Entschuldigungen, billige Ausreden oder sogar dreiste Vorwürfe anhören zu müssen, etwa dass sie zu kleinlich sei, zu bürgerlich für das Leben mit ihrem toleranten Ehemann. Sie kannte Peter lange genug, ihm würde immer ein Weg einfallen, die Schuld auf andere Schultern zu verteilen. Nichts davon wollte sie sich an den Kopf werfen lassen. Er sollte aus ihrem Gesichtsfeld verschwinden, aus ihrem Kopf und aus ihrem Herzen. Es würde alles nur entsetzlich wehtun. Leise und zögernd bekannte sie: »Ich weiß aber gar nicht mehr, worüber.«

Die Traurigkeit in Lauras Stimme hielt Peter davon ab, einfach auf sie einzureden.

Überrascht stellte Laura fest, dass Peter sie nur wortlos

bettelnd ansah. Der fehlende Widerspruch machte sie sicherer. »Ich werde mich scheiden lassen«, sagte sie, mit einer Bestimmtheit, die sie selbst überraschte.

Peter zuckte zusammen, er glaubte seinen Ohren nicht zu trauen. Seine liebenswerte kleine Laura, die ihm immer so von Herzen zugetan schien, wollte ihn einfach verlassen? »Ich bitte dich, beruhige dich«, sagte er. »Das Ganze ist ein Missverständnis …« Er merkte selbst, wie wenig überzeugend diese Worte auf sie wirken mussten, und setzte deshalb neu an: »Du bist meine Frau. Und ich liebe dich!«

Laura kam sich plötzlich vor wie in einem billigen Liebesfilm. Wie konnte Peter so geschmacklos sein zu glauben, sie mit einer dahingeworfenen Liebeserklärung von ihrem Entschluss abzubringen? Wie oft hatte sie sich vergeblich nach diesen drei Worten aus seinem Mund gesehnt. Es machte sie geradezu zornig, sie unter diesen Umständen hören zu müssen. »Das hättest du dir vor Jacqueline überlegen sollen.« Mit entschiedenem Schwung drehte Laura sich zur Eingangstür um. Doch es stiegen immer mehr Aggressionen in ihr hoch, sie vibrierte vor Anspannung, ihr kurzer blonder Pferdeschwanz zitterte. »Außerdem, unsere Ehe hatte doch schon lange nichts mehr mit dem großen Gefühl zu tun. Das hatte sie wahrscheinlich noch nie!«

In sich zusammengesunken schwieg Peter betroffen. Über seine und ihre Gefühle hatte er sich schon lange keine Gedanken mehr gemacht. Er hatte seine Ehe immer als etwas Existierendes wahrgenommen, als Selbstverständlichkeit, eine Konstante in seinem Leben. Jetzt sollte sie plötzlich in Trümmern vor ihm liegen? Dazu fiel ihm nichts ein. Vielleicht würde sich Laura ja umstimmen lassen, in ein paar Tagen, wenn die heftigsten Gefühlswallungen vorüber waren.

Laura stieß die Tür auf und verließ das Büro. In gewisser Weise kostete sie ihren Triumph aus. Doch je näher sie ihrem Auto kam, desto langsamer wurden ihre Schritte. Als sie endlich in ihrem sportlichen Wagen saß, konnte sie ihre Tränen kaum mehr zurückhalten. Aber sie riss sich zusammen, wollte von niemandem in ihrer Traurigkeit und Verzweiflung beobachtet werden. Sie drehte mit Entschiedenheit den Zündschlüssel, ließ den Motor aufheulen und fuhr mit quietschenden Reifen los. Auf dem Asphalt blieb schwarzer Gummiabrieb zurück.

Wie hatte sie sich nur darauf einlassen können, Peter nicht sofort die Tür zu weisen, nachdem sie sein Verhältnis zu Jacqueline entdeckt hatte? Dann wäre ihr diese Demütigung erspart geblieben, den eigenen Mann mit einer anderen Frau auf dem Schoß in enger Umarmung und in eindeutiger Absicht vorzufinden, an dem Tag, an dem die große Versöhnung beginnen sollte? Möglicherweise hatte sie mit ihrem letzten Satz mehr recht gehabt, als sie jemals selbst bereit gewesen wäre, sich einzugestehen. Ob es unter diesen Umständen wirklich eine gute Idee war, zu ihren Eltern zu fahren? Aber wo sollte sie sonst hin? Alleine irgendwo in einem Hotelzimmer zu versauern, dazu verspürte sie wirklich wenig Lust. Und Freunde hatte sie eigentlich keine mehr. Alle Menschen, die sie in Wien kannte, hatte sie beruflich kennengelernt; ansonsten gab es noch ein paar Studienfreunde von

Peter, mit denen sie sich gelegentlich abends auf einen Happen oder einen Drink trafen. Niemanden, den sie mit den jüngsten Ereignissen vertraut machen wollte. Ihre Jugendfreunde hatte sie damals, als sie mit Peter ziemlich überraschend nach Wien umgesiedelt war, meist grußlos verlassen. Was hatte sie eigentlich damals zu solcher Eile getrieben? War es Peter gewesen, der diesen Druck gemacht hatte, oder ihr Vater? Oder wollte sie selbst so schnell wie möglich weg aus der Provinz?

Für sie hatte es wohl vor allem mit Fabian zu tun, von dem sie sich damals von einem Tag auf den anderen getrennt hatte, so kurz vor der Weltreise, die so lange geplant war. Einfach davongelaufen vor den großen Plänen. Ihm wollte sie damals keinesfalls wiederbegegnen müssen. Laura hatte die Hosen voll gehabt. Sie hatte sich nicht stark genug gefühlt, den Eltern mitzuteilen, dass es erst einmal nichts würde mit der Arbeit in der Kanzlei. Und das gerade in dem Moment, wo ihr Vater, durch die Krankheit geschwächt, so auf sie baute. Stattdessen ließ sie lieber den Freund im Stich. Aber hatte man sie wirklich gebraucht? Wäre es nicht möglich gewesen, die Kanzlei einfach an Peter zu übergeben, der sich sowieso schon viel besser eingearbeitet hatte? Irgendwie blieb an Einzelkindern wie ihr doch eine Menge Verantwortung hängen. Verantwortung, die sie oft auch übernommen hatte, ohne ausdrücklich darum gebeten worden zu sein. Aber genau über so etwas wurde in der Familie viel zu selten gesprochen. Das hatte sie mittlerweile auch bei ihrer Arbeit als Familienrichterin mitbekommen. Als Außenstehende, die auch noch die Aufgabe hatte, ein Urteil zu sprechen, erkannte sie erst, wie viele Erwartungen, Versprechungen und Hoffnungen sich gleich einem unentwirrbaren Netz um Kinder und Ehepartner spannten. Wie viele Annahmen über die Wünsche und Forderungen der anderen sich ansammelten und einen Leistungsdruck produzierten, dem der Einzelne nicht gewachsen war.

Natürlich zweifelte auch Laura daran, dass es möglich war, ihren Eltern mitzuteilen, was sie wirklich in ihrem Leben wollte. Und ein nicht unwesentlicher Teil der Schwierigkeit bestand darin, für sich selbst erst einmal zu diesem Wissen zu gelangen.

Denn ob die Weltreise wirklich ihr Plan gewesen war, hatte sie schon bezweifelt, als sie noch zusammen mit Fabian Reiseführer wälzte, Landkarten mit roten und blauen Punkten beklebte – stellvertretend für Sehenswürdigkeiten und günstige Übernachtungsmöglichkeiten – und sie gemeinsam Multimediashows besuchten, in denen ihre Vorgänger, so bezeichnete Fabian jene erfahrenen Weltenbummler im Scherz, die entlegensten Strände, die verstecktesten Kulturdenkmäler und die am wenigsten von westlicher Zivilisation beeindruckten Stämme in Wort und Bild mit musikalischer Untermalung vorführten. Eigentlich hatte Laura keine Ahnung, wie sie mit fünfzehn Kilogramm Gepäck auf dem Rücken, aber nur drei T-Shirts möglicherweise tagelang ohne fließendes Wasser auskommen sollte. Es graute ihr vor undefinierbarem Essen, schmutzigen Toiletten und abscheulichen Kleintieren, mit denen man in jeder Lebenslage rechnen musste. Ganz zu schweigen von gefährlichen Krankheiten, die an jeder Ecke auf einen warteten, um einen anzufallen, wenn man weitestmöglich von jeglicher Zivilisation entfernt war. Außerdem hasste sie es, ständig mit fremden Menschen zu tun zu haben, deren Sprache sie niemals verstehen würde. Im Vergleich zu all diesen widrigen Vorstellungen, die sie sich von der geplanten Reise machte, konnte Wien als Paradies gelten. Nie hätte sie sich das damals eingestanden. Weder Peter noch ihr Vater hatten je von den Reiseplänen erfahren. Nur ihre Mutter, die auch von Fabian wusste, war eingeweiht gewesen. Auch sie hatte wenig Verständnis dafür geäußert, gleichwohl den Mut ihrer Tochter bewundert, sich auf so ein Abenteuer einzulassen. Um dann möglicherweise hinter Lauras Rücken an anderen Zukunftsentwürfen für ihre Tochter zu arbeiten.

Im ständig stockenden Verkehr hatte Laura endlich die Südautobahn erreicht. Während sie für kurze Zeit den Gurt abschnallte und mit dem Knie lenkte, zog sie eine Jacke an und band sich ihren Pullover um den Hals, um besser gegen den Fahrtwind geschützt zu sein. Etwas mehr als hundert Stundenkilometer, eine angenehme Geschwindigkeit, wenn sie mit offenem Verdeck unterwegs war. Bei dem wunderbaren Sonnenschein hatte sie keine Lust, das Dach zu schließen, nur um schneller anzukommen. Auf die paar Minuten, die sie damit vermutlich einsparen könnte, kam es ihr nicht an. Außerdem war der Verkehr ziemlich dicht, es würde gemütlicher sein, sich an einen schnellen Lkw anzuhängen und ihm zu folgen. Dabei konnte sie noch ein wenig über die Vergangenheit nachsinnen.

Geschickt hatte ihre Mutter es immer verstanden, Lauras Sympathien zu gewinnen, in der Zeit, als die Vater-Tochter-Beziehung pubertätsbedingt schwierig wurde. Bis dahin war sie natürlich die Prinzessin gewesen. Vaters ganzer Stolz, wenn sie schon als Vierjährige, lange bevor sie in die Schule kommen sollte, den halben Tag beim Vater in der Kanzlei saß und, gleich ihm, unhandliche Bücher mit Erläuterungen zu Gesetzestexten aus dem Regal holte, sich auf einem kleinen Beistelltisch und einem der für Besucher vorgesehenen Stühle einen Arbeitsplatz arrangierte. Mit ernster Miene blätterte sie dann in den beliebig aufgeschlagenen Bänden und notierte sich gelegentlich ein paar Zahlen mit dem Bleistift auf einem bereitgelegten Papier. Sinnlose Ziffernfolgen, welche die kleine Laura sich herauspickte aus dem Meer der Buchstaben, die ihr noch fremd waren. Bis auf ihren Namen, den sie, wenn Fräulein Rosauer, die Sekretärin, einen guten Tag und etwas Zeit übrig hatte, auf der Schreibmaschine, die es damals noch gab, tippen durfte. LAURA REICHENBACH, ganz links oben auf einem ansonsten leeren weißen Blatt stehend, weil das Fräulein, korrekt wie immer, den Bogen natürlich so eingespannt hatte, als würde Laura einen ordentlichen Brief verfertigen. Beim Umzug der Kanzlei von Graz nach Wien hatte sie einen schmalen Ordner mit solchen Blättern entdeckt. Sie konnte sich nicht erinnern, ob sie selbst ihn angelegt hatte, die Sekretärin oder gar ihr Vater. Jedenfalls hatten diese Nachmittage ihren Vater zu der frühen Annahme gebracht, seine Tochter wäre dazu prädestiniert, dereinst seine Nachfolge anzutreten. Ein Gedanke, der ihn damit versöhnte, keinen Sohn bekommen zu haben und wohl auch nie mehr zu bekommen. Als Laura gerade ein Jahr alt war, hatte er sich schwer mit Mumps infiziert. Dabei waren seine Hoden so geschädigt worden, dass sie nahezu keine funktionsfähigen Spermien mehr produzieren konnten. Doch Herbert Reichenbach war darüber nicht nur unglücklich gewesen. Den Wunsch seiner Frau, mindestens drei Kinder großzuziehen, hatte er, bedingt durch seine Schädigung, nicht einmal ablehnen müssen. Ihm war die Vorstellung, in seinem Heim ständig von einer Horde ungebändigter Gören umgeben zu sein, ein Graus. Seine beruflichen Ambitionen, neben einer erfolgreichen Kanzlei auch eine Professur zu erreichen, bedingten ein enormes Arbeitspensum, das er nicht nur in irgendwelchen Büros ableisten wollte. Das gemeinsame Abendessen mit der Familie war ihm heilig, doch danach zog er sich oftmals zu weiteren Studien ins Arbeitszimmer zurück. Dabei duldete er allerdings Lauras Anwesenheit, solange sie sich weitgehend mit sich selbst beschäftigte und nur gelegentlich eine Frage stellte oder ihm ein Bild oder etwas anderes zeigen wollte, das sie gerade fertiggestellt hatte. Und wann immer er konnte, las er Laura eine Geschichte vor, ehe ihre Mutter sie zu gegebener Zeit ins Bett brachte.

Für die häuslichen Verrichtungen ihrer Mutter zeigte Laura dagegen wenig Interesse. Weder hatte sie Lust, ihr spielerisch beim Kochen oder Putzen zu helfen, noch teilte sie ihre Begeisterung für die Gartenarbeit, Lottes Hauptbeschäftigung, nachdem die Familie endlich die Grazer Etagenwohnung verlassen und nach langer Suche die etwas baufällige Villa gute dreißig Kilometer südlich von Graz erstanden hatte.

Bei der Raststätte Zöbern legte Laura einen spontanen Halt ein. Außer dem Eis hatte sie den ganzen Tag nichts gegessen. Obwohl sie keinen Zweifel hegte, dass ihre Mutter sich sofort nach ihrer Ankunft liebevoll um ihr leibliches Wohl kümmern würde, verspürte sie plötzlich enormen Hunger. Doch für ein anständiges Mittagessen war es zu spät, und einen Kuchen zu bestellen war sicher überflüssig, weil sie genau den zum Empfang serviert bekommen würde. Vorbei an all den Paaren und Familien, die scheinbar glücklich zum Restaurant schlenderten, an der Toilette anstanden oder Dehnübungen machten, drängte sie schnell in den Supermarktbereich und erstand eine Tafel Schokolade und eine Flasche Cola. Unter all diesen Menschen wurde Laura unangenehm bewusst, wie komisch es sich für sie anfühlte, plötzlich alleine unterwegs zu sein. Als hätte sie ihr ganzes Leben immer mit jemandem zusammen verbracht. Und wenn sie genau darüber nachdachte, war es wohl auch so gewesen. Ohne Peter hatte sie während der letzten Jahre nichts unternommen, und selbst davor hatte es keine Phasen gegeben, während derer sie wirklich auf sich alleine gestellt gewesen war. Laura brach die Schokoladenpackung schon auf dem Weg zu ihrem Auto auf und schlang die Tafel gierig in sich hinein, wobei sie immer vier Stücke auf einmal in den Mund steckte. Bevor Laura sich in ihren Wagen setzte, warf sie noch einen prüfenden Blick in die Runde. So glücklich, wie sie zuerst den Eindruck gehabt hatte, waren die wenigsten Fahrzeugbesatzungen. Die meisten Paare sahen einander kaum an, viele Kinder wirkten quengelig, und je mehr es waren, desto weniger kümmerten die Partner sich umeinander. Und auch diejenigen, die nicht mit der Familie, sondern mit Freunden oder Bekannten unterwegs waren, schienen keineswegs alle bester Laune zu sein.

Vielleicht stellte die Trennung von Peter, die sie innerlich bereits vollzogen hatte, als sie den Weg von der Kanzlei zu ihrem Auto zurückgelegt hatte, eine wirkliche Chance für sie selbst dar. Nach all den Jahren, in denen sie immer irgendjemandem gefolgt war, sollte sie sich nun die Zeit nehmen herauszufinden, was sie selbst eigentlich wollte, wie ihr eigener Weg sein könnte. Die Entscheidung, Familienrichterin zu werden, war nur ein erster Schritt gewesen. Laura schob eine CD von Nelly Furtado in den Player, drehte den Lautstärkeregler hoch, legte den ersten Gang ein und fuhr los.

4

Es wirkte, als hätte Lotte den gesamten Blumenladen leergekauft. Zumindest alle weiß blühenden Sorten. Umgeben von einem Meer langstieliger Rosen und Gladiolen sowie ausladenden Büscheln mit Schleierkraut stand sie im Wintergarten und ordnete mehrere opulente Sträuße in hohen dekorativen Glasvasen an. Die wollte sie im Esszimmer und auf der vorgelagerten Terrasse platzieren, der es allerdings schon bisher nicht an Blumenschmuck gemangelt hatte. Geranien in den unterschiedlichsten Rottönen, hoch aufragende lilafarbene Astern, weiß und lila blühende Funkien mit ihren auffallenden Blättern. Vom Garten her rankten sich Wein und Geißblatt über die weiß lackierte Balustrade. Lotte, das war unübersehbar, verfügte über das, was man einen grünen Daumen nennt. Es wäre in ihrem Falle nicht übertrieben, von grünen Händen zu sprechen.

Ihr Mann Herbert stapfte auf die Terrasse und blickte sich etwas desorientiert um. Unter dem Arm hielt er eine Zeitung von überregionaler Bedeutung, die Lotte ihm bei ihrer kleinen vormittäglichen Einkaufstour besorgt hatte. Seit er in Rente gegangen war, las er neben der örtlichen Presse meist noch ein weiteres Blatt aus Deutschland oder der Schweiz, um mehr über die Welt zu erfahren. »Lotte, weißt du vielleicht, wo meine Brille ist?«, fragte er.

Ohne von ihrer Arbeit aufsehen oder lange nachdenken zu müssen, wusste seine Frau, die nicht nur ein paar Jahre frischer wirkte, sondern es auch war, Rat: »Heute früh hattest du sie schon einmal auf. Meistens steckst du sie dann in die Brusttasche deines Hemds.«

Überrascht, dass sie sein Problem, mit dem er nun schon geraume Zeit beschäftigt gewesen war, so schnell lösen konnte, fasste Herbert sich vorsichtig an die Tasche seines eleganten hellblauen Hemdes, das er wie üblich mit goldenen Manschettenknöpfen trug. Seine Frau hatte wie immer recht. Mit dem Pinzettengriff holte er seine Lesebrille hervor, setzte sie auf und hielt mit seiner Bewunderung nicht hinter dem Berg: »Tatsächlich! Dein Gedächtnis ist beeindruckend.« Er sah sich über den Rand der Brille hinweg um, wie weit die Vorbereitungen für den erwarteten Besuch bereits gediehen waren. Mit sichtlichem Wohlgefallen erblickte er den großen Teller mit den vorbereiteten kleinen Kuchenstückchen, der auf dem weiß gedeckten Tisch stand. Herbert konnte der Versuchung nicht widerstehen und nahm sich eines davon, um es umstandslos zu verzehren. Er nickte genießerisch und überlegte, ob er sich nicht gleich ein zweites stibitzen sollte.

Es machte Lotte glücklich, wenn sie ihrem Mann eine Freude bereiten konnte, und es wirkte beinahe so, als wäre es ihr mit dem Kuchen gelungen. »Wie schmeckt's dir?«, fragte sie erwartungsvoll und schlenderte vom Wintergarten zur Terrasse herüber.

»Mein Lieblingskuchen! Das haben die beiden gar nicht verdient!« Wie zur Bestätigung seiner Worte griff er sich die zweite Schnitte, um sie sich ebenso schnell wie genießerisch einzuverleiben. Er wäre auch einem dritten Stück gegenüber nicht abgeneigt gewesen, wenn ihn sein Anstand nicht davon abgehalten hätte. Sich stets unter Kontrolle zu haben gehörte zu seinen wesentlichen Prinzipien. Daran hatte er ein Leben lang festgehalten, und er war auch im reifen Alter nicht bereit, davon abzurücken. Schon gar nicht wegen eines dritten Stückchens vom Kuchen, bekam er ihn doch in absehbarer Zeit ganz offiziell serviert.

Nur Lotte allein konnte erkennen, was an dem Blumenarrangement, das sie auf einem dafür vorgesehenen Beistelltischchen platziert hatte, noch zu verbessern war. Und tatsächlich: Sie musste noch etwas korrigieren, drehte die eine Rosenblüte mehr nach außen, zog die eine oder andere Gladiole noch ein wenig heraus und zupfte das Schleierkraut etwas lockerer. Dann betrachtete sie zufrieden ihr Werk. »Eine Woche Verwöhnen wird unserer Tochter gut tun, wo sie bei Gericht immer so viel zu erledigen hat. Und Peter kann es auch nicht schaden, seine Kanzlei mal für einige Zeit hinter sich zu lassen.« Sie hielt es für einen der größten Fehler der letzten Jahre, Laura und Peter nicht engagierter davon abgehalten zu haben, nach Wien zu ziehen. Obwohl es von Haus zu Haus selten mehr als drei Stunden dauerte, den einen oder anderen Verkehrsstau bereits eingerechnet, kam es doch ziemlich selten vor, dass Eltern und Tochter einander besuchten. Die Kinder, wie sie Laura und Peter gerne vereinfachend nannte, steckten wohl bis zum Hals in Arbeit, und sie selbst rafften sich auch viel zu selten dazu auf, nach Wien zu fahren. Anfänglich hatte Lotte sich vorgenommen, regelmäßig in die Wiener Oper zu gehen, die großen alten Museen zu entdecken oder einfach nur zu shoppen. Aber es fiel ihr immer schwerer, Herbert für solche Aktivitäten zu begeistern. Der betrachtete Haus und Garten als sein von der Gattin liebevoll gepflegtes Refugium, das er nicht gerne verließ. Wenn er Lust auf eine Reise verspürte, dann nur für ein paar Tage im Sommer an den warmen Plattensee, wo er schon die Urlaube seiner Jugendzeit verbracht hatte.

Herbert setzte sich auf einen der Gartenstühle, die auf der Terrasse standen. »Ach, ich freu mich auf die beiden«, stieß er unvermittelt aus. »Der letzte Besuch ist ja eine Ewigkeit her.« Er überlegte, wie lange schon, konnte sich aber nicht mehr daran erinnern. War es vielleicht im Winter gewesen? Nein, nach Weihnachten hatte er sie noch einmal gesehen.

Wie so oft erhielt Herbert von seiner Frau die Antwort auf eine Frage, noch bevor er sie hatte stellen können. »Viel zu lange, mehr als ein halbes Jahr!« Lotte zeigte auf den Blumenstrauß neben sich. »Wie gefällt dir das?« Sie umfasste eine der voluminösen Rosenblüten und hielt sie Herbert voller Stolz entgegen.

Der Angesprochene schob die Brille so weit nach vorn, dass er über sie hinwegschauen konnte. Der Betrachtung der Blume widmete er nur wenig Zeit, dann ließ er den Blick über seine Frau wandern, wie sie so dastand, nicht mehr ganz in der Blüte ihres Lebens, aber noch immer sehr attraktiv mit ihren halblangen graubraunen Haaren, den fröhlichen Falten und den roten Lippen in die er sich vor mehr als dreißig Jahren als Erstes verliebt hatte. Ein warmes Lächeln zeigte sich auf Herberts Gesicht. »Wunderbar!«, sagte er. Dann formte er ganz kurz den Mund zu einem angedeuteten Kuss.

Lotte strahlte. Für diese kleinen überraschenden Flirts liebte sie ihren Mann. Sie glitt zu ihm hinüber, umschlang ihn mit beiden Armen und holte sich den vorher nur angedeuteten Kuss persönlich ab. »Wie schön wir es haben!«

So machte es richtig Spaß, Cabrio zu fahren. Die Straße schlängelte sich in sanften Kurven zwischen den Weinbergen hindurch, mal unten im Tal, mal über eine Kuppe hinweg. Von den verstreuten Ortschaften, die abseits der Umgehungsstraße lagen, sah Laura meist als Erstes die mit Kupfer verkleidete Kirchturmkuppel. Auf den Feldern herrschte geschäftiges Treiben. Die Nebenerwerbslandwirte nutzten das schöne Wetter. Vor allem die Kürbisernte war in vollem Gange, aber auch Äpfel und Birnen konnten jetzt gepflückt werden. Laura zog die Luft tief in die Lunge. Nach dem Frühling war der Spätsommer ihre liebste Zeit im Jahreslauf. Die klare Luft, die sich ankündigende Verfärbung der Blätter, der Wechsel von abgeernteten und noch immer grünen Feldern, die angenehmen Temperaturen. Schon als Kind hatte sie das alles geliebt. Auch als Zeichen des Neubeginns. Die großen Ferien neigten sich dem Ende zu, man hatte sich eine Klassenstufe und damit auch Hierarchiestufe höher gearbeitet, bekam andere Lehrer, vielleicht ein spannendes neues Fach, lernte Mitschüler kennen, mit denen man bisher nichts zu tun gehabt hatte oder die im Sommer zugezogen waren. Dieses Gefühl des neuen Anfangs, der neuen Gelegenheiten durchströmte Laura auch jetzt, und sie wollte es festhalten.

Fröhlich hielt sie, soweit es der Straßenverlauf und der Verkehr zuließen, Ausschau nach Menschen und Tieren, Sträuchern und Bäumen, nach Eindrücken aller Art. Irgendwie war es ihr gelungen, die große Traurigkeit, die sie auf der Höhe von Graz dazu gebracht hatte, für ein paar Minuten verbotenerweise auf dem Seitenstreifen stehen zu bleiben, hinter sich zu lassen. Sie erfreute sich am Rauschen der Blätter, am Bellen der Hunde, dem Zwitschern der Vögel in der Luft. Dann hörte sie einen Traktor neben sich auf dem Feld tuckern. Ein alter, tomatenroter Traktor mit einem grünen Anhänger voller Kürbisse. Doch halt … War das nicht …? Laura verringerte die Geschwindigkeit, um besser hinschauen zu können. Das konnte nicht sein! Um sicherzugehen, bremste sie ab und stellte den Wagen auf der ungeteerten Zufahrt zum Feld ab. Die Zugmaschine steuerte geradewegs auf sie zu, der Bauer wollte vermutlich nach Hause. Jetzt, wo Laura direkt in sein Gesicht sehen konnte, fielen alle Zweifel von ihr ab. Dass sie als erstem bekannten Menschen ausgerechnet Fabian begegnen musste! Das Herz rutschte ihr ungefähr bis zu den Knien. Natürlich hätte sie noch schnell und vermutlich unerkannt wegfahren können, wie um den Weg freizumachen, den sie irrtümlich blockiert hatte. Aber sie nahm ihren ganzen Mut zusammen.

»Laura!« Eine Mischung aus Überraschung, Wiedersehensfreude und einigen unpräzisen negativen Gefühlen war auf Fabians Gesicht abzulesen. Auch in Laura herrschte ein emotionales Durcheinander. Kurzzeitig erinnerte sie sich an den ersten Blickkontakt mit Fabian, dann an den ersten Kuss. Ihr war gleichzeitig flau im Magen und warm ums Herz. Während Fabian vom Traktor kletterte, entstieg sie ihrem Cabrio. Sie begegneten einander auf halbem Weg und blieben schließlich in angemessenem Abstand voneinander stehen.

»Fabian!«

»Das ist ja 'ne Überraschung!« Fabian sprach mehr zu sich selbst als zu seinem Gegenüber.

»Das kannst du wohl sagen.« Laura hatte keine Ahnung, wie sie dieser unerwarteten Begegnung sprachlich gerecht werden sollte. »Ich fahr zu meinen Eltern, aber du, was machst du denn hier in der Gegend?« Laura musste sich eingestehen, dass sie peinlicherweise nichts wusste vom Leben ihrer langjährigen Liebe. Niemals hatte sie den Mut gefunden, ihre Mutter wenigstens beiläufig nach ihm zu fragen. Bis sie sich zu der Annahme verstiegen hatte, dass Fabian wohl an irgendeinem entlegenen Punkt seiner Weltreise sesshaft geworden war, um dort mit einer Einheimischen ein paradiesisches Leben zu führen, oder zumindest so ähnlich. Kurzum, sie hatte ihn aus ihrem Leben verdrängt. Und gerade heute bot sich offensichtlich die Chance, das zu korrigieren.

»Sieht man das nicht?« Fabian deutete mit einer ausladenden Geste hinter sich auf das Gespann. Er wusste nicht so recht, was er mit dieser unerwarteten Begegnung anfangen sollte. Laura hatte ihn damals so bitter enttäuscht, und nun stand sie da, in einem Outfit, das ihn an eine Stewardess erinnerte, die Haare streng nach hinten gebunden. Und mit einem Auto, das eigentlich nur Leute besaßen, die mindestens noch eines in der Garage stehen hatten. Er bezweifelte, dass diese Frau noch viel gemein hatte mit jener, die er damals mit allem jugendlichen Elan geliebt hatte, mit der er die Welt hatte umarmen wollen. Wenn er sich und sie so ansah, schien es kaum größere Unterschiede geben zu können. Und das bereits nach so wenigen Jahren!

»Doch, schon«, entgegnete Laura flapsig. Aber sie wusste sich keinen rechten Reim auf das zu machen, was sie sah. Obwohl die Situation so überraschend und rätselhaft war, fühlte sie sich sofort wieder wohl in Fabians Gegenwart. Sein Lächeln, seine Bewegungen, seine Satzmelodie wirkten so vertraut und beruhigend. Es fühlte sich an, als sei die Zeit zwischen ihnen beiden stehengeblieben. Aber die Frage blieb: Was machte Fabian hier auf diesem Feld? »Aber du wolltest doch weg, du wolltest reisen: Australien, Feuerland, Afrika …«

Aus ihrem Mund ertrug Fabian die Aufzählung seiner vergangenen Pläne nicht. Er unterbrach Laura unvermittelt: »Grönland! Ja, ich weiß! Aber Pläne ändern sich eben manchmal.« Die Worte drängten so aus ihm heraus. Er wusste selbst nicht, ob er sich entschuldigen oder sie anklagen wollte. Hier auf diesem Feld, bei diesem zufälligen Treffen würden sie beide sicherlich keine Aussprache führen, die irgendetwas bereinigen könnte. Die alten Verletzungen waren noch da, er spürte es. Doch wenn es überhaupt eine Chance gab, sie zu heilen, dann wohl nur, wenn der Gesprächsverlauf jetzt keine neuen Wunden bei ihm riss. Er versuchte abzulenken, indem er von seinem jetzigen Alltag erzählte. Dann konnte er auch gleich sehen, wie sie darauf reagierte. »Ich bin jetzt seit knapp zwei Jahren Bio-Bauer auf dem Trattnerhof.«

Wie Fabian so dastand, die Hände tief in den Taschen seiner Jeans vergraben! Mit beiden Beinen fest auf der Erde. Und der Stolz in seiner Stimme war unüberhörbar. Mochten auch die Pläne seiner Jugend ganz anders geklungen haben, sich jetzt hinzustellen und sagen zu können, er sei Bauer, das hatte eine archaische Kraft, die in diesem Moment beide beeindruckte. »Trattnerhof? Das war doch … das war doch der Hof von deiner Großtante?«

Immerhin schien Laura sich noch irgendwie an ihr Leben hier zu erinnern, an ihn, an seine Familie, die gemeinsam verbrachte Zeit. Das Misstrauen, das Fabian ihr gegenüber empfand, weil sie so anders wirkte, so von weit her, ebbte langsam ab. »Sie hat ihn mir vererbt!«

Laura konnte sich nicht erinnern, jemals davon gehört zu haben, dass Fabian als künftiger Erbe des Hofes gehandelt worden war. Hatten sich die Dinge so überraschend entwickelt, oder war Fabian nur auf der Flucht vor dieser Möglichkeit gewesen und hatte es ihr verschwiegen?

»Klingt gut!«, bestärkte sie im Nachhinein seinen Entschluss, ohne wirklich zu ahnen, was es bedeutete, einen Bauernhof zu bewirtschaften. Sie und ihre Eltern hatten hier immer als Städter gegolten, trotz aller Bereitschaft, vor allem vonseiten ihrer Mutter, am Gemeindeleben teilzunehmen. Der Alltag eines Landwirts war Laura fremd geblieben, auch wenn sie in der Schule Kontakt zu Kindern gehabt hatte, die auf dem Bauernhof aufwuchsen. Aber die hatten immer eine große Scheu davor gezeigt, sie zu besuchen – wohl auch, sie einzuladen. Die Kontakte blieben meistens auf die Schule oder die kirchliche Jugendgruppe begrenzt.

»Ist es auch!« Fabian wurde ein wenig warm ums Herz, wenn er die schlanke blonde Frau ansah, die ihm gleichzeitig so vertraut und so fremd vorkam. Ihr offenes Lachen, ihre ungekünstelte Art. Fast hätte er Lust, sie bei der Hand zu nehmen, sie neben sich auf den Traktor zu setzen, ihr sein neues Leben zu zeigen. Ohne ernsthafte Absichten. Nur um diese Vertrautheit länger zu spüren, die Erinnerung an unbelastete Tage, als er sich noch frei und nicht ganz erwachsen fühlte. Doch war es wirklich so leicht, die dazwischenliegenden Jahre mit ihren Erfahrungen einfach zu vergessen? So zu tun, als gäbe es sie nicht? Fabian zögerte.

Ein seltsamer Zufall, überlegte Laura, dass sie Fabian genau an dem Tag begegnete, an dem sie beschlossen hatte, sich von Peter zu trennen. Als könnte der Teil ihres Lebens, der mit Peter zu tun hatte, einfach gelöscht werden und ihre Beziehung mit Fabian ginge einfach weiter, so als wäre nichts geschehen. Die Jahre in Wien eine Sackgasse, aus der sie unverrichteter Dinge wieder herauskäme, zurück auf ihren alten Weg, wo Fabian noch wartete, ein wenig verärgert über ihre lange sinnlose Abwesenheit, aber trotzdem bereit, mit ihr weiterzugehen. Nein! Was für ein naiver Jungmädchentraum!

Was veranlasste sie zu der Annahme, dass gerade Fabian sich für sie freigehalten hätte? Er, der mit seiner ruhigen, ein wenig träumerischen Art bei so vielen jungen Frauen einen Stein im Brett gehabt hatte. Attraktiv, fröhlich, einfühlsam. Ein Mann, der Frauen wirklich verstand, sie nicht nur als schmückendes Beiwerk betrachtete. Natürlich hatte er eine Gefährtin, die mit ihm wirtschaftete, vielleicht zwei oder schon drei Kinder. So, wie sich in ihrem Leben einiges ereignet hatte, so würde auch seine Entwicklung vorangeschritten sein. Wollte sie das wissen? Oder wäre es nicht besser, jetzt einfach nach einem unverbindlichen Abschiedswort ins Auto zu steigen und loszufahren?

Die Stille zwischen den beiden dehnte sich. Auch Fabian wusste nicht, ob er auf ein Wiedersehen drängen sollte. Nach einem nostalgischen Gespräch über die Vergangenheit stand ihm nicht der Sinn. Andererseits interessierte ihn schon, wie es Laura ergangen war, was sie wirklich bewogen hatte, so schnell und ohne jede Erklärung mit einem anderen wegzugehen. Er schaute sie abwartend und ein wenig herausfordernd an. Auch wenn viele Jahre ins Land gegangen waren, fand er, dass der Ball in ihrem Feld lag.

»Was ist, was guckst du so?« Unsicher geworden brach Laura das Schweigen. Verlegen spielte sie mit den Ärmeln des Pullis, den sie über die Schultern gelegt und lässig vor der Brust verknotet hatte.

»Du hast dich nicht verändert!« Aus all den Gedanken, die ihm durch den Kopf gingen, suchte Fabian einen aus, der das Gespräch hoffentlich am besten wieder in Gang brachte.

Er wollte etwas Positives formulieren, ohne dabei lügen zu müssen, und sei es auch nur dadurch, dass er etwas unterschlug.

»Sieben Jahre sind eine lange Zeit!« Laura sah an sich hinab und musste sofort an die Falten denken, die sie während dieser Zeit bekommen hatte, die paar Pfund, die sie zugelegt hatte, und an eine Menge kleiner, aber dennoch unübersehbarer Veränderungen, die ihr täglich vor Augen führten, dass sie nicht mehr siebzehn war. Nachdem Fabian die Position übernommen hatte, das Gemeinsame zu betonen, fiel es ihr deutlich leichter, das Trennende zu thematisieren.

Die Lust auf einen Flirt überkam Fabian, unverfänglich wollte er ausprobieren, wie Laura auf ihn reagierte. »Wenn ich dich so ansehe, kommt es mir nicht so vor.«

Laura blockte sofort. So vertraut ihr vieles an Fabian vorkam, so fremd fühlte sie sich dennoch, fast ein wenig ausgeschlossen. Wenn sie während der letzten Jahre bei ihren Eltern zu Besuch gewesen war, hatten sie Haus und Garten meist nur zu einem Einkaufsbummel oder für einen Restaurantbesuch verlassen. Lange Spaziergänge hatten sich irgendwie nie ergeben. Erst jetzt fiel ihr die wunderbare Landschaft auf. Als Jugendliche, die hier aufwuchs, hatte sie keinen Blick dafür gehabt. »Wie schön es hier ist!«

»Du hättest bleiben können!« Es klang rechthaberisch. Fabian verstand nicht, dass es oft die einzige Möglichkeit war, irgendwo anzukommen, nachdem man weggegangen war. Ihm kam Lauras Abwesenheit wie vergeudete Zeit vor, Zeit, die sie besser miteinander hätten nutzen können. Wieso glaubte sie, ihn, der geblieben war, nun auf die Schönheit der Landschaft aufmerksam machen zu müssen?

Laura verspürte keine Lust, sich zu erklären. Lakonisch stimmte sie zu: »Ja, das hätte ich!« Es würde Fabian nicht leichtfallen, ihr ihr damaliges Verhalten zu vergeben. Sie hörte den Vorwurf in seiner Stimme. Irgendwie hatten sie sich im Verlauf des Gesprächs eher voneinander entfernt als einander angenähert. Laura bedauerte diese Entwicklung. Es schien ihr absurd, war aber vermutlich nicht anders möglich, solange sie so oberflächlich miteinander redeten, ohne die Situation des anderen zu kennen. Aber was sollte sie tun? Von Peter und der geplanten Trennung erzählen? Dieses Thema schien ihr zu unausgegoren und zu schmachvoll. Vielleicht konnte sie ja aus Fabian etwas herauskitzeln. »Und sonst? Wie geht's dir sonst so?«

Die Frage verstärkte Fabians aufkeimenden Missmut. Irgendwie fühlte er sich in die Rolle des Verlierers gedrängt. Derjenige, der die Heimat nicht verlassen hatte, sollte derjenigen, die gegangen war, Auskunft erteilen und für das entgegengebrachte Interesse möglicherweise auch noch dankbar sein. Wurde er auf diese Weise nicht zum Exoten? Er bremste sich, wollte keine Misstöne aufkommen lassen: Lauras Erscheinung hatte nichts Selbstgefälliges. Was sie getan hatte, lag lange zurück, und ihr Interesse wirkte ehrlich, aber er wollte es von ihr hören. »Interessiert dich das jetzt wirklich, nach all den Jahren?« Fabian verschränkte die Hände vor der Brust und nahm eine abwartende Haltung ein.

Das Gelände zwischen ihnen schien vermint. Es hatte keinen Sinn, so zu tun, als sei nichts Trennendes vorgefallen. Aber Laura hatte nach den Ereignissen dieses Tages nicht mehr die Kraft, eine weitere Beziehung zu klären. Sie zog sich in ihr Schneckenhaus zurück und stammelte: »Entschuldigung, dass ich gefragt hab. Ich bin …«

Enttäuscht über ihren Rückzieher, war Fabian auch nicht mehr bereit, die anderen Signale wahrzunehmen, die Laura aussendete. Ihre Traurigkeit, ihre Verletzlichkeit, ihre Bereitschaft, ihm näherzukommen. Zu sehr war er in seine eigene Geschichte verstrickt. Ohne auf eine Entgegnung zu warten, wandte er sich ab, um zurück zu seinem Traktor zu gehen, der die ganze Zeit gemütlich vor sich hin getuckert und sinnlos eine Menge Diesel in Geräusch und Gestank verwandelt hatte. »Dann mach's mal gut!«, brummte er.

Laura schwieg verständnisvoll. Diese Begegnung konnte nicht im Guten enden, nicht nach dem Abschied, den sie Fabian damals bereitet hatte. Irgendwo in seinem Herzen schwelte noch immer ein Zorn, für den sie volles Verständnis hatte. Sie hoffte nur, dass ihre Gespräche in Zukunft entspannter verlaufen würden. Nach dieser überaschenden Begegnung war Laura sich sicher geworden, dass zwischen ihnen noch etwas Verbindendes existierte. Daran wollte sie vorsichtig anknüpfen. Sie schaute Fabian nach, der lustlos den Traktor bestieg, um endgültig den Heimweg anzutreten.

Die wenigen Kilometer bis zum Haus ihrer Eltern ging ihr Fabian nicht aus dem Kopf. Bio-Bauer war er also geworden.

Einer, der alles richtig machen wollte, verantwortungsvoll handeln, für die Umwelt und die Menschen. Der seinen Beitrag leisten wollte für eine lebenswerte Zukunft. Sie bewunderte ihn für diesen Entschluss. Bauer zu sein bedeutete für Laura, morgens mit den Hühnern aufzustehen, um die Kühe zu melken, den ganzen Tag hart anzupacken, den Elementen ausgeliefert zu sein und nie sicher sein zu können, ob all die Anstrengungen sich wirklich lohnen würden.

Wie anders verlief dagegen ihr Leben, oder gar das von Peter? Als Richterin hatte sie auch die Möglichkeit, an der Verbesserung der Welt zu arbeiten. Das war einer der Gründe gewesen, wieso sie es vorgezogen hatte, nicht länger in der Kanzlei aktiv zu sein. Dort hatte sie zu oft all ihr Wissen und Können darauf verwendet, kriminelle Handlungen als weniger drastisch erscheinen zu lassen und die Täter vor einer schweren Strafe zu schützen, die ihr oft angemessener erschienen war. Mit ihren Idealen hatte diese Tätigkeit wenig zu tun. Und es gehörte wohl auch zu den Vorwürfen, die sie Peter machte, dass er die ehemalige Kanzlei ihres Vaters immer mehr in diese Richtung gedrängt hatte. Diese Gewissenlosigkeit, nur um des Geldes willen. Vertraut knirschte der Kiesweg unter den Reifen ihres Autos. Laura war bei ihren Eltern angekommen.

5

»Da bist du ja endlich! Ich hab mich schon so auf dich gefreut!« Lotte kam als Erste aus dem Haus gestürzt und umarmte ihre Tochter, deren Besuch sie schon so lange ersehnt hatte. Sie hatte schon geraume Zeit in der Küche gestanden und auf das typische Geräusch eines herannahenden Fahrzeugs gewartet, um schnell das Kaffeewasser aufzusetzen, wenn sie ein Auto näher kommen hörte.

»Ich auch, Mama!« Sie war nach diesem ereignisreichen Tag froh, seit langem wieder einmal in den Schoß der Familie zurückgekehrt zu sein. Ein Ort, an dem sie wusste, womit sie zu rechnen hatte, wo sie liebevoll umsorgt wurde und wo alle möglichen Konflikte lösbar schienen, weil die Liebe größer war als jeder Meinungsunterschied. So kam es ihr zumindest in diesem Moment vor. Nachdem Lotte sich von ihr gelöst hatte, um sich dem Gepäck zuzuwenden, begrüßte Laura fröhlich ihren Vater, der ein wenig langsamer, aber mit dem gleichen Überschwang aus der Küche herankam. »Hallo, Papa!« Laura schätzte es besonders an ihrem Vater, wie er sich auch für die Familie immer fein machte: dunkelblauer Anzug, Strickweste und ein elegant geschlungenes Halstuch. Mit den gleichmäßig weißgrauen Haaren und dem sommerlich braun gefärbten Teint wirkte er wie ein echter Gentleman.

»Laura, du hast uns gefehlt!«, sagte ihr Vater und umarmte sie innig.

Während Lotte den Kofferraum des Cabrios öffnete, um Lauras Koffer herauszuholen, hielt sie kurz inne und fragte: »Wo ist denn Peter?«

»Er hat noch einen Termin mit Kellermann.« Laura hatte natürlich mit der Frage gerechnet und beschlossen, sich vorerst bedeckt zu halten. Sie wollte es so lange wie möglich hinauszögern, darüber zu sprechen, was sich wirklich ereignet hatte. Obwohl es nicht zu vermeiden sein würde.

»Kommt er nach?«, interessierte sich Herbert. Er bedauerte ein wenig, dass sein Schwiegersohn nicht mitgekommen war. Die eine oder andere Fachsimpelei unter Kollegen hätte ihm die kommenden Tage durchaus angenehm verkürzt. Außerdem hätte er gerne erfahren, wie sich die aktuellen Fälle in der Kanzlei entwickelten.

Die Nachfrage ihres Vaters ignorierte Laura. Sie wandte sich an ihre Mutter, die bereits den Koffer aus dem Wagen herausgehoben hatte, ihn aber gerne an Herbert weitergab, der sich nun ebenso eifrig bemühte, seiner Tochter einen herzlichen Empfang zu bereiten. »Was gibt's denn nachher zu essen?«, fragte sie stattdessen und fasste die Hand ihrer Mutter, um den Kontakt zu intensivieren und sie von weiteren lästigen Nachfragen abzuhalten.

»Küchengeheimnis!« Mutter und Tochter wechselten verschwörerische Blicke. »Wie war die Fahrt?« Lotte hatte so viele Fragen, aber es war wohl am besten, mit dem Naheliegenden zu beginnen.

Laura zuckte nur mit den Schultern. »Gut!« Zu dritt gingen sie bester Laune ins Haus zurück, um die letzten Vorbereitungen für die Kaffeetafel zu treffen.

»Blendend siehst du aus!« Lotte spürte eine Veränderung bei ihrer Tochter, die ihr sehr positiv schien. Sie wirkte wesentlich entspannter als bei den letzten Besuchen, ja beinahe gelassen.

Während Lotte den Kaffee aufgoss, die Milch und die Sahne auf ein Tablett stellte, machte Laura sich kurz frisch. Nach und nach trafen die Familienmitglieder auf der großen Wiese nahe dem Haus ein, wo ein schön gedeckter Tisch auf sie wartete. Lotte zog das weiße Leinentuch von den vorbereiteten Kuchenstücken weg, das die Wespen hatte abhalten sollen.

Laura betrachtete die liebevoll aufgestapelten Stücke aufmerksam. »Ich glaube, Papa hat schon stibitzt!« Sie blinzelte ihrer Mutter zu.

»Du kennst ihn doch! Er hat schon bedauert, ihn mit euch teilen zu müssen. Aber nun bist du ja nur alleine da, dann wird es wohl für alle reichen!« Lotte war immer wieder überrascht, wie schnell sich auch nach Jahren die familiären Gepflogenheiten ganz unvermittelt wieder einstellten. Wie etwa die ständige Angst, bei Kuchen und Süßspeisen könnte irgendjemand benachteiligt werden.

»Lecker!« Lustvoll biss Laura in das erste Stück. Die Begegnung mit Fabian ging ihr nicht aus dem Kopf. Unvermittelt begann sie, ihrer Mutter davon zu erzählen: »Weißt du, wen ich auf der Fahrt hierher getroffen habe?«

Auch Lotte hatte sich ein Stück vom Kuchen genommen. Fragend schaute sie zu ihrer Tochter hinüber. »Wen?«

»Fabian.«

Ihre Mutter vermittelte den Eindruck, als hätte sie keine Ahnung, von wem ihre Tochter sprach.

»Fabian Lehner!« Langsam wurde Laura ein wenig ärgerlich. Sie hatte damals, was Fabian betraf, vor ihrer Mutter keine Geheimnisse gehabt. Sollte sie Fabian wirklich vergessen haben? Den großen Plan mit der Weltreise, von der sie immer abgeraten hatte?

Nach einem weiteren Bissen Kuchen legte Lotte die Stirn nachdenklich in Falten und wirkte noch immer, als hätte sie keine Vorstellung, von wem ihre Tochter sprach.

»Du weißt doch genau, wen ich meine!« Wie konnte ihre Mutter nur so tun, als wüsste sie nicht, von wem sie sprach? Laura hatte keine Lust mehr, dieses seltsame Spiel weiterzuspielen. »Hast du gewusst, dass er den Trattnerhof geerbt hat?«

Kampflos gab Lotte den Widerstand auf: »Ich habe davon gehört, ja!« Sie lehnte sich distanziert auf ihrem Stuhl zurück. Wieso kam ihre Tochter jetzt mit diesem Nichtsnutz daher? So froh war sie gewesen, als Laura damals Vernunft angenommen und sich innerhalb kürzester Zeit mit Peter über eine gemeinsame Zukunft geeinigt hatte.

»Warum hast du mir nie davon erzählt?« Die Haltung ihrer Mutter enttäuschte sie tief. Wie konnte sie annehmen, dass Neuigkeiten von Fabian sie nicht interessierten?

»Ist es immer noch so wichtig für dich?« War ihre Tochter nicht endlich alt genug, um zu wissen, was für sie gut war, wohin und zu wem sie gehörte?

Ehe Laura antworten konnte, kam ihr Vater mit einer Flasche Prosecco an den Tisch. Formvollendet begann er, die Gläser mit der perlenden goldgelben Flüssigkeit vollzuschenken. Noch ehe er sich setzte, machte er seinem Ärger über den Schwiegersohn Luft. Dass er nicht mitgekommen war, beleidigte ihn beinahe persönlich. Hatte er ihn doch nahezu an Sohnes statt angenommen. Außerdem hatte Peter kein Wort über sein Ausbleiben verlauten lassen, als die beiden noch in der Mittagszeit miteinander telefoniert hatten. Im Gegenteil, sie hatten bereits Pläne geschmiedet, was sie miteinander unternehmen könnten. Herbert hatte schon vor einigen Tagen einen befreundeten Jäger gebeten, seinen Gast mit auf die Pirsch nehmen zu dürfen. Auch eine Weinprobe beim besten Winzer der Gegend war bereits bestellt. »Peter hätte mich wenigstens anrufen können«, grummelte er vor sich hin.

»Ruf ihn an und sag's ihm!«, schlug Lotte mit der ihr eigenen Pragmatik vor. Sie hasste es, über Dinge zu diskutieren, die auf andere Weise schnell gelöst werden konnten, ohne das Klima zu belasten. Herbert hatte den ganzen Tag so wunderbare Laune gehabt, die sollte er sich nicht von seinem abwesenden Schwiegersohn vermiesen lassen.

Irritiert darüber, dass seine Klagen auf so wenig Gehör stießen, zog Herbert ein beleidigtes Gesicht. Irgendwie schienen Mutter und Tochter sich mit ganz anderen Dingen zu befassen. Dies verstärkte nur seinen Missmut darüber, während der nächsten Zeit keinen Ansprechpartner zu haben, wenn die beiden sich mit irgendwelchen Frauensachen beschäftigten.

Lotte ignorierte den Ärger ihres Mannes, sie hatte geäußert, was ihrer Meinung nach zu tun war. Alles andere war nun seine Sache. Aber auch ihr brannte ein Thema unter den Nägeln. »Was ich dich fragen wollte«, wandte sie sich an ihre Tochter, »könntest du mir in den nächsten Tagen bei den Vorbereitungen zum Kürbisfest helfen?«

Laura hatte keine Ahnung, was genau dabei auf sie zukam, aber sie fand Gefallen daran, nicht nur die Zeit totzuschlagen, sondern zusammen mit ihren Eltern auch etwas zu unternehmen. Den Mund voller Kuchen brachte sie nur einen zustimmenden Laut hervor.

Noch ehe die Tochter sich erkundigen konnte, was ihre Mutter mit dem Kürbisfest zu tun hatte, begann Herbert spöttisch zu lamentieren: »Sie haben deine Mutter nämlich zur Schirmherrin ernannt!« Es war nicht das erste Mal, dass er sich über diese Aktivität seiner Frau lustig machte. Dabei vertuschte er nur seine Eifersucht darüber, dass sie sich nicht wie sonst ausschließlich ihm und seinem Wohlergehen widmete. »Und seitdem dreht sich bei ihr alles um Schmankerl und Blumenschmuck, Blumenschmuck und Schmankerl!«

Diese während der letzten Wochen schon öfter vernommene Kritik konterte Lotte kühl: »Dich möchte ich erleben, wenn deine Frau das nicht alles perfekt hinbekommt!«

An ihrem schneidenden Tonfall erkannte Herbert, dass es jetzt wohl besser war einzulenken, wenn er den Rest des

Tages in entspannter Atmosphäre verbringen wollte. »Ich zweifle gar nicht daran«, sagte er. »Und wenn Laura dir hilft.« Er setzte sich neben seine Tochter auf die mit roten Polstern gemütlich gemachte schmiedeeiserne Bank und hob feierlich sein Glas. »Auf eine schöne Zeit!«

Die edlen Kristallgläser erzeugten beim Anstoßen eine beschwingte Melodie. Alle lächelten einander zu, die Familie schien langsam in den gleichen Rhythmus zu kommen.

»Stell dir vor«, begann Herbert zu erzählen, »vor ein paar Tagen waren deine Mutter und ich in Graz, bei einer Auktion. Bilder, Grafiken, Bücher, auch kleine Möbel und Geschirr standen zum Verkauf. Wir haben das vorher noch nie gemacht. Aber es war ein interessanter Nachmittag!« Er wartete ab, ob seine Tochter sich für das Thema erwärmen würde.

»Und? Habt ihr etwas erworben? Es soll in diesem Haus ja noch den einen oder anderen freien Platz geben!« Letztendlich war es Laura egal, auf welche Art und Weise die Gegenstände beschafft wurden, die ihr Elternhaus anfüllten. Ihrem Geschmack nach war es jetzt schon eher überladen.

»Wir hatten uns nicht genug vorbereitet«, gestand Lotte, »und haben uns dementsprechend zurückgehalten, obwohl es uns schon manchmal gejuckt hätte, einfach die Bieterkarte zu heben und mitzuspielen. Man sollte sich die Sachen ein paar Tage vorher ansehen, während der Auktion besteht nicht sehr viel Zeit dazu. Ich kann das nur schätzen, aber pro Stunde kamen sicher mehr als fünfzig Objekte zum Aufruf.«

»Hattet ihr keine Angst, aus Versehen mitzubieten und dann irgendetwas kaufen zu müssen, was ihr noch nie wolltet?« Laura erinnerte sich gehört zu haben, dass schon eine erhobene Hand, um jemandem zuzuwinken, als Gebot gewertet werden konnte.

»Ich glaube, die haben gar kein Interesse daran. Da entsteht doch nur Ärger. Nein, das verlief ganz fair: Die Auktionatorin schaute jeden, den sie nicht schon lange kannte, genau an, ob das eine ernst gemeinte Aktion war.« Auch wenn er den Ruhestand genoss, betrachtete Herbert doch viele Aspekte des täglichen Lebens von der juristischen Seite.

Nun wollte auch Lotte erzählen: »Was ich ganz spannend fand, war der unterschiedliche Rhythmus, den der Nachmittag hatte. Manchmal fand sich für ein paar Bilder hintereinander kein einziger Interessent. Plötzlich meldete sich jemand, bevor die Helfer das Bild wegtrugen, und nannte eine Summe, die etwa zwanzig Prozent unter dem Aufrufpreis lag. Meistens hatte die Auktionatorin wohl einen Spielraum und ging darauf ein. Plötzlich wurden auch andere im Saal wach und erhöhten. Was zuerst niemanden interessierte, wurde plötzlich zum Objekt der Begierde. Faszinierend!« Lotte nahm einen großen Schluck Prosecco. »Ich habe versucht herauszufinden, ob irgendjemand im Saal den Auftrag hatte, die eine oder andere Auktion anzuheizen, um die Preise hochzutreiben. Aber ich konnte niemanden entdecken. Andererseits, wenn ich beim ersten Besuch bereits Verdacht schöpfen würde …«

»Das kann ich mir nicht vorstellen«, schaltete Herbert sich wieder ein, »der Ruf eines Auktionshauses ist sein größtes Kapital. Nur wenn alles mit rechten Dingen zugeht, lassen sich dauerhaft solvente Einlieferer und Käufer ansprechen. Ohne Vertrauen funktioniert dieses Geschäft nicht – wie übrigens auch die meisten anderen.«

»Und was waren da so für Leute? Wollten die alle etwas ersteigern, oder waren da viele wie ihr, die froh waren, an diesem Nachmittag einen warmen und trockenen Platz zu haben, ohne etwas konsumieren zu müssen?«, lästerte Laura durchaus interessiert.

»Ganz unterschiedlich.« Herbert überlegte einen Moment, um sich den Raum und die Anwesenden wieder ins Gedächtnis zu rufen. »Eine nummerierte Bieterkarte und einen Katalog hielt fast jeder in der Hand. Aber die Anzahl derjenigen, die sich tatsächlich einschalteten, war doch eher überschaubar. Vermutlich waren einige Händler dabei, jeweils mit speziellen Fachgebieten, die sich gelegentlich gegenseitig überraschend hochsteigerten. Der eine oder andere Sammler fand sich wohl auch im Publikum, bereit, ein Stück günstig zu erwerben, wenn sich sonst niemand dafür interessierte. Die vermögendsten Kunden ließen sich aber nicht persönlich blicken. Bei den bekannteren Gemälden, darunter ein echter Andy Warhol, standen mehrere Angestellte des Auktionshauses verteilt im Raum und telefonierten mit Kunden, um in deren Sinn Gebote abzugeben. Es entwickelte sich ein waghalsiges Bietergefecht, bei dem die Leute im Saal fast nur noch ein erstauntes Publikum darstellten.«

»Was mir gefallen hat«, unterbrach Lotte die Ausführungen ihres Mannes, nachdem sie noch eines der leckeren Kuchenstücke genüsslich verzehrt hatte, »es gab für jeden

Geldbeutel etwas. Neben mir saß eine Frau, die eher wirkte, als würde sie auf einer Parkbank an der Mur übernachten, die schnell zuschlug, als sie eine Grafik für fünfzig Euro erwerben konnte.«

»Hört sich alles ganz spannend an«, konstatierte Laura, »aber irgendwie giert mein Magen trotz der feinen Backwaren nach etwas Deftigerem. Außerdem beginnt es mich langsam zu frieren.« Mit einer entschiedenen Geste trank sie ihr Glas leer.

»Ich verstehe, die Hausfrau soll endlich wieder in die Küche, statt von ihren Ausflügen in die raue Wirklichkeit zu berichten«, meinte Lotte und zog spielerisch ein beleidigtes Gesicht.

»Wir werden dich dort natürlich nach besten Kräften unterstützen!«, versprach Herbert mit einem ironischen Augenzwinkern zu seiner Tochter hinüber. Schließlich wussten beide, dass Lotte sich bei ihren Vorbereitungen nur wenige Handgriffe abnehmen ließ und auch den Tisch bereits gedeckt hatte.

»Ich schätze dein überraschendes Engagement«, gab Lotte zurück, »aber ich denke, ich werde heute ausnahmsweise nicht auf dein großherziges Angebot zurückgreifen! Du kannst ja mit Laura währenddessen die neuesten Justizskandale besprechen.«

»Ich denke, Papa und ich räumen wenigstens den Tisch hier draußen ab, und dann mache ich mich schön für das Diner.« Zur Bekräftigung stand Laura auf, nahm einen der wunderbaren weißen Blumensträuße, um ihn ins Haus zu tragen und bei der Rückkehr ein Tablett für das Geschirr mitzubringen.

»Ein guter Vorschlag«, stimmte Herbert zu, bevor er den letzten Rest Prosecco in sein Glas schenkte. Als Laura außer Hörweite war, lehnte er sich zu seiner Frau hinüber und raunte: »Diese praktische, zupackende Seite muss sie von dir haben!«

6

Irgendwie kommt sie mir einsam vor, dachte Fabian, während er auf seinem Traktor zurück zum heimatlichen Trattnerhof tuckerte. Es ging ihm nicht mehr aus dem Kopf, wie Laura so dagestanden hatte, so schlank, so zerbrechlich, so fremd gekleidet, geschäftsmäßig in Bluse und Kostüm.

Auf dem schlecht gefederten Anhänger hopsten die Kürbisse hin und her. Fabian versuchte, den weitesten Teil seines Weges auf Feldwegen zu fahren. Das war meistens kürzer als auf der Landstraße, außerdem hasste er es, wenn die Autofahrer hinter ihm nervöse Schlangen bildeten. Nicht jeder, der ein Fahrzeug lenkte, war auch in der Lage, die wenigen Stellen, die das kurvige Asphaltband zum Überholen bot, auch auszunutzen. Wenn dann die sportlicheren Lenker aus der achten oder neunten Position heraus, alle Vernunft fahren lassend, Gas gaben und die Schlange von hinten aufzurollen versuchten, hielt Fabian an einer geeigneten Stelle an und ließ die Kolonne vorüberziehen, nicht ohne dem einen oder anderen Hobbyfahrer einen mitleidigen Blick hinterherzuschicken.

Die überraschende Begegnung mit Laura hatte ihn traurig gemacht. Fabian hatte die jähe Trennung von ihr nie richtig verarbeitet, war seitdem unfähig gewesen, zu einer anderen

Frau eine echte Beziehung aufzunehmen, hatte sich kaum einmal für andere Frauen interessiert. Wenn Jacob nicht wäre, er würde wie ein Einsiedler auf dem abgelegenen Hof leben und sein Tagwerk verrichten, das er sich nicht einmal selbst gewählt hatte. Es lag Fabian fern, mit seinem Schicksal zu hadern. Das Erbe auszuschlagen wäre ihm nie in den Sinn gekommen. Zu sehr achtete er den Wunsch der Großtante, die das Schicksal des kleinen Gutes in seine Hand gelegt hatte. Doch es wäre ihm lieber gewesen, wenn er mehr Zeit dafür gehabt hätte, sich auf seine verantwortungsvolle Aufgabe vorzubereiten. Erst ein Jahr vor ihrem Tod, den die Großtante so genau natürlich nicht hatte vorherbestimmen können, hatte sie ihm ihren Plan unter vier Augen mitgeteilt. Ohne zu zögern hatte Fabian sich seiner bisherigen Pflichten entledigt und war zu ihr gezogen, um an ihrem Wissen und ihrer Erfahrung teilzuhaben und fortan den Bauernhof mit ihr zusammen zu bestellen. Um seinen durchaus weltverbessernden Ansprüchen gerecht zu werden, beschäftigte er sich damals vor allem an den langen Winterabenden damit, wie er den Hof auf biologische Bewirtschaftung umstellen konnte. Die Tante wollte davon nichts mehr wissen. Sie hatte keine Lust mehr, sich auf ihre alten Tage noch einmal auf etwas Neues einzulassen, legte ihm aber keine Steine in den Weg. Auch ihr war in den letzten Jahren bewusst geworden, dass sich die bäuerliche Landwirtschaft nicht immer zu ihrem Besten gewandelt hatte. Natürlich konnte auch Fabian nicht von einem Tag auf den anderen alles verändern. Doch mit der Unterstützung eines Fachmanns, der die Umstellung begleitete, ging es zügig voran. Er veränderte nicht nur Anbau und Erzeugung der Produkte, auch mit ihrer Auswahl passte er sich besser an die Bedürfnisse des Marktes an. Kürbiskernöl etwa entwickelte sich während der letzten Jahre zu einem großen Verkaufsschlager. So hatte Fabian im vorigen Sommer damit begonnen, die alte Presse zu reinigen, die seit vielen Jahren unbenutzt in einem Schuppen stand. Wobei reinigen den Vorgang eher ungenau beschrieb. Vielmehr musste er vor allem die beweglichen Teile in ihrer Gesamtheit demontieren, um die Mischung aus Staub und zähem altem Öl entfernen zu können. Er hatte die Stunden nicht gezählt, die es gedauert hatte, bis die Presse wieder sauber und funktionsfähig war – und das war vermutlich besser so. Aber das Glücksgefühl, das ihn durchströmte, als er kurz darauf die erste Ladung Kürbiskerne entölte, war unbeschreiblich gewesen. Da spielte es auch keine Rolle, dass er aus purer Ungeduld nicht lange genug gewartet hatte und teilweise unreife Kerne verwendet hatte, was dem Öl geschmacklich durchaus anzumerken war. Er führte dann im Lauf des letzten Herbstes noch mehrere Versuche durch um Erfahrungen zu sammeln für eine ernsthafte Produktion in diesem Jahr. Und nun hatte Fabian die erste Fuhre mit schweren Kürbissen auf dem Anhänger hinter sich. Leider würde er sein Öl dieses Jahr noch nicht mit dem Kennzeichen »Bio« versehen können, dazu lag die Umstellung seiner Anbauflächen auf organischen Dünger und der Verzicht auf synthetisch hergestellte Schädlingsbekämpfungsmittel noch nicht lange genug zurück, aber die Zielrichtung war klar.

Die Zeiträume, in denen er dachte, hatten sich verändert, seitdem er als Bauer lebte und arbeitete. Im Gegensatz zu vielen anderen Berufen existierte die Trennung zwischen Leben und Arbeit auf einem Hof nicht. Arbeit und Freizeit ließen sich nicht gegeneinander aufrechnen. Das heißt, wenn sie sich wirklich trennen ließen, würde nicht viel Freizeit übrig bleiben. Wenn er die Zeit betrachtete, die er jetzt gerade auf diesem Traktor verbrachte, war eines so gut wie das andere: Tätigkeit und Müßiggang. Natürlich mussten die Kürbisse auf den Hof gebracht werden. Andererseits bereitete es Vergnügen, gemächlich tuckernd über einsame Wege zu fahren, die abwechslungsreiche, durch das goldene Licht der Sonne verzauberte Landschaft zu bestaunen und sich dabei Gedanken über sein Leben zu machen. Möglicherweise grenzte das nahe an die Vorstellung vom unentfremdeten Leben, die er sich als Heranwachsender immer gemacht hatte. Natürlich, das wusste er heute, ließ sich das in Idealform auch auf einem Bauernhof nicht mehr erreichen. Zu eng war selbst ein Biobauer mit dem System um ihn herum verzahnt. Außerdem fehlte es Fabian am nötigen Enthusiasmus. Dazu musste man aus ganz anderem Holz geschnitzt sein, wenn man etwa ganz ohne Auto oder Lebensmittel aus dem Supermarkt auskommen wollte. So zu leben schien Fabian zu entbehrungsreich. Möglicherweise übertrieb er es bereits jetzt. Lebte er doch, seitdem Laura ihn verlassen hatte, wie ein Mönch. Nach ihr hatte er keine Frau mehr angefasst, nicht einmal Lust gehabt, es zu tun. Eine Stimme in ihm schrieb es seiner Angst zu, ein weiteres Mal so verletzt zu werden. Eine andere erklärte, dass eine, die sein Leben zu teilen bereit wäre, nicht so leicht aufzufinden sei. Gleichwohl, für wen oder was plagte er sich so, wenn er das Paradies, das er zu schaffen hoffte, mit niemandem teilen konnte? Seine Fürsorge für Jacob, sosehr er ihn auch liebte, stellte sich als durchwegs gefährdet dar, solange er keine Frau hatte. Schnell versuchte Fabian den Gedanken wegzuschieben, der sich seit einiger Zeit in einer abgelegenen Gehirnwindung festzusetzen drohte. Nein, dass er Laura heute gesehen hatte, war nichts als ein bedeutungsloser Zufall gewesen.

Als Fabian mit seinem Gespann in den idyllisch am Hang liegenden Hof einfuhr, kam Jacob ihm mit seinem orangefarbenen Fahrrad mit dem hochgezogenen Lenker entgegen. »Hey, Jacob, alter Sportsfreund!«, rief Fabian ihm zu und grinste bis über beide Ohren.

Jacob hielt auf der Höhe des Traktors an, er hatte Fabians Ankunft schon schmerzlich herbeigesehnt. »Ich hab dich gleich geseh'n!«, rief er.

So in Empfang genommen zu werden verscheuchte Fabians Zweifel daran, die Pflege für den Jungen übernommen zu haben. Der benötigte seine Fürsorge wirklich. »Tatsächlich?«, fragte Fabian mit gespieltem Interesse. Er kannte die Stelle oben am Hügel, wo der rothaarige Junge immer Ausschau nach ihm hielt, wenn die Sonne sich gen Westen neigte und er seine Rückkehr erwartete. »Und? Wie war die Schule?«

»Lahm.« Das Fahrrad fiel seitlich in die Wiese. Jacob kletterte geschickt auf den Traktor, um Fabian auf den letzten Metern zu begleiten.

»Und dein Nachmittag mit Isabell?« Fabian ließ nicht

locker. Es interessierte ihn, wie es dem Jungen während seiner Abwesenheit ergangen war.

»Schön! Wir waren schwimmen!« Jacob, der auf dem Behelfssitz über dem Kotflügel des Traktors Platz genommen hatte, schaute nach hinten auf die mit Kürbissen übervolle Ladefläche. »Kann ich dir helfen?«

»Ja, aber erst morgen!« Jetzt hatte es keinen Sinn mehr, mit dem Abladen zu beginnen. Die Arbeit auf dem Feld hatte ihn hungrig gemacht, und Jacob hätte sicherlich auch nichts gegen eine ordentliche Mahlzeit einzuwenden. »Sag mal, hast du keinen Hunger?«

»Doch!« Eigentlich war es Jacob noch nicht aufgefallen, aber wenn Fabian ihn so fragte, dann spürte er doch, dass sein Magen ganz schön knurrte.

»Ich auch! Also, worauf warten wir noch?« Fabian schaltete den bullernden Motor aus und erhob sich in seinem Sitz. »Wer zuerst da ist, hat gewonnen!«

Doch mit seinen langen Beinen kam er viel schwerer vom Traktor herunter als Jacob, der sofort gemerkt hatte, was jetzt gespielt wurde, und einfach vom Kotflügel hinuntergesprungen war.

»Das ist ungerecht!«, versuchte Fabian sich noch herauszureden, als klar war, dass er den Jungen nicht mehr würde überholen können.

Auf der Treppe, die zu den Wohnräumen hinaufführte, kam ihnen Isabell entgegen. Ihr Blick ruhte fröhlich auf den beiden Sprintern. »Du kommst spät!«, begrüßte sie Fabian. »Jacob hat schon nach dir gefragt!«

Unsicher, ob es sich um einen Vorwurf oder eine Feststellung handelte, blieb Fabian zwei Stufen unter ihr stehen. Er wusste auch nicht, ob Isabell sich an seiner späten Heimkehr störte, weil sie so lange hatte hierbleiben müssen, oder ob sie tatsächlich nur das Wohl des Jungen im Sinn hatte. Er steckte seine Hände in die Hosentaschen, wie immer, wenn er unsicher war. Mit einem verlegenen Lächeln, dem niemand etwas abschlagen konnte, schaute er Isabell an und sagte: »Tut mir leid! Danke, dass du gewartet hast!«

»Ich lass doch den Kleinen nicht allein.«

»Also dann, bis morgen!« Fabian nahm zwei Stufen auf einmal und war schon fast an der Eingangstüre angelangt, als er merkte, dass Isabell zögerte zu gehen. Er wandte sich zu ihr um, sie stand noch genau an derselben Stelle.

»Jacob hat sich Schnitzel gewünscht. Es ist alles im Kühlschrank.« Bei den letzten Worten trottete sie mit eingezogenen Schultern los.

Abwechselnd schaute Fabian zu Jacob, der in der offenen Tür stand, und zu Isabell, die den Eindruck machte, ihn und den Jungen jetzt nicht alleine lassen zu wollen. Hatten die beiden noch mehr verabredet als den Speiseplan? Bevor er das langwierig in Erfahrung brachte, fragte er Isabell spontan: »Lust, zum Abendessen zu bleiben?«

Als ob sie auf nichts anderes gewartet hätte, drehte sie sich um und folgte den beiden: »Gern!« Ihr Gesichtsausdruck verriet, dass sie ziemlich beleidigt gewesen wäre, hätte Fabian sie nicht eingeladen zu bleiben. Nun beschleunigte sie ihren Schritt so, dass sie als Erste in der gemütlichen Bauernküche ankam.

Schnell ergänzte sie den bereits gedeckten Tisch mit einem weiteren Teller für sich, drehte das Gas unter der Pfanne an und holte Schnitzel und Butterschmalz aus dem Kühlschrank.

»Wenn ich dich nicht hätte!«, bemerkte Fabian dankbar. Ohne Isabells liebevolle Unterstützung würde er es an manchen Tagen nicht schaffen, Jacob zur rechten Zeit ins Bett zu bringen. Er sah nicht, wie Isabell bei seinen Worten fast ein wenig rot wurde und krampfhaft auf die Pfanne schaute, in der das Butterschmalz langsam zerlief. Erst als es zu rauchen und zu spritzen anfing, kam wieder Bewegung in die dunkelhaarige Frau. Sie drehte die Flamme etwas herunter und legte die Fleischstücke vorsichtig in die Pfanne. Aus dem Kühlschrank holte sie den gewaschenen Salat und die vorbereitete Sauce in einem verschraubten Marmeladenglas. Sie schüttelte sie noch einmal kurz durch und träufelte sie dann gleichmäßig über die Salatblätter, Gurken- und Tomatenstückchen. Der Kartoffelsalat stand schon auf dem Tisch, ungekühlt entfaltete er sein Aroma besser. Isabell wendete gerade die Schnitzel, als Fabian mit einer Flasche Schilcher, hergestellt vom benachbarten Weinbauern, und einer Flasche Apfelmost in der Hand aus dem Keller zurückkam.

Gabel und Messer in beiden Fäusten, trommelte Jacob auf den Holztisch. »Wir haben Hunger, Hunger, Hunger, haben Hunger, Hunger, Hunger, haben Hunger, Hunger, Hunger, haben Durst. Wo bleibt die Suppe, Suppe, Suppe, bleibt die Suppe, Suppe, Suppe, bleibt die Suppe, Suppe, Suppe, bleibt die Wurst.«

Etwa bei »Durst« hatte sich auch Fabian an den Tisch

gesetzt und in den Vers eingestimmt. Isabell drehte sich zu den beiden um, die Pfanne in der Hand. »Wenn ihr heute lieber rohes Fleisch essen wollt? Gerne!«

»Was meinst du, Jacob? Sollen wir das Fleisch heute roh essen?« Fabian schüttelte den Kopf mit aufgerissenem Mund hin und her wie ein Löwe, der ein Stück Fleisch vom Knochen zu reißen versucht.

»Wenn es roh so schwer zu beißen ist«, Jacob deutete auf Fabian, »dann wäre es mir lieber, wenn du es noch fertig brätst. Ich bleib jetzt auch ganz still sitzen.«

»Du könntest ja schon den Salat austeilen«, schlug Isabell vor, während sie die Schnitzel mit einer Mischung aus Paprika, Pfeffer und Salz würzte.

»Zum Wohl!« Als die Teller gefüllt waren und alle um den Tisch saßen, erhob Fabian sein Glas, um anzustoßen und damit das gemeinsame Mahl zu beginnen.

Gierig und nahezu wortlos führten sie Gabel um Gabel zum Mund. Schnell war alles restlos aufgegessen.

»Hat's geschmeckt?«, wollte Isabell wissen, als Jacob sein Besteck auf den leeren Teller gelegt hatte.

»Mhm!« Mit bekräftigendem Nicken stimmte Jacob zu, der gerade noch den letzten Bissen im Mund hatte.

Isabell nahm ihre Serviette in die Hand, befeuchtete sie schnell mit der Zunge. »Warte mal!« Sie versuchte, Jacob einen Rest Kartoffelsalat vom Mundwinkel wegzutupfen.

Mit einer entschiedenen Bewegung schob Jacob ihre Hand weg. »Nein!« Dann wischte er sich den Mund am Ärmel seines grünen Fußballtrikots ab.

Daraufhin wurde Isabell, die sich zuerst noch über Jacobs heftige Reaktion amüsiert hatte, zornig: »Doch nicht so! Dafür hat man eine Serviette!«

Aufgebracht schnellte Jacob hoch. »Du darfst mir nicht sagen, was ich tun soll. Du bist nicht meine Mutter!« Er rannte vom Tisch weg in sein Zimmer.

»Jacob!« Eher versöhnlich als tadelnd rief Fabian dem Davoneilenden nach. Gleichzeitig versuchte er mit einem entschuldigenden Blick, Isabell zu beruhigen. »Sei ihm nicht böse! Es ist immer noch schwer für ihn.«

»Es tut mir leid, ich wollte ihn nicht kränken.« Nach nichts stand Isabell weniger der Sinn, als Missstimmung zu verbreiten. Besonders, wo sich ihre Mahlzeit gerade so familiär angefühlt hatte. Aber vielleicht war es genau das gewesen, was Jacob so erzürnt hatte. Sie waren nicht seine Familie.

Fabian beugte sich vor, um begütigend Isabells Hand zu fassen. »Ich weiß!« Er zögerte einen Moment, dann stand er auf. »Ich schau mal nach ihm«, sagte er. »Für ihn ist es ohnehin Zeit schlafen zu gehen.«

Melancholisch folgte ihm Isabells Blick. Sollte sie jetzt einfach nach Hause gehen? Sie beschloss, noch den Tisch abzudecken und abzuspülen. Bis dahin würde das Zwiegespräch der beiden wohl beendet sein. Vielleicht gelang es ihr ja dann, Fabian zu überreden, sie im Schein des Vollmonds nach Hause zu begleiten. Nicht weil sie Angst hatte, im Dunkeln alleine zum Dorf zu radeln. Sie wollte ihm nahe sein, Zeit alleine mit ihm verbringen. Wenn Fabian nur halb so romantisch war, wie er eigentlich auf sie wirkte, dann müsste so ein

Herbstabend wie der heutige doch irgendwelche Gefühle in ihm wecken. Gefühle, von denen sie hoffte, dass sie ihr galten.

»Das hättest du nicht mehr tun müssen!« Fabian kam aus Jacobs Zimmer. »Ich hatte gedacht, du bist schon längst auf dem Heimweg.«

»Ohne mich zu verabschieden?« Isabell drehte sich zu Fabian um und sah ihm tief in die Augen. »Ich hatte gehofft, du gehst mit mir. Lockt dich dieser Mond nicht noch einmal aus dem Haus?«

Überrascht stutzte Fabian. Bisher hatte Isabell noch niemals darum gebeten, in den Ort begleitet zu werden. Gehörte sie zu den Frauen, die Angst hatten, sich im Dunkeln auf den Weg zu machen? Eigentlich hätte er lieber noch ein bisschen gelesen, bevor er selbst zu Bett ging. Aber wie sollte er ihr den Wunsch abschlagen, so entgegenkommend sie sich ihm gegenüber verhielt? Er versuchte, sein Zögern zu überspielen. »Na klar begleite ich dich. Brauchst du etwas zum Überziehen? Ich denke, es ist kühl geworden.«

Schnell stellte Isabell die gereinigte Pfanne zum Abtropfen ins Gestell und zog den Stöpsel, um das Spülwasser herauslaufen zu lassen. »Gerne!«

Mit seinem kuscheligsten Pulli kam Fabian kurz darauf aus seinem Zimmer zurück. »Hast du das Fahrrad dabei, oder soll ich dich mit dem Auto bringen?«

»Fahrrad!«

Fabian legte den Pulli um ihre Schultern. »Fertig?«

Isabell nickte. Sie war so dankbar für jede auch nur unabsichtliche Berührung durch Fabian. Schade, dass sie ihr Fahrrad dabeihatte. Bei einem Spaziergang oder sogar im Auto wären sie einander sicherlich näher gekommen als auf den Drahteseln. Sie hatte das irgendwie schlecht geplant. Das war eben das Problem. Sie hatte überhaupt nichts geplant. Aber während der letzten Tage keimte in ihr der Verdacht, dass Fabian nichts von der Zuneigung spürte, die sie für ihn empfand. Und dieser mondhelle Abend schien ihr ein geeigneter Zeitpunkt, ihm ein Stück näher zu kommen, und wenn es auch nur in Gedanken war. Wann immer sie sonst Zeit miteinander verbrachten, war Jacob zugegen. Möglicherweise hielt dieser Umstand Fabian davon ab, sie als Frau wahrzunehmen.

Er hatte Isabell auf der Treppe den Vortritt gelassen. Absichtlich nahm sie die Stufen sehr langsam, tänzelte ein wenig, um auf sich aufmerksam zu machen. Aber das Einzige, was passierte, war, dass Fabian, der damit nicht gerechnet hatte, fast über sie gestolpert wäre.

Irgendetwas scheint mit Isabell nicht zu stimmen, wunderte sich Fabian, aber er hatte an diesem Abend keine Lust mehr, sie danach zu fragen. Kurz angebunden murmelte er nur ein knappes »Entschuldige bitte!«. Nun mit Isabell durchs Mondlicht zu radeln kam ihm irgendwie falsch vor. Seit dem Nachmittag musste er immer wieder an Laura denken, mit der er solche Abende gerne auf dem Dach der Hütte verbracht hatte. Nebeneinander auf dem Rücken liegen, nur die Hände berührten sich, vielleicht die Schultern. Sie hatten den Mond angesehen, die eine oder andere Sternschnuppe erspäht und sich bedeutsam scheinende Ereignisse aus ihrer jeweiligen Vergangenheit erzählt. Oder wie sie sich die Zukunft vorstellten.

»Als Kinder haben wir immer versucht, diesen Hügel freihändig hinunterzufahren. Meine große Narbe am Knie habe ich mir hier geholt, als ich zu mutig geworden und furchtbar gestürzt bin«, erzählte Isabell, nachdem sie einige Zeit wortlos nebeneinander hergefahren waren.

Fabian schaute sich um. Wenn er ehrlich war, konnte er sich nicht vorstellen, hier hinunterzukommen, ohne den Lenker zu berühren. Aber vielleicht hatten Kinder mit kleinen Fahrrädern weniger Angst. »Von ganz oben?«, fragte er zweifelnd.

»Nein! Wir haben uns langsam nach oben gearbeitet, aber an dem Tag, als ich gestürzt bin, haben wir es wohl übertrieben. Ich war nicht die Einzige, die blutend nach Hause kam. Danach haben die Eltern es verboten, und wir mussten uns eine neue Mutprobe ausdenken. Als Nächstes sprangen wir von der Brücke in den Bach. Wenn ich heute über die Brücke gehe, kann ich mich nicht mehr in die damalige Situation hineinversetzen. Schwer zu glauben, an dieser Stelle hineingesprungen zu sein. Aber damals ist niemandem etwas passiert.«

»Vielleicht war in deiner Jugend der Wasserstand höher?«, mutmaßte Fabian. »Aber irgendwie verändert sich mit dem Älterwerden auch der Blick auf die Welt und auf die Gefahren. Man wird vorsichtiger.«

»Vielleicht zu vorsichtig?«, fragte Isabell nach. Sie überlegte, ob diese Aussage Fabians irgendetwas mit ihr zu tun haben könnte.

»Früher, und das ist noch nicht einmal zehn Jahre her, da habe ich mich als Abenteurer gesehen. Ich wollte die Welt entdecken, auf einer langen Reise.« Fabian machte eine Pause. Er zögerte, die genaueren Umstände zu erklären.

»Und? Hast du?« Isabell fiel plötzlich auf, wie wenig sie eigentlich von Fabians Leben wusste.

»Nein. Plötzlich hat es nicht mehr gepasst, und ich bin hiergeblieben. Und wenn mich heute jemand fragen würde, ob ich auf eine zwei Jahre dauernde Weltreise mitkäme, würde ich ablehnen. Wohl auch, weil ich vorsichtiger geworden bin.« Sie hatten das Haus erreicht, in dem Isabell wohnte. Fabian erwartete keine Antwort. »Bis morgen, Isabell.«

Schnell, bevor er den Rückweg antreten konnte, stieg Isabell vom Rad und küsste Fabian beherzt, aber kameradschaftlich auf die Wange. »Danke fürs Begleiten. Schlaf gut!« Dann wartete sie, bis er ihrem Blickfeld entschwunden war.

7

Wie wäre es mit einem Portwein als Aperitif, solange deine Mutter in der Küche hantiert?« Herbert holte zwei Gläser aus der Anrichte im Esszimmer. »Ich hätte da einen wunderbaren Graham's Vintage von 1997. Das heißt, ich hoffe, dass es ein wunderbarer Tropfen ist. Die Flasche ist noch verschlossen, ich habe sie erst vorgestern gekauft. Und ehrlich gesagt, für mich alleine hätte ich sie mir nicht geleistet. Aber ich dachte, wenn Peter und du da seid ...« Er wartete die Antwort nicht ab, sondern holte die Flasche hervor.

»Aber ich verstehe doch gar nicht so viel von Wein!«, protestierte Laura.

»Macht doch nichts, du kannst anfangen, es zu lernen. Als ich so alt war wie du, tranken wir Wein, den wir mittlerweile nicht einmal mehr zum Kochen verwenden würden. Und heute ...« Er drehte die Flasche genießerisch gegen das Licht des Kronleuchters. Aber durch das dunkle Glas drang kein einziger Strahl. Mit einem bereitliegenden scharfen Messer schnitt Herbert die Plastikkappe ab. Dann zog er den Stöpsel heraus und roch an Korken und Flasche.

»Sei ehrlich, du hast an Peter gedacht, als du diesen Portwein gekauft hast?«, bohrte Laura nach.

»Und wenn schon!«, konterte Herbert. »Peter ist selbst schuld, wenn wir diesen edlen Tropfen jetzt ohne ihn verkosten!«

»Unter diesen Umständen«, Laura kam näher, »lass uns auf die beständige Kernfamilie trinken.«

Herbert wollte die Andeutung nicht hören, er widmete sich ganz dem Einschenken und überreichte Laura eines der beiden Gläser. »Auf dein Wohl, liebe Tochter!«

»Auf dein Wohl, Papa!«

Sie stießen die edlen Gläser vorsichtig aneinander, schauten sich kurz in die Augen und schwenkten die rubinrote Flüssigkeit noch ein wenig im Glas, bevor sie daran nippten.

»Was ist denn das Besondere daran?«, wollte Laura sich kundig machen.

»Er wurde aus ausgesuchten Trauben eines besonders guten Weinjahres hergestellt.«

»Ich weiß nicht, ob ich damit ein korrektes Urteil über deinen Portwein fälle«, Laura nahm einen zweiten, größeren Schluck, »aber ich könnte ihn einfach so in einem Zug leer trinken.«

Zuerst schaute Herbert etwas verschreckt. So kannte er seine Tochter gar nicht. Doch er fasste sich schnell und sagte: »Wenn dir danach ist, warum nicht!«

»Nicht so ernst, Papa, es war nur ein Scherz!« Nachdem Laura mitbekommen hatte, wie indigniert ihr Vater einen Moment lang geschaut hatte, versuchte sie schnell, die Kurve zu bekommen. Das war eben das Schwierige, wenn man mit den Eltern zusammen war, sie hörten einfach nie auf, einen wie ein Kind zu behandeln.

Herbert spürte, dass Laura irgendwie verkrampft und nicht sehr präsent war. Aber er scheute das direkte persönliche Gespräch mit seiner Tochter. Dafür war immer Lotte zuständig gewesen. Er bevorzugte es, sich nach den Dingen zu erkundigen, die ihn sachlich interessierten. »Und? Wie geht es dir bei Gericht? Habt ihr interessante Fälle?«

»Wir haben sehr viel zu tun. Meistens sind es Familienangelegenheiten.«

»Aha!« In dieser Materie kannte Herbert sich nicht besonders aus. Und er interessierte sich auch nicht sehr dafür. Wieso Laura sich gerade für diesen Bereich der Rechtsprechung entschieden hatte, leuchtete ihm nicht ein. Ihm schien die Vorstellung geradezu unappetitlich, sich mit den Eheproblemen anderer Leute zu befassen. Und die Anforderungen an den juristischen Sachverstand hielten sich vermutlich auch in Grenzen.

Lauras Blick fiel auf die diversen Familienbilder, die in aufgestellten Rahmen dekorativ auf einer Kommode standen. Darunter natürlich auch eines, das sie und Peter bei der klassischen Trauung in Weiß zeigte. Zorn stieg in ihr hoch. »Ach, die Bilder«, stieß sie hervor. »Ihr solltet sie alle wegräumen. Das ist ja schon eine Ewigkeit her!«

Noch ehe Herbert Stellung nehmen konnte, erschallte ein Ruf: »Kommt ihr bitte!« Lotte trug mit beiden Händen eine dampfende Suppenschüssel ins Esszimmer hinüber.

»Ich hab einen Hunger!«, freute sich Laura auf die warme

Mahlzeit und eilte mit ihrem Vater im Schlepptau an den großen Tisch. Gediegenes weißes Porzellan wechselte mit dem Silber der Kerzenleuchter und des Bestecks, dazwischen erfreuten Blumen und aufsehenerregend gefaltete Servietten das Auge. Lottes Qualitäten als Gastgeberin ließen sich nicht übersehen.

Herbert wollte das Gespräch mit seiner Tochter noch zu einem erquicklichen Ende bringen, ehe er seinen gewohnten Platz an der Breitseite des Tisches einnahm. »Es freut mich wirklich sehr, dass es dir bei Gericht so gut geht! Du hast einen ganz ausgezeichneten Ruf! Auch wenn ich dich lieber in unserer Kanzlei gesehen hätte.« Seinem letzten Satz war deutlich sein Bedauern anzuhören.

Nachdem die beiden sich gesetzt hatten, umrundete Lotte mit der Terrine den Tisch und schöpfte jedem eine gute Portion nahezu orangefarbener Kürbissuppe in den Teller. »Dieses Gericht bin ich meiner Berufung zur Schirmherrin des Kürbisfestes schuldig!«, sagte sie würdevoll, bevor sie sich setzte. »Ihr könnt die Suppe noch mit Kürbiskernöl, Kürbiskernen oder geschlagener Sahne verfeinern, ganz nach Belieben. Ich wünsche euch einen gesegneten Appetit!«

»Danke, Mama! Den habe ich wirklich. Aber ich denke, den werde ich auch brauchen. Normalerweise bin ich nach einem solchen Teller Suppe schon satt. Und heute ist es nur die Vorspeise!« Von ihrer Mutter gekochtes Essen vermittelte Laura ein Geborgenheitsgefühl, das sie sonst nirgendwo so erlebt hatte.

»Herzlichen Dank, Lotte! Es wird wie immer köstlich

sein!« Herbert suchte nach der Sauciere mit der Sahne und löffelte sich ein Häubchen auf den Suppenspiegel.

Laura hatte den leisen Vorwurf ihres Vaters bezüglich ihres Ausstiegs aus der Kanzlei noch im Ohr. Soweit sie sich erinnerte, hatte sie dieses Gespräch schon oft genug mit ihm geführt, aber irgendwie schien es bei ihrem Vater immer noch nicht angekommen zu sein. »Die Arbeit als Strafverteidigerin war für mich nichts.«

»Warum eigentlich nicht?« Diese brüske Ablehnung irritierte Herbert, schließlich hatte er es in diesem Metier weit gebracht. Die ganze Familie profitierte davon, wie man, wenn man sich in diesem Haus umsah, leicht erkennen konnte. Und auch Peter war sich nicht zu fein gewesen, eine Kanzlei mit diesem Schwerpunkt zu übernehmen, auch wenn er sich in letzter Zeit mehr in Richtung Wirtschaft und Steuern orientiert hatte, wo die Strafsachen in den letzten Jahren aber auch deutlich an Gewicht gewonnen hatten. »Ich habe das nie verstanden.«

»Papa!« Dass ihre Distanzierung von der Kanzlei einen Keil zwischen sich und ihren Vater trieb, wurde Laura mehr und mehr bewusst. Doch vielleicht war es genau dieser Abstand gewesen, den sie gesucht hatte, als sie ans Familiengericht gewechselt hatte. Schon als Kind hatte sie Schwierigkeiten gehabt, sich damit abzufinden, dass ihr Vater sich bei seiner Arbeit mit Dieben und Mördern umgab. »Ich kann mir nicht vorstellen, jemanden zu verteidigen, von dem ich genau weiß, dass er schuldig ist.«

»Nicht jeder ist schuldig, selbst wenn die Fakten dafür

sprechen.« So lautete sein Credo seit jeher. Schon während des Studiums hatte Herbert sich oft für sein Faible Strafverteidigung rechtfertigen müssen. Aber es schien einer hohen Fähigkeit zur Abstraktion zu bedürfen, sich mit diesem Metier anzufreunden. Er wäre sehr stolz gewesen, wenn Laura in seine Fußstapfen getreten wäre. Plötzlich fiel ihm ein, dass er Laura ja um Papiere aus der Kanzlei gebeten hatte: »Apropos, hast du mir die Unterlagen mitgebracht?«

»Entschuldige, ich hab sie nicht gefunden.« Kleinlaut musste Laura zugeben, dass sie diesen Auftrag nicht erledigt hatte. Sie griff zu einer Notlüge, da sie die wahren Umstände nicht preisgeben wollte.

»Das ist dumm, ich hätte sie für ein Gutachten gebraucht!« Er konnte sich nicht erklären, was daran schwierig sein sollte, ihm diesen Wunsch zu erfüllen. Laura war in solchen Dingen doch sonst immer sehr zuverlässig.

Hilfsbereit versuchte Laura, den Schaden gutzumachen. Sie hatte Gewissensbisse, fühlte sich schuldig, wenn sie für ihren Vater nicht alles prompt erledigte. Zuverlässigkeit galt in der Familie immer als großer Wert. »Vielleicht kann ich dir ja helfen?«

»Nein, nein, lass nur. Es ist nicht so dringend.« Herbert rechnete noch immer damit, dass Peter in ein paar Tagen nachkäme und die erforderlichen Akten beibrächte. Dann könnte er ihn auch über den Prozess befragen, über den seit Wochen regelmäßig im Wirtschaftsteil der Zeitungen berichtet wurde. Dass sein Nachfolger in diesem komplizierten Verfahren eine bedeutende Rolle spielte, machte ihn stolz. Vielleicht konnte Laura ja seine Neugier etwas befriedigen. »Erzähl mir lieber, welche Strategie Peter bei dem großen Kellermann-Prozess verfolgen will. Das wird kein Kinderspiel!«

»Leider weiß ich nichts darüber«, wehrte Laura locker ab. Sie hatte wenig Lust verspürt, mit Peter auch noch über die laufenden Geschäfte in der Kanzlei zu diskutieren. In der wenigen Zeit, die sie miteinander verbrachten, war es ihr vor allem um die Zukunft ihrer Beziehung gegangen.

Dieses Desinteresse machte Herbert ratlos. Auch wenn sie sich vorerst entschieden hatte, nicht in der Kanzlei zu arbeiten, so gehörte sie doch zu einem bedeutenden Teil Laura. »Das solltest du aber! Schließlich ist es auch deine Kanzlei. Wenn auch nur auf dem Papier.«

Laura schwieg verlegen und konzentrierte sich darauf, ihre Suppe mit Kürbiskernen zu bestreuen, indem sie sie einzeln, Stück für Stück an einen bestimmten Platz fallen ließ. Die Gedanken wirbelten in ihrem Kopf. Wie sie sich so täuschen konnte? Weder gab es für sie in diesem Haus die Möglichkeit, zu sich selbst zu finden, noch konnte sie hier Abstand zu Peter gewinnen. Zumindest in Gegenwart ihres Vaters fand sie sich verstrickt in Einschätzungen und Erwartungen, die mit den ihren nicht zusammenpassten.

Die inquisitorischen Fragen an Laura begannen Lotte zu nerven. Sie wollte, dass ihre Tochter sich hier wohl fühlte. Außerdem machte es sie ungehalten, wenn während eines Abendessens, für das sie sich so viel Mühe gemacht hatte, über die Arbeit gesprochen wurde. Es schien ihr ein Zeichen mangelnder Kultur. Auf die Gefahr hin, Herbert gegen sich aufzubringen, intervenierte sie für Laura: »Ich hab dir schon einmal gesagt: Ruf Peter an und frag ihn!«

»Ja, warum tust du das eigentlich nicht?« Froh über die Unterstützung gelang es auch Laura, die Fragen ihres Vaters abzuwehren.

»Na ja, Peter ist ein gestandener Anwalt und ein erwachsener Mann. Ich möchte ihm nicht das Gefühl geben, dass ich ihn kontrolliere.«

Mittlerweile hatten sich alle die Suppe nach Wunsch garniert und warteten auf den Startschuss, um mit dem Essen beginnen zu können. Beherzt tauchte Lotte ihren Löffel in die Suppe und spornte auch Herbert und Laura dazu an: »Bitte, fangt an, sonst wird alles kalt!«

»Lecker!« Laura führte einen Löffel nach dem anderen zum Mund.

»Mit meinem Ehrenamt sitze ich jetzt sozusagen an der Quelle«, erklärte Lotte stolz, »jeder im Ort, der mit Kürbissen zu tun hat, teilt mit mir bereitwillig seine Kenntnisse, und oft erhalte ich auch ein besonderes Exemplar geschenkt. Diese Suppe habe ich aus einem Hokkaido-Kürbis gekocht, den ich gestern von Frau Stanzl bekommen habe. Sie hält ihn für den aromatischsten und am besten für Suppen geeignet. Man könnte ihn sogar mit der Schale kochen, sagt sie. Aber ich hab mich nicht getraut. Obwohl mich das Schälen immer am meisten quält.«

»Heißt das, wir bekommen jetzt auch Kürbisbraten und Kürbiseis auf Kürbismark?«, spottete Laura.

»Möglicherweise hätte die Gefahr bestanden! Wenn dein Vater nicht wäre«, schaltete sich Herbert schnell ein und warf sich stolz in die Brust, »ich war letzte Woche bereits auf der Pirsch und hab ein Wildschwein geschossen.«

»Dann seid ihr ja für den Winter ausreichend mit Fleisch versorgt«, witzelte Laura weiter.

»Kommt darauf an, wie lange du hier am Tisch sitzt«, gab Herbert zurück, wie in alten Zeiten, als solche Geplänkel zwischen Vater und Tochter zum Abendessen gehörten.

»Notfalls schicken wir dich eben wieder auf die Jagd«, mischte Lotte sich ein.

»Habt ihr wirklich ein ganzes Wildschwein in der Gefriertruhe?« Laura konnte es nicht glauben.

»Nicht ganz«, erläuterte Herbert den genauen Prozess der Verarbeitung, »wir lassen uns eine Haxe und einige Würste beim Metzger räuchern, der die Sau auch geschlachtet hat. Wir haben dann etwa einen Schubkarren voller beschrifteter Plastiktüten bekommen, in denen Bratenstücke, Gulasch oder Hackfleisch waren. Das wartet nun tatsächlich in der Kühltruhe auf unseren Hunger.«

»Und was bekommen wir heute für ein Stück von diesem Familienschatz? Ich hatte ja eigentlich mit dem traditionellen Gulasch gerechnet.«

»Mach dir keine Sorgen, das bekommst du am Sonntag. Heute serviere ich eine gefüllte Haxe und dazu Sterz und Vogerlsalat.« Lotte stand auf, sammelte die Suppenteller ein, stellte die Terrine obenauf und verschwand in der Küche.

»Hier lässt sich's leben!« Laura strich sich wohlig über die Magengegend.

»Das fasse ich jetzt nicht als Anspielung auf!«, erklärte Herbert, der an sich hinuntersah. Dann folgte er dem Ruf seiner Frau, die ihn in die Küche bat, um den Braten aufzuschneiden.

Pünktlich eine Stunde vor Mitternacht trank Herbert den letzten Schluck Calvados aus, den er sich üblicherweise als Digestif gönnte, und verabschiedete sich von seinen Frauen. Er zog sich zurück, um noch ein bisschen zu lesen. Laura half ihrer Mutter beim Abräumen des Tisches und dem Abwasch. Als alles abgetrocknet war, schickte Lotte sie aus der Küche. »Den Rest mache ich alleine. Setz dich doch noch ein wenig ins Wohnzimmer. Ich bin gleich fertig.«

Jetzt erst bemerkte Laura den Vollmond, der hoch am Himmel stand. Sie öffnete die Terrassentür, lehnte sich an den Rahmen und schaute in die Nacht hinaus. Etwa in dieser Richtung könnte der Trattnerhof liegen, überlegte sie. Da schlief Fabian jetzt wahrscheinlich schon. Die körperliche Arbeit, die Anpassung an das Tageslicht und den Rhythmus der Tiere bedingten wohl eine Veränderung seines früheren Lebensstils. Laura konnte sich noch gut erinnern, wie Fabian damals gelebt hatte. Wann immer es möglich war, schlief er bis Mittag und blieb bis weit nach Mitternacht auf, während sie eher zu den Frühaufstehern gehörte.

Ob er eine Familie hatte? Sie hatte sich ihn immer alleine vorgestellt, wenn sie an ihn dachte, aber das war wohl auch nicht anders möglich. Wie sollte man eine Partnerin mitdenken, die man nicht kannte? Soweit sie wusste, fanden Bauern heutzutage nicht leicht eine Frau, die bereit war, ihr Leben zu teilen. Selbst das Fernsehen widmete sich diesem Problem neuerdings in unterschiedlichen Varianten.

Leise Schritte kündigten an, dass Lotte sich näherte. Mit ihr wollte sie über dieses Thema nicht sprechen. Sie hatte am Nachmittag schon so alarmiert gewirkt, als Laura ihr von der überraschenden Begegnung erzählt hatte. Aber es gab ja ein anderes Thema, über das Mutter und Tochter sich gerne austauschten. »Papa kann einem aber auch ein Loch in den Bauch fragen«, seufzte sie.

»Du hättest Peter zur Unterstützung gebraucht«, versuchte Lotte zu vermitteln, die den Tonfall ihres Mannes auch oft als rechthaberisch und unduldsam empfand.

»Ach Mama, es ist alles irgendwie so ...« Die Geborgenheit der mütterlichen Stimme und der leichte Schwips, den sie sich im Lauf des Abendessens angetrunken hatte, ließen sie mitteilsamer werden, als sie beabsichtigt hatte.

Wenn Laura mit dieser tonlosen, fast ersterbenden Stimme sprach, quälte sie etwas. »So was?«, hakte ihre Mutter sofort ein. Es war die Chance, auf die sie schon länger gewartet hatte. Nur hatte sich bisher weder die Gelegenheit noch eine Möglichkeit dazu geboten. »Willst du mir nicht sagen, was los ist? Ich merke doch, dass zwischen euch beiden etwas nicht stimmt. Über ein halbes Jahr wart ihr nicht hier, und heute kommst du allein!«

Ertappt, aber auch froh, mit jemandem sprechen zu können, schaute Laura ihre Mutter an. »Peter und ich, das geht nicht mehr. Jeder lebt vor sich hin, hat nur seine Arbeit im Kopf. Das war von Anfang an so. Es hat sich nichts geändert, egal, was ich versucht habe.« Laura zögerte, es war ihr auch peinlich, darüber zu sprechen, betrogen worden zu sein. Andererseits konnte sie jetzt auch alles auf den Tisch legen. An der Solidarität und dem Verständnis ihrer Mutter hegte sie keinen Zweifel. »Und dann bin ich drauf gekommen, dass er eine Affäre hat.«

Als sie das vernahm, zuckte Lotte zusammen. Affären waren für sie immer etwas gewesen, was andere Leute hatten. Etwas, das außerhalb ihrer Vorstellungskraft lag. Und nun musste sie hören, dass der geschätzte Schwiegersohn die eigene Tochter hinterging. »Das tut mir leid!« Irgendwie fühlte sie sich auch ein Stück weit verantwortlich für das Geschehene. Schließlich hatten Herbert und sie durchaus auf Laura eingewirkt, sich mit Peter zu verbinden. Es hatte so gut gepasst, damals. Ein so schmucker und erfolgversprechender Anwalt. Eine viel bessere Partie als dieser Fabian, so hatten Herbert und sie damals geurteilt. Und lange Zeit schienen sie auch recht behalten zu haben, auch wenn schon bald offensichtlich geworden war, dass es sich nicht um die große Liebe handelte. Aber auch die stellte ja keine Garantie für eine gelingende Ehe dar.

Laura beschlich das Gefühl, ihre Mutter wollte nicht mehr wissen, als sie ihr bisher mitgeteilt hatte. Im Gegenteil, bereits das schien zu viel gewesen zu sein, so verstört wirkte sie. Aber nun war sie so weit gegangen, da wollte sie auch das verletzende Erlebnis des heutigen Tages nicht länger verschweigen müssen, egal, ob es auf offene oder taube Ohren stieß. Der Kloß, den sie seit Wien immer wieder im Hals verspürt hatte, ließ sich so vielleicht lockern. »Er hat versprochen, die Affäre zu beenden. Und heute habe ich sie wieder zusammen gesehen. Ich habe ihm gesagt, dass ich mich scheiden lassen werde. Aber er will nicht, er sagt, er liebt mich.« Doch das war es nicht alleine, was sie unschlüssig machte. Selbst wenn es stimmen sollte, was sie stark anzweifelte, wollte sie ihn am liebsten nie wieder sehen. Weiter mit ihm zusammenzuleben schien ihr unvorstellbar. Doch eine Trennung bedeutete auch weitere Konsequenzen. »Und dann ist da ja auch noch die Kanzlei. Und Papa.«

Diesem Gespräch fühlte Lotte sich an diesem Abend nicht mehr gewachsen. Zu viele Empfindungen und Empfindlichkeiten spielten da mit. Möglicherweise fühlte sich auch für Laura morgen manches nicht mehr ganz so verletzend an. Sie fasste Laura besänftigend an den Schultern und sagte: »Jetzt ruh dich erst mal aus und geh ins Bett. Morgen ist auch noch ein Tag.« Dann wandte sie sich um, ohne eine Reaktion ihrer Tochter abzuwarten, und suchte ihr Schlafzimmer auf. Mit der heiteren Gelassenheit, die sie sich für die kommende Zeit mit ihrer Tochter so gewünscht hatte, würde es wohl nichts werden. Und wenn erst Herbert über diesen Sachverhalt informiert wäre, würde der Haussegen für einige Zeit schiefhängen. Aber egal, was kommen würde, sie nahm sich fest vor, immer auf Lauras Seite zu stehen.

Konsterniert blieb Laura zurück. Das sollte alles gewesen

sein? Sie befand sich in der tiefsten Krise ihres Lebens, und die Mutter schickte sie einfach zu Bett. Dann wollte sie eben so einsam sein, wie sie sich gerade fühlte. Sie zog einen Stuhl auf die Terrasse, setzte sich ins Mondlicht und wartete auf ihre Tränen.

8

Fabian gönnte sich nur schnell einen Milchkaffee, bevor er seinen Arbeitsmantel anzog und in den Kuhstall hinüberging. Sechs Kühe standen im Stall, keine besonders rentable Zahl. Aber Fabian hatte beschlossen, bei den Tieren erst mal so weiterzumachen wie die Großtante. Nur den Tierarzt hatte er auf Empfehlung des Bio-Verbands gewechselt und die Gabe von Futterzusatzstoffen eingestellt. Alle Kühe, Schweine, Hühner und Gänse sollten mit dem ernährt werden, was auf seinen Feldern wuchs. Ob und wie das funktionierte, musste er erst noch herausfinden. Und so lange würde er eben jeden Tag zweimal mit der Hand melken müssen statt mit einer Melkmaschine. Er öffnete die alte, von der Zeit gezeichnete Holztür, die in den weiß gekalkten Kuhstall führte. Die Kühe hatten schon auf ihn gewartet. Das Geräusch der über den Boden schleifenden Kettenglieder, verursacht durch das Aufstehen der Tiere, begrüßte ihn, wie jeden Morgen. Fabian schnallte sich den Melkschemel um, holte den Eimer vom Haken an der Wand und setzte sich zu Evelyn, nachdem er sie mit ein paar Strichen über den Rücken und dem Nennen ihres Namens auf seine Annäherung vorbereitet hatte.

Vorsichtig bildete er mit Daumen und Zeigefinger jeder Hand einen Ring um zwei der aus dem prallen Euter herausragenden Zitzen, dann streifte er in gleichmäßigen Bewegungen die Milch heraus, die in den Eimer spritzte. An guten Tagen kamen zwei Milchkannen voll zusammen, etwa sechzig Liter, und abends noch einmal die gleiche Menge.

Nach dem Melken löste er die Ketten und trieb die schweren Tiere auf die Weide, die gleich neben dem Hof lag, kehrte den Stall aus und verteilte frisches Stroh auf dem Boden. Danach kümmerte er sich um die Ziegen und Schafe, die einen offenen Stall mit Auslauf ins Freie hatten und selbst entscheiden konnten, ob sie sich lieber drinnen oder draußen aufhielten. Nachdem auch Schweine, Gänse und Hühner ihr Futter bekommen hatten, konnte er an sich selbst denken. Und natürlich an Jacob. An schulfreien Tagen frühstückten sie, wenn es sich einrichten ließ, zusammen. Kaum hatte Fabian das Geschirr aus dem Küchenschrank geholt und absichtlich laut auf den Tisch gestellt, schlurfte Jacob, vom Klirren der Teller auf seinen Hunger aufmerksam gemacht, in die Küche. Er öffnete die Kühlschranktür und nahm Wurst, Käse, Butter und Marmelade heraus. Bis Fabian mit der heißen Milch kam, überlegte er, was er heute auf seine Brote streichen würde.

»Die Mama hat am liebsten Erdbeermarmelade gehabt«, erzählte Jacob halblaut vor sich hin, während er die Butter hingebungsvoll auf seiner ersten Scheibe Brot verstrich.

»Die hab ich leider gerade nicht«, entschuldigte sich Fabian, der noch einmal aufgestanden war, um die leere Zuckerdose aufzufüllen.

Jacob hatte keine Reaktion erwartet, er war mit sich allein beschäftigt. »Der Papa Schinken«, führte er seine Erinnerungsarbeit fort.

Es würde lange dauern, bis der Junge den Tod seiner Eltern auch nur einigermaßen bewältigt hatte, das war Fabian immer bewusst gewesen, aber dennoch erschütterte es ihn immer wieder, Jacob so traurig zu sehen. Er wusste, dass er ihn nicht trösten konnte, aber er hoffte, ihm das Leben wenigstens leichter machen zu können. »Möchtest du ein Schinkenbrot?«, fragte er.

»Nein, ich möchte, dass sie wieder da sind!«, flüsterte Jacob verzweifelt.

»Ja, das wäre schön.« Fabian hatte sich neben Jacob gehockt und umarmte ihn. Dann setzte er sich auf seinen Platz und aß schweigend, bis er den Eindruck gewonnen hatte, dass Jacob sich langsam wieder beruhigte.

»Wenn ich dir heute bei den Kürbissen helfen soll, dann müssen wir die Arbeit am Vormittag machen«, erklärte Jacob aufmerksam.

Fragend schaute Fabian ihn an.

»Wir haben es doch gestern Abend ausgemacht, dass ich dir helfe. Aber am Nachmittag habe ich Fußballtraining. Isabell hat mir gestern versprochen, mit mir hinzufahren.«

»Nicht so schlimm. Wenn du heute keine Zeit hast, hilfst du mir eben ein andermal. Aber es ist schön, dass du daran gedacht hast! Ich dachte, wir fahren am Vormittag in den Ort und erledigen ein paar Einkäufe. Hättest du Lust?« Fabian wollte nicht, dass der Junge jedes Mal, wenn sie Zeit zusammen verbrachten, mitarbeiten musste. Andererseits gab es auf dem Hof immer so viel zu tun, dass auch er selbst kaum Freizeit hatte. Wochenende und Urlaub hatte er Jacob bisher nicht bieten können. Und er rätselte auch, wie er das jemals schaffen sollte. Denn er konnte die Tiere ja nicht alleine lassen, und ob er sich schon bald jemanden leisten konnte, der ihn für eine Woche vertreten würde, bezweifelte er.

»Das ist schön, lass uns zusammen ein bisschen einkaufen!« Jacob sprang auf und rief: »Und dann bekomme ich ein großes Eis!«

»Guter Plan!«

Besonders erholt fühlte Laura sich nach dieser Nacht nicht. Sie hatte lange auf der Terrasse gesessen, in den Mond geschaut und über ihr Leben nachgedacht. Ein wenig Bewegung würde ihr jetzt sicher gut tun.

Sie schlüpfte in einen luftigen Rock und eine leichte Bluse, über die sie gegen die morgendliche Kühle eine Strickjacke zog.

In der Garage stand noch ihr Fahrrad aus Jugendtagen. Laura pumpte die platten Reifen auf und fuhr eine Proberunde vor dem Haus. Es konnte losgehen. Die hügelige Gegend machte ihr zu schaffen. Fast bereute sie es, aufgebrochen zu sein, ohne etwas gegessen zu haben. Den Weg an den verstreut liegenden Höfen vorbei, auf Wirtschaftswegen zwischen den Weiden und Äckern entlang, war sie früher fast jeden Tag gefahren. Nachdem sie jahrelang darum gebettelt hatte, schenkte der Vater ihr ein eigenes Pferd, das hier untergestellt war. Der Bauer sorgte gegen ein geringes Entgelt für Einstreu und Futter. Und wenn Laura ausnahmsweise keine Zeit hatte, sich darum zu kümmern, sorgte er sich um das Pferd. Und bald schon um zwei, denn auch Lauras Mutter hatte plötzlich den Wunsch verspürt, reiten zu lernen.

Als Laura auf den Hof fuhr, wirkte er seltsam ruhig, beinahe verlassen. Sie stellte ihr Fahrrad bei den Pferdeställen ab. Doch als sie ihre Namen rief, streckten die Rösser wie gewohnt ihre großen Köpfe aus den im oberen Teil geöffneten Stalltüren.

Aus dem Keller ihrer Eltern hatte Laura ein paar Äpfel mitgebracht, die sie jetzt aus dem Korb auf dem Gepäckträger holte. »Lucky, Lucky!«, rief sie. »Hallo, mein Alter! Hast du mich schon vermisst?« Sie fütterte den alten vierbeinigen Freund, der seinen Kopf an ihren Schultern rieb. »Ich hab dich lang nicht mehr gesehen, gut siehst du aus!« Sie tätschelte das warme hellbraune Fell des Haflingers.

Das andere Pferd trampelte schon nervös mit den Hufen, um nicht vergessen zu werden. »Semira! Ja, hallo!« Laura wandte sich dem ehemaligen Pferd ihrer Mutter zu, um es ebenso zu streicheln und zu füttern. Freudig wieherten Lucky und Semira. Ein Glücksgefühl durchströmte Laura. Sie hatte vergessen, wie gut es ihr immer getan hatte, mit Lucky zusammen zu sein. Die Gegenwart dieses großen ruhigen Tieres hatte ihr über die tiefste Verzweiflung und den größten Weltschmerz hinweggeholfen. Nach einem Ausritt über Felder und durch Wälder war alles wie weggefegt.

»Ja, die Laura!« Das Wiehern der Pferde hatte den alten Bauern aus seinem Wohnzimmer gelockt. »Das ist aber ein schöner Besuch!« Er lüpfte den Hut mit der Linken vom nahezu haarlosen Schädel und reichte ihr die rechte Hand zum Gruß. Er freute sich sichtlich, Laura mal wieder auf seinem Anwesen begrüßen zu dürfen.

»Grüß Sie, Herr Kofler!« Auch Laura wurde warm ums Herz, als sie den Landwirt wiedersah, der sich immer so liebevoll um die Pferde gekümmert hatte. Sie hielt sich nicht lange mit Smalltalk auf, erfahrungsgemäß wussten die Leute in der Gegend nicht viel mit Höflichkeitsfloskeln anzufangen. »Wo sind denn all die Tiere?«, fragte sie ohne Umschweife.

»Verkauft, verschenkt, nur die zwei will keiner«, Kofler zuckte traurig mit den Schultern. Er sprach nicht gerne über dieses Thema.

»Wieso geben Sie alle weg?«, rätselte Laura, die sich einen Bauernhof ohne Tiere nicht vorstellen konnte.

»Schau mi' o, Laura«, Kofler wirkte plötzlich sehr müde, »i' bin oid, mir wird alles z' viel. I' hob verkaaft.«

»Und was wird aus den beiden?« Laura deutete auf die beiden Pferde.

»Du weißt doch, wia des is, wenn die Viecher keiner mehr will …«

Auch wenn Kofler vermied, die ganze Wahrheit auszusprechen, Laura hatte keinen Zweifel, dass Lucky und Semira geschlachtet werden sollten, und sie empörte sich: »Das können Sie doch nicht machen, Herr Kofler!«

Der Bauer wurde mürrisch. Ihn hatte die stückweise Auflösung des Hofes genug gequält. Seine Abmachungen waren getroffen. »Ich kann's ned ändern. Morgen wer'ns abg'holt.« Er wandte sich ab, Lauras verzweifelte Blicke konnte und wollte er nicht länger ertragen.

Es hatte keinen Zweck zu versuchen, die Meinung des Alten zu ändern. Hier hatte die letzte Stunde der beiden Pferde jedenfalls geschlagen. Es blieb nur wenig Zeit, um eine andere Lösung für die beiden alten Haflinger zu finden. Natürlich hatte Laura ein schlechtes Gewissen. Sie selbst hatte ihr Pferd verlassen, eigentlich schon während des Studiums. Lotte hatte aufgehört zu reiten, nachdem ihr der Orthopäde davon abgeraten hatte, Laura, als sie nach Wien gezogen war. Sie hatten Kofler die Pferde geschenkt. Seine Feriengäste und ein paar Mädchen aus dem Ort, deren Eltern sich kein eigenes Pferd leisten konnten, waren dann darauf geritten. Mit den Einnahmen daraus hatte Kofler den Unterhalt der Pferde bestreiten können. Es schien ein guter Handel für beide Seiten. Und nun kam sie, mit ihren Gefühlsduseleien, zufällig kurz bevor die Tiere weggebracht werden sollten, und drückte plötzlich auf die Tränendrüse, nachdem sie sich mehrere Jahre praktisch nicht um sie gekümmert hatte. Sie warf Lucky und Semira noch einen traurigen Blick zu, dann nahm sie energisch ihr Fahrrad und machte sich auf den Weg zu ihrem Elternhaus zurück.

Möglicherweise hatte Fabian auf seinem Hof Platz für Pferde? Sie würde versuchen, ihn anzurufen, um ihn zu fragen. Wenigstens, um für ein paar Tage Zeit zu gewinnen und die Pferde vor dem Abdecker zu retten. Ob es wirklich eine dauerhafte Option sein konnte, ein ungelöstes Problem aus der Vergangenheit mit einem zweiten ungelösten Problem aus der Vergangenheit zu vermengen, daran hegte sie zwar gewisse Zweifel, aber einstweilen handelte es sich um einen Notfall.

Kaffeeduft empfing Laura, als sie ins Haus ihrer Eltern zurückkehrte. Lotte und Herbert saßen bereits am gedeckten Tisch im Esszimmer.

»Guten Morgen!«, begrüßte sie die beiden, die, jeder hinter einem Teil der Zeitung versteckt, ihr Frühstück einnahmen. Lotte, die wohl schon im Ort gewesen war, um frische Semmeln zu holen, hatte den Tisch ebenso opulent gedeckt wie am Vorabend. Eigentlich konnte Laura all diesen Silbergegenständen nichts abgewinnen, die ihre Mutter im Lauf der Jahre so angesammelt hatte: unzählige Kerzenleuchter, Untersetzer, Serviettenhalter, Zuckerdosen, Pfeffer- und Salzstreuer. Aber sie musste zugeben, dass es vor allem in Kombination mit den üppigen Blumensträußen sehr reizvoll wirkte.

Lotte legte ihre Zeitung beiseite und setzte die Lesebrille ab. »Guten Morgen, mein Liebes, wie geht's dir?«

»Schläfst du immer so lang?« Skeptisch blickte Herbert hinter seiner Zeitung hervor. Dieser Müßiggang schien ihm unangemessen für jemanden im erwerbsfähigen Alter.

»Sie ist in Urlaub!«, sprang Lotte für ihre Tochter in die Bresche.

Durch diesen Hinweis ließ Herbert sich nicht irritieren. »Als ich noch die Kanzlei geleitet habe, war um fünf Uhr Tagwache, und im Urlaub um halb sechs.«

Lotte schenkte ihrer Tochter Kaffee ein, dann schaute sie Herbert ernsthaft an. »Ich bin froh, dass du dich zur Ruhe gesetzt hast!« Denn von Urlaub, daran erinnerte sie sich noch genau, war unter diesen Umständen kaum zu sprechen. Nur die wenigen Wochen, die sie am Plattensee verbracht hatten, waren Urlaub gewesen, wie sie ihn sich vorstellte. Lange schlafen, ausgedehnt frühstücken, den Tag, von gelegentlichen Aufenthalten an der Strandbar unterbrochen, am See verbummeln und abends fein ausgehen. Damit die Eltern diese Ruhe wirklich genießen konnten, war Laura während dieser Zeit auf einem Reiterhof untergebracht gewesen.

Herbert schaute sie zweifelnd an, er überlegte, ob es sich um einen heimlichen Vorwurf handelte.

»Es ist auch viel besser für dein Herz«, erklärte Lotte, bevor Herbert einen Grund fand, sich beleidigt zu fühlen.

»Mama hat wie immer recht«, begann Laura ihre morgendlichen Aktivitäten zu erläutern: »Ich hab schon bei Lucky vorbeigeschaut. Stellt euch vor, der Kofler hat seinen Hof verkauft!«

»Und?« Herbert schwante, dass diese Transaktion nicht ohne Konsequenzen bleiben würde.

Laura übersprang den Rest der Geschichte und kam gleich zu dem Punkt, der sie wirklich beschäftigte: »Wisst ihr, wo man zwei Pferde unterstellen kann?«

»So spontan nicht«, erklärte Lotte etwas abwiegelnd. Ihrer Meinung nach sollte Laura zuerst anständig und in Ruhe frühstücken, dann war immer noch Zeit, sich diesem Problem zu widmen.

»Ich kann doch nicht zulassen, dass sie zum Schlachter kommen«, flehte Laura, die fand, dass das Engagement ihrer Eltern in diesem Punkt etwas verhalten wirkte. Hatten sie etwa kein Mitleid mit den Pferden? Sie konnte diesen Pragmatismus im Umgang mit Tieren, mit denen man früher sozusagen unter einem Dach gelebt hatte, nicht ertragen.

»Mir fällt schon was ein!«, versuchte Lotte die aufkeimende Missstimmung ihrer Tochter niederzuhalten. Dann reichte sie ihr die Schale mit den verführerisch riechenden Semmeln. Der Bäcker im Ort verstand sein Handwerk und ließ es sich nicht nehmen, den Teig nach eigenem Rezept zuzubereiten, statt die Einheitsbackmischung zu verwenden, die den Geschmack des Kleingebäcks im ganzen Land vereinheitlichte.

»Danke!« Irgendwie vertraute Laura darauf, dass ihre Mutter eine Lösung finden würde. Es war so ein Kinderglaube, wie er sich in dieser Atmosphäre gerne einstellte. Sie schnitt die Semmel auf und schaute auf dem Tisch herum, welche Marmeladen ihr besonders gut schmecken könnten. »Mama, hast du diesen Sommer wieder eine neue Marmeladenkreation ausprobiert?«

»Felsenbirne, Johannisbeer, Apfel. Sie steht direkt bei deinem Vater.«

»Felsenbirne?«

»Ich zeig sie dir am besten draußen im Garten. Es ist ein Zierstrauch, der erst in den letzten Jahren bekannter geworden ist. Sieht ziemlich japanisch aus. Eher wenige schön geformte Blätter und große zartweiße Blüten. Die magentafarbenen Früchte sind kleiner als Hagebutten und erinnern überhaupt nicht an eine Birne. Es macht mir Spaß, aus solchen Früchten, die man heute gerne den Vögeln überlässt, etwas Schmackhaftes zuzubereiten. Nach dem ersten Frost werde ich noch Schlehen ernten und daraus etwas zaubern.«

»Wenn deine Mutter so weitermacht, werden wir uns bald nur noch aus dem eigenen Garten ernähren«, witzelte Herbert.

»Groß genug wäre er ja«, merkte Laura an, »und wenn du weiter so erfolgreich jagst, braucht ihr bald keinen Supermarkt mehr zu betreten.«

»So habe ich noch gar nicht darüber nachgedacht«, Lotte legte die Stirn in Falten, »tatsächlich emanzipiert man sich mit dieser Vorgehensweise von der Lebensmittelindustrie. Aber das war nicht unser Plan.«

»Ich habe auch keine Lust, auf meine alten Tage noch Kartoffeln anzubauen!«, schaltete Herbert sich ein. »Und ich fürchte, solche groben Tätigkeiten bleiben dann doch an mir hängen.«

Dieses Thema schien Lotte ausreichend behandelt, sie begann für den Tag zu planen: »Laura, ich wollte nachher in die Geschäfte gehen und Plakate für das Kürbisfest aufhängen. Hast du Lust, mich zu begleiten?«

»Gerne«, stimmte Laura zu, »gleich nach dem Frühstück?«

»Wein und Käs« hieß der letzte Laden, den Laura und ihre Mutter aufsuchen wollten. Der zeitgemäß, aber mit vielen

Holzregalen trotzdem angenehm behaglich eingerichtete Laden bot vor allem regionale Produkte feil, die direkt von den Erzeugern angeliefert wurden und meist auch naturnah hergestellt worden waren. Isabell arbeitete hier immer vormittags als Verkäuferin. Lotte kannte sie schon lange, sie kaufte gerne hier, obwohl es etwas teurer war. Alles, was sie dort erstanden hatte, war frisch, schmeckte ausgezeichnet und, wenn man das so nennen durfte, eigenartig, eben nicht so wie überall. Das Angebot ging weit über die beiden namensgebenden Artikel hinaus: geräucherte oder in Gläsern haltbar gemachte Fleisch- und Wurstwaren, Honig und Marmeladen, Brot und Gebäck, Tee aus getrockneten Früchten und Kräutern, Obst- und Kräuterbrände.

Lotte betrat das Geschäft und erkundigte sich bei Isabell, ob sie ein Ankündigungsplakat für das Kürbisfest aufhängen dürfe. Von draußen sollte Laura aufpassen, ob ihre Mutter das Plakat gerade hielt, bevor sie es endgültig mit transparentem Klebeband an der Innenseite der Scheibe befestigte.

»Lassen Sie mich doch das Plakat ankleben, wissen Sie, es ist wegen der Schaufensterdekoration. Schauen Sie doch von außen, ob es gut hängt.« Isabell hatte es nicht so gerne, wenn andere Leute irgendetwas im Laden machten, weil sie sich für alles verantwortlich fühlte.

»Wenn Ihnen das lieber ist.« Lotte rollte das Plakat für Isabell aus. »Sollen wir das Klebeband erst gemeinsam am Plakat befestigen, oder wollen Sie alles alleine machen?«

»Am besten, wir schneiden ein paar Streifen vor, die ich dann schnell zur Hand habe«, überlegte Isabell.

»Gut!« Lotte schnitt sechs Stücke ab und klebte sie an den Metallrahmen der Tür, dann stellte sie sich draußen neben Laura. »Höher, höher, nein, ja, danke, so ist es gut, Isabell.« Das erste Plakat hing. Zusammen mit Laura betrat sie noch einmal den Laden, um sich zu bedanken.

»Wir wollen doch alle, dass unser Kürbisfest ein Erfolg wird«, versicherte Isabell entgegenkommend.

»Meine Tochter«, stellte Lotte Laura vor, »sie wird mir bei den Vorbereitungen helfen.«

»Freut mich!«, Isabell lächelte über das ganze Gesicht, aber es war nicht klar, ob es sich nur um die Professionalität einer Verkäuferin oder um echte Liebenswürdigkeit handelte. »Kann ich sonst noch etwas für Sie tun?«

»Für mich nicht, danke«, erwiderte Laura überrascht.

»Für mich auch nicht«, schloss Lotte sich an.

Sie verabschiedeten sich. Als Lotte beim Verlassen des Ladens ihre Tochter anschaute, fiel ihr etwas ein, sie drehte sich noch einmal zu Isabell um. »Haben Sie vielleicht eine Idee, wo man hier im Ort zwei Haflinger unterstellen könnte?«

»Hier im Ort?« Isabell überlegte kurz. »Vielleicht im Trattnerhof?«, schlug sie dann vor.

Laura merkte überrascht auf.

»Obwohl, ich glaub nicht, dass Fabian so etwas macht«, zögerte Isabell plötzlich.

Es kam Lotte ganz gelegen, dass sie den Vorschlag in Zweifel zog; dass der Trattnerhof schon wieder ins Spiel gebracht wurde, war ihr ziemlich unheimlich. Jahrelang hatte sie mit

Fabian nichts zu tun gehabt, und plötzlich tauchte er an jeder Ecke auf. »Vielen Dank, wir finden schon was.«

Seitdem sie unterwegs waren, hatten sie zwanzig Plakate aufgehängt. Lotte fand, das sei genug für heute, auch wenn sie noch ein paar in ihrem Fahrradkorb stecken hatte. Aber es gab noch anderes zu tun. »So, jetzt fahren wir in die Gärtnerei und bestellen die Blumen.«

Sie waren gerade dabei loszufahren, als Jacob angerannt kam. »Hallo Isabell«, rief er schon von weitem. Kurz hinter ihm kam Fabian den Bürgersteig entlang.

Sofort hatte Lotte den Bio-Bauern erkannt, schaute aber in eine andere Richtung, um nicht auf sich aufmerksam zu machen. Dass sie ihm jetzt auch noch begegnen mussten, hatte ihr gerade noch gefehlt. Aber das stellte sich nicht für alle Beteiligten so dar.

Die Blicke von Laura und Fabian trafen sich, und sie begrüßten einander gleichermaßen überrascht mit einem freudigen »Hallo!«. Schnell erfasste Fabian, dass Laura nicht allein war, und rief ihrer Mutter ein selbstbewusstes »Grüß Gott, Frau Reichenbach!« hinterher, ohne eine Antwort abzuwarten. Dann wendete er sich wieder Laura zu: »Ich wollt dich eh schon anrufen!«

»Tatsächlich?« Laura wunderte sich: Fabian hatte gestern auf dem Kürbisfeld nicht den Eindruck vermittelt, als wäre er über das Wiedersehen besonders glücklich gewesen. Aber vielleicht hatte es nur am Überraschungsmoment gelegen. Auch sie selbst hatte sich ja nicht Hals über Kopf zu irgendwelchen Vereinbarungen über ein Wiedersehen hinreißen lassen.

»Ich wollt dich einladen, am Hof vorbeizukommen. Vielleicht magst du ihn dir ja mal anschauen?« Fabian freute sich wirklich, Laura auf so unkomplizierte Art und Weise wiedergetroffen zu haben. Seit dem vergangenen Nachmittag hatte er wesentlich mehr an sie gedacht, als er erwartet hatte.

»Ja, gerne. Es interessiert mich nämlich wirklich, wie es dir geht!«, versicherte Laura.

Wortlos, aber aufmerksam vernahm Fabian Lauras Zusage auf seine Einladung.

»Wann?«, setzte Laura nach, um Nägel mit Köpfen zu machen.

»Wann immer es dir passt!«, wich Fabian aus. Er wollte die weitere Initiative Laura belassen.

»Kommst du endlich?« Nervös kurvte Jacob immer im Kreis um Laura und Fabian herum.

Nachdem alles Wichtige besprochen war, beschloss Fabian, das Gespräch zu beenden, um Jacob nicht länger hinzuhalten – schließlich wartete der oft genug auf ihn. »Also dann: bis bald!« Er folgte Jacob zum Laden.

Verwundert blickten Lotte und Laura den beiden nach. »Er schaut aber immer noch ganz gut aus!«, bemerkte Lotte anerkennend, die registriert hatte, wie intensiv Laura auf Fabian reagierte.

Dieser Umstand war Laura bereits vertraut gewesen, sie beschäftigte sich mehr mit dem Jungen, der eigentlich viel zu alt war, um Fabians Sohn zu sein. »Ich wusste gar nicht, dass er ein Kind hat! Wie alt schätzt du den Kleinen?«

»Sieben oder acht. Kann man in dem Alter schwer sagen.«

Lotte stieg auf, um endlich weiterzuradeln. Schließlich hatten sie noch etwas zu erledigen.

Darauf konnte Laura sich keinen Reim machen. Wenn die Schätzung ihrer Mutter zutraf, müsste der Junge auf die Welt gekommen sein, als sie und Fabian befreundet gewesen waren. Sie konnte sich nicht vorstellen, von ihm so betrogen worden zu sein. Andererseits wäre es eine Erklärung dafür, wieso er damals ihre einseitige Trennung so widerspruchslos hingenommen hatte.

»Was ist? Willst du Wurzeln schlagen?«, riss Lotte ihre Tochter aus deren Überlegungen. Für sie hatte die Vorstellung, es hätte sich tatsächlich um einen Sohn Fabians gehandelt, etwas Beruhigendes. Dieser Umstand würde das wiedererwachende Interesse Lauras an ihrem Ex wohl ziemlich sinken lassen.

Von Jacob mit freudigem »Hallo!« begrüßt, hatte Isabell neugierig den Laden verlassen, nachdem der Junge wider Erwarten nicht hereingekommen war. In der Tür stehend hatte sie mitbekommen, wie Fabian und Laura miteinander gesprochen hatten, aber nicht, was. Es schien ziemlich offensichtlich, dass die beiden einander kannten. Sie nahm sich vor, darüber Genaueres herauszufinden, sobald sich eine Gelegenheit dafür bot.

Fröhlich schlenderte Fabian zu »Wein und Käs« hinüber. Wenn er Isabell so betrachtete, wunderte er sich immer wieder, dass sie keinen Freund hatte. Zumindest hatte er nicht den Eindruck, weil sie sonst wohl nicht so viel Zeit für Jacob aufbringen könnte. Sie stand so schmuck an die Tür gelehnt, mit den lässig zu einem Pferdeschwanz zusammengebundenen fast schwarzen Haaren, dem immer freundlichen Lächeln und den auffällig die Beine betonenden Jeans, die kurz unter dem Knie aufhörten. Der offene weiße Verkäuferinnenkittel brachte ihre schlanke Silhouette voll zur Geltung.

»Grüß dich, Isabell!«, rief er.

»Hallo«, gab sie desinteressiert wirkend zurück. Sie wartete, bis Jacob sein Fahrrad abgestellt hatte, strich ihm zur Begrüßung leicht über die rotblonden Haare und betrat hinter ihm den Laden.

»Kann ich einen Apfel haben?«, bat Jacob, der dem wie poliert wirkenden Obst, das liebevoll in Körben auf einem Tisch drapiert war, nicht widerstehen konnte.

»Ja klar, bedien dich!«, erlaubte Isabell. Sie postierte sich aufmerksam hinter der Theke.

»Na, hast du vielleicht ein Glas Erdbeermarmelade für uns?«, fragte Fabian, der sich bequem und vertraulich auf die Theke gelehnt hatte.

Isabell wandte sich den Marmeladengläsern zu, um das gewünschte Glas zu holen. Gleichzeitig brach ihre Neugier durch: »Ich habe gar nicht gewusst, dass du die Reichenbach-Tochter kennst?«

»Laura? Das ist eine Freundin von früher«, erklärte Fabian ohne Zögern.

»Freundin?«, hakte Isabell mit süffisantem Unterton nach, um sicherzugehen, welche Art von Freundschaft gemeint war.

»Das ist schon eine ganze Weile her.« Es fiel Fabian nicht

auf, wie durchdringend Isabell ihn musterte, als sie ihm die Erdbeermarmelade auf den Verkaufstresen stellte. Er nahm das sechseckige Glas und betrachtete es kurz. »Weißt du was, ich nehme gleich drei!« Er zwinkerte Jacob zu, der zum wiederholten Mal genüsslich in seinen Apfel biss.

»Isabell«, der Name war nicht wirklich zu verstehen gewesen, so viel Apfel hatte Jacob noch im Mund, als er begonnen hatte zu sprechen, »weißt du, dass du heute noch mit mir zum Training fahren wolltest?«

»Natürlich, Jacob!« Sie schaute auf die Uhr. »Aber es ist doch noch nicht so spät. Ich muss schon noch eine Stunde im Laden bleiben.«

»Der Fabian hat mir heute auch ein Eis versprochen. Das soll er vorher einlösen!«

»Und der Isabell bringen wir auch eines mit, wenn ich dich hier abliefere, oder?«

Jacob nickte heftig.

»Was magst du denn für Sorten, Isabell?«, informierte sich Fabian.

»Ich weiß nicht.« Isabell hatte nicht damit gerechnet, schon wieder eingeladen zu werden. Vor lauter Verlegenheit färbten sich ihre Wangen leicht rot.

Fabian schaute sie noch eine Weile wartend an, ob sie sich eines anderen besann, was Isabell noch nervöser machte. »Dann bringe ich dir eben Vanille, Blaubeere und Pistazie«, sagte er schließlich.

»Vanille und Blaubeere ist meine Lieblingskombination«, wunderte sich Isabell, »woher wusstest du das?«

Fabian machte eine vielsagende Geste und sagte: »Bis später!«

»Bis später!«, entließ Isabell die beiden. Dann fiel ihr doch noch etwas ein, und sie rief ihnen hinterher: »Nehmt Bitterschokolade als dritte Kugel!«

»Und du, Jacob? Hast du dir auch schon überlegt, welche Sorten du magst?«

9

Am Blumenschmuck wird es jedenfalls nicht liegen, wenn das Kürbisfest kein Erfolg wird«, lobte Laura die Auswahl ihrer Mutter.

»Es wird auf jeden Fall ein Erfolg! Nur das Wetter könnte uns einen Strich durch die Rechnung machen.« Lotte war bester Dinge. »Komm, wir machen Schluss für heute! Hast du noch Lust auf einen Cappuccino? Oder einen kleinen Imbiss?«

»Gerne! Eine Stärkung wird mir gut tun, bevor ich die Bauernhöfe abklappere, um einen neuen Platz für die Pferde zu finden.« Eigentlich plante Laura vor allem, zum Trattnerhof zu fahren, wollte es ihrer Mutter aber nicht erzählen. Irgendwie vibrierte es zwischen ihr und Fabian so ein bisschen, dem wollte sie so bald wie möglich auf den Grund gehen. Schließlich würde ihr Aufenthalt hier nicht ewig währen.

»Es ist vielleicht der beste Weg, mit den Bauern persönlich zu verhandeln«, unterstützte Lotte diese Vorgehensweise, »das kannst du ja, mit den Leuten sprechen.«

Laura blickte ihre Mutter kurz verständnislos an. Ihre Gedanken kreisten um Fabian und diesen Jungen. Sie hatte ihre kleine Schwindelei bezüglich der nachmittäglichen Pläne bereits vergessen, nachdem sie sie ausgesprochen hatte. Gott sei Dank hatten sie gerade in diesem Moment das kleine Bistro erreicht, das Lotte angesteuert hatte, und sie konnte das Thema wechseln. »Nehmen wir diesen Tisch hier? Ich würde gerne in der Sonne sitzen, solange das noch geht.«

Ohne Umschweife nahm Lotte Platz und schlug die bereitliegende Speisekarte auf. »Der Topfenpalatschinken ist besonders empfehlenswert!«, sagte sie.

»Wenn du ihn mir empfiehlst, Mama! Dann wird er wohl eine echte Spezialität sein. Ich schließe mich deiner Bestellung an!« Fröhlich kichernd klappte sie die Karte zu.

»Aber ich wollte eigentlich keinen … weißt du, in meinem Alter muss man langsam auf die Figur achten.«

»Ich lade dich ein«, überredete Laura ihre Mutter und gab der Bedienung, die schon aufmerksam in der Nähe gestanden hatte, ein Zeichen, näher zu kommen. »Bitte bringen Sie uns zwei Cappuccino und zwei Topfenpalatschinken.«

Während die beiden auf die Bestellung warteten, kamen sie kaum dazu, sich zu unterhalten. Seitdem Lotte die Verantwortung für das Fest übernommen hatte, war ihr Bekanntheitsgrad im Ort deutlich gestiegen. Nahezu jeder, der zufällig vorbeikam, wollte eine Anregung loswerden, oder Kritik am letzten Fest, oder ihr zumindest gutes Gelingen für die Vorbereitungen wünschen.

Bis Laura den letzten Bissen des ausnehmend schmackhaften Topfenpalatschinkens verzehrt hatte, war sie kaum zu Wort gekommen, hatte nur unzählige Hände geschüttelt, die ihr gereicht wurden, nachdem sie als Tochter der Schirmherrin vorgestellt worden war. Nur wenige Menschen waren darunter gewesen, die sie noch von früher her kannte.

»Für achtzehn Uhr ist ein Tisch auf der Terrasse im Burgwirt reserviert. Bitte sei pünktlich. Du kennst deinen Vater!«, verabschiedete sich Lotte.

Laura strampelte einfach los, hoffte die Richtung zum Trattnerhof alleine zu finden. Dem Hof selbst hatte sie noch nie einen Besuch abgestattet, sie wusste aber ungefähr, wo er lag. Falls die Straßen und Wege noch verliefen wie damals. Aber bisher hatte sie nicht den Eindruck gehabt, dass sich vieles verändert hatte. Außer im Ortszentrum natürlich, da griff der verkehrsberuhigte Bereich mit den Pollern und dem Kopfsteinpflaster immer weiter aus. Laura fand das Ergebnis nicht immer schön, musste aber zugeben, dass die Aufenthaltsqualität, wie es die Stadtplaner ihrer Erinnerung nach nannten, sich deutlich verbessert hatte. Sie bevorzugte die ursprüngliche Idylle, wie sie abseits der üblichen Wege zu finden war: schmale Gassen, die sich überraschend zu einem Platz mit einem Brunnen weiteten, wo die Frauen in früheren Zeiten gemeinsam ihre Wäsche wuschen – oft war das nicht so lange her, wie es ihr vorkam, ihre Großmütter hatten das vermutlich noch erlebt –, versteckte Handwerksbetriebe und Geschäfte, in denen die Zeit stehengeblieben schien. Von Kräutern und Sträuchern überwucherte Mauerreste, die sich im Lauf der Jahre zu einem Biotop mit Schmetterlingen und Eidechsen entwickelt hatten. Sie fand nicht alles auf ihrem verschlungenen Weg zum Trattnerhof, aber genug, um sie in Hochstimmung zu versetzen. Die alte Allee, deren Baumkronen sich zu einem luftigen Dach verschränkt hatten, zu benutzen machte Laura so viel Spaß, dass sie in Schlangenlinien fuhr. Wie weit weg Wien und ihr dortiges Leben plötzlich schienen! Die Querelen mit Peter hatte sie nahezu völlig vergessen.

»Bio-Bauernhof Lehner, Verkauf ab Hof«, las sie auf dem einladenden Schild, das Fabian vor noch nicht allzu langer Zeit an den Ziegenstall montiert hatte. Sie radelte den zuerst leicht abschüssigen Weg entlang, an dem sich links und rechts in lockerer Form die Ställe gruppierten. Auch beim Wohnhaus, das an der tiefsten Stelle lag, war niemand zu sehen. Laura suchte weiter den Weg hinauf zur Scheune. Dort stand der mit Kürbissen voll beladene Anhänger, und sie hörte ein Poltern.

Gleich darauf kam Fabian mit einer leeren Schubkarre aus der weit geöffneten Scheune. »Laura!«, begrüßte er sie freudig. »So bald habe ich ja gar nicht mit dir gerechnet!«

Fragend schaute Laura ihn an. »Wenn du keine Zeit hast, dann kann ich auch …«

»Nein, nein!«, unterbrach Fabian das Angebot, sich wieder zurückzuziehen. Er stellte die Schubkarre ab, um sie erneut zu beladen. »Bleib nur!« Er griff sich den nächsten Kürbis, um ihn aus dem Hänger zu wuchten.

Fasziniert schaute Laura sich um. »Schön hast du's hier!«, sagte sie schließlich.

»Und schön viel Arbeit!« Fabian wollte sich nicht beklagen, aber seit er den Hofladen eröffnet hatte, erlebte er oft genug, wie die Städter neidvoll guckten und fast jeder den

Eindruck machte, als würde er nichts lieber tun, als seinen Schreibtisch gegen Fabians Arbeitsplatz zu tauschen. Wer nicht auf dem Bauernhof gelebt hatte, konnte sich die täglichen Mühen nicht vorstellen. Auch hier stellten Highlights eher die Ausnahme dar: die Geburt eines Kalbes, das Schlachten eines Schweins, der erste Tropfen selbst gepresstes Öl, der Biss in eine Scheibe Brot, die vom noch ofenwarmen Laib geschnitten wurde.

»Wenn du magst, kann ich dir helfen«, bot Laura bereitwillig an, ohne sich Gedanken über das Gewicht eines ganzen Kürbisses zu machen.

»Frau Anwältin will sich ihre Finger schmutzig machen?«, spöttelte Fabian, wobei sein Tonfall etwas schärfer geraten war, als er es beabsichtigt hatte. Sosehr er sich freute, Laura zu sehen, so sehr schmerzte ihn auch wieder die Wunde, die sie ihm mit der Trennung zugefügt hatte.

Ohne Erwiderung griff sie sich den nächstbesten Kürbis, um ihn in die Schubkarre umzuladen. Doch Laura hatte nicht die Kraft, ihn zu stemmen, die schwere Frucht zog sie zu Boden. »Oh, ist der schwer!«

»Lass nur!« Fabian, der ahnte, dass er sie zu diesem Kraftakt provoziert hatte, wollte Laura helfen.

Doch diese Blamage konnte Laura nicht auf sich sitzen lassen. »Nein!«, rief sie energisch und drängte Fabian zur Seite. Lieber holte sie sich einen Bandscheibenschaden, als es nicht noch ein zweites Mal zu versuchen.

»Schon gut.« Fabian trat zur Seite und beobachtete skeptisch, ob es ihr diesmal gelingen würde.

Konzentriert packte sie den Kürbis an und hievte ihn in die bereitstehende Karre. Stolz richtete sie sich auf und korrigierte Fabians Bemerkung: »Ich bin keine Anwältin, ich bin Richterin geworden.«

»Ah«, erstaunt hielt Fabian inne, »dabei wolltest du doch in die Kanzlei deines Vaters einsteigen?« Es freute ihn zu hören, dass Laura wohl einen eigenen Weg gesucht und gefunden hatte.

Jetzt wurde Laura schnippisch: »Pläne ändern sich halt mal, das ist genauso wie bei dir!«

»Mag sein«, hielt Fabian dagegen, »nur dass mich das bei dir viel mehr überrascht.«

Was hat Fabian denn für ein Bild von mir, überlegte sich Laura. Mit diesem Einwand hatte sie nicht gerechnet. »Warum?« Es stellte sich doch als ziemlich spannend heraus, mit ihm zu sprechen, der sie früher gut gekannt hatte.

»Na ja, du warst der zielstrebigste Mensch, der mir je begegnet ist.« In Fabians Stimme schwang eine leise Trauer mit. Schließlich war er der Leidtragende dieses konsequenten Verhaltens gewesen.

Laura hörte, was in dieser Feststellung mitschwang, und wollte es genauer wissen: »Das klingt jetzt ein bisschen wie ein Vorwurf.« Energisch packte sie den nächsten, etwas kleineren Kürbis und verfrachtete ihn problemlos.

Fabian bedauerte es, das Gespräch so schnell in diese Richtung gedrängt zu haben, er fürchtete, dass es nur wehtun würde, die Vergangenheit zu thematisieren. Gleichzeitig wusste er, dass es für beide keinen anderen Weg geben würde, als über die Enttäuschungen aus dieser Zeit zu sprechen, wenn sie mehr voneinander wollten, als sich gelegentlich über Banalitäten auszutauschen. »Versteh mich nicht falsch, aber jemand, der seinen Beruf über seine …« Er hielt sich zurück. Konnte es weder sich noch ihr zumuten auszusprechen, was ihn so gekränkt hatte. »Ist nicht so wichtig.« Er drehte die vollgeladene Schubkarre und schob sie energisch die Steigung zur Scheune hinauf.

Langsam kam Laura ihm hinterher. Sie hatte das Gefühl, ziemlich genau zu wissen, worauf Fabian angespielt hatte. »Jemanden, der seinen Beruf über seine Gefühle stellt, wolltest du sagen. Stimmt's?«

Fabian stellte die Schubkarre ab und drehte sich langsam zu Laura um, die in großem Abstand zu ihm verharrte. »In deiner schicken Juristenwelt war eben kein Platz für einen Weltenbummler.« Die Trauer darüber zeichnete sich auf seinem Gesicht ab.

Laura hielt seinem ernsthaften Blick stand. Die Emotionen, die sich dahinter verbargen, teilten sich ihr mit. Weich und warm fühlte sich das an, über alle Unklarheiten und Schwierigkeiten hinweg, und sie konnte diese Stimmung teilen. In diesem Moment viel mehr als damals, wo ihre Entscheidung nicht frei gewesen war – so wenig wie sie selbst. »Du verstehst einfach nicht, worum es damals gegangen ist.«

»Du hättest es mir erklären können, statt mir einen dreizeiligen Brief zu schreiben und dann auf ewig zu verschwinden.« Fabian spürte, wie gut es ihm tat, es Laura von Angesicht zu Angesicht sagen zu können, nach all den Jahren. Und er bewunderte sie für die Bereitschaft, sich seinen Vorwürfen zu stellen.

Ohne den Blickkontakt zu unterbrechen, näherte sich Laura. »Wenn ich jetzt versuchen würde, es dir zu erklären, würdest du mir dann zuhören?«

Fabian war sich nicht sicher gewesen, was er sich von diesem Treffen erwartet hatte, aber so, wie sich das Gespräch entwickelte, war er froh, Laura eingeladen zu haben, ihn auf dem Hof zu besuchen. Er konnte sich vorstellen, ihr zu verzeihen. Doch gerade, als er ihr das sagen wollte, hörte er das Knirschen von Kies und gleich darauf die fröhlichen Stimmen von Jacob und Isabell.

»Hallo, wir sind wieder da!« Die beiden kamen durch das Scheunentor gerannt, ein wenig verschwitzt und bester Laune. Bis sie feststellten, dass sie in ein ernsthaftes Gespräch platzten. Jacob schaute nur neugierig und wunderte sich, die Frau vom Vormittag so schnell hier auf dem Bauernhof zu sehen.

Erstaunt über die unerwartete Störung drehte Laura sich um, um zu sehen, wer sich da so ungestüm näherte.

»Ich wusste gar nicht, dass du Kundschaft hast?«, entschuldigte Isabell ihren überraschenden Auftritt schnippisch. Irgendwie hatte sie bereits damit gerechnet, Laura bald wieder zu begegnen.

Fabian überspielte seinen Ärger über den ungünstigen Zeitpunkt ihrer Rückkehr. Er hätte es sich ausrechnen können, dass Jacob und Isabell jetzt irgendwann auftauchen würden. »Laura, Isabell«, stellte er die beiden Frauen einander knapp vor.

»Wir kennen uns doch!« Plötzlich fiel Laura wieder ein, wo sie Isabell schon gesehen hatte. Es war erst am Vormittag in dem Lebensmittelladen gewesen, wo Isabell entweder als Besitzerin oder Verkäuferin arbeitete.

»Stimmt! Heute Morgen im Geschäft«, bestätigte Isabell. Sie hatte sich hinter Jacob gestellt und umarmte ihn besitzergreifend, aber auch wie ein Schutzschild, hinter dem sie sich verstecken konnte.

»Und du, wer bist du?«, wollte Laura von Jacob wissen. Natürlich hatte sie auch ihn am Vormittag gesehen, aber sie hoffte, mit der Frage dem Geheimnis seiner Existenz auf die Spur zu kommen.

»Der Jacob«, antwortete er knapp, lässig den Fußball unter den linken Arm geklemmt.

Laura trat auf ihn zu, bückte sich ein wenig zu ihm hinunter und gab ihm die Hand. »Ich bin Laura.«

»Das Training war heute der Wahnsinn.« Isabell hatte den Jungen während der Begrüßung kurz losgelassen, nun hielt sie ihn wieder fest, wobei sie ihre Arme über seiner Brust verschränkt hatte. »Er hat gespielt wie ein ganz Großer. Zwei Tore!«

»Eins«, korrigierte Jacob und entzog sich der Umarmung, »das andere war Abseits.« Er rannte davon. Irgendwie war ihm die Situation unheimlich. Ein mütterlicher Blick von Isabell folgte ihm.

»Fußball ist sein halbes Leben«, erläuterte Fabian die Begeisterung des Jungen.

»Und die andere Hälfte sind die Tiere«, ergänzte Isabell,

während sie mit einem selbstbewussten Lächeln an Laura vorbeitänzelte, um sich schräg vor Fabian zu postieren, nachdem sie ihm einen vielsagenden Blick zugeworfen hatte.

Fabian wusste nicht so recht, was in Isabell gefahren war, aber dazu wollte er sie lieber ein andermal befragen. Und auch von Laura würde er heute wohl nichts mehr erfahren. Zu dumm.

»Ich will nicht länger stören, ich muss ohnehin langsam nach Hause.« Verlegen wandte sich Laura zum Gehen, machte ein paar Schritte aus der Scheune hinaus, dann drehte sie sich noch einmal zu den beiden um und rief: »Hat mich gefreut!« Sie stieg auf ihr Fahrrad und ließ sich, ohne zu treten, das Gefälle hinunterrollen. Jacob, der gerade seinen Ball gegen eine Mauer kickte, als Laura bei ihm vorbeirollte, verabschiedete sich herzlich.

Während Isabell kurz im Wohnhaus verschwand, beschloss Fabian, die restlichen Kürbisse vorerst auf dem Hänger zu lassen. Er hatte Lust, mit dem nächsten Verarbeitungsschritt zu beginnen, und suchte sich die passende Bank hervor, einen Rupfensack und eine Art großes Wiegemesser, mit dem er die Kürbisse spalten konnte. Fabian nahm die Bank zwischen die Beine, legte sich den Rupfensack schützend über die Oberschenkel und griff sich den nächstbesten Kürbis, den er zwischen den Knien einklemmte. Es kostete viel Kraft, das große Messer durch das harte Fleisch des Kürbisses zu treiben. Schon bald tropfte ihm der Schweiß von der Stirn.

»Fabian …« Isabell kam unvermittelt in die Scheune.

»Ja?«, Fabian war froh, die anstrengende Arbeit für einen Moment unterbrechen zu können.

»Ich wollt dich was fragen.« Isabell näherte sich schüchtern und unsicher.

Fabian drehte sich zu ihr um. Irgendetwas war mit Isabell anders als sonst. »Was denn?«

Verlegen setzte sich Isabell neben ihn auf die Bank. »Jacob ist doch morgen bei seiner Großmutter«, leitete sie vorsichtig ihr Vorhaben ein.

»Ja«, bestätigte Fabian.

»Da könnten wir zwei doch vielleicht einen Ausflug machen?«

Fabian wirkte überrascht, er reagierte nicht auf ihren Vorschlag.

Isabell geriet ins Schwärmen: »Zum Beispiel auf den Schlossberg.« Sie schaute Fabian, der mit dem Rücken zu ihr saß und sie nicht sehen konnte, verliebt an.

Dem Plan konnte Fabian einiges abgewinnen, auch wenn er es schade fand, dass Jacob nicht dabei sein konnte. Aber es klang reizvoll, einen Tag ohne Arbeit in der Natur zu verbringen. Doch dann fiel sein Blick auf die Kürbisse, die neben ihm lagen – und er dachte an die anderen, die noch auf dem Hänger und auf dem Feld warteten. Seine aufgehellte Miene verdüsterte sich wieder und er sagte: »Morgen ist schlecht. Die müssen noch alle verarbeitet werden.« Er deutete auf den Haufen neben sich.

Doch so schnell gab Isabell sich nicht geschlagen. »Morgen ist Sonntag! Und ein bisschen Ausspannen täte dir sicher gut«, säuselte sie, während sie wie unabsichtlich mit ihrer Seite seinen Rücken berührte.

Fabians Stirn legte sich in Falten, es fiel ihm schwer, Isabell einen Wunsch abzuschlagen, dem er selbst so viel abgewinnen konnte. »Das stimmt. Aber bis zur Verkostung brauch ich jede Minute.« Er drehte sich so zu Isabell um, dass er ihr ins Gesicht sehen konnte. Sie schien sehr enttäuscht, das tat ihm leid, denn er schätzte Isabell wirklich.

»Schade«, hauchte Isabell, die sich nicht sicher war, ob der Kürbishaufen allein den Ausschlag für die Ablehnung gegeben hatte. Ob Fabian den Vorschlag auch abgewiesen hätte, wenn er von Laura gekommen wäre? »Es war halt so eine Idee. Ich dachte, wir zwei könnten einmal zusammen etwas unternehmen.« Wenn sie Fabian nicht auf die Nerven fallen wollte, war es jetzt wohl besser, nicht weiter in ihn zu dringen. Sie erkannte durchaus, dass die Zeit bis zum Kürbisfest eher knapp war, um die anstehende Arbeit zu erledigen.

»Sei mir nicht böse, aber das holen wir ein andermal nach, ja?«, versicherte Fabian versöhnlich, ehe er sich daranmachte, seine Arbeit fortzusetzen. Isabell wollte gerade aufstehen, als ihm noch etwas einfiel: »Ach, Isabell, was ich dich noch fragen wollte: Könnte der Jacob am Montag direkt nach der Schule zu dir kommen? Dann könnte ich draußen auf dem Feld bleiben?« Fabian war sich im Klaren darüber, dass er Isabell während der letzten Wochen stark in Anspruch genommen hatte. Aber in der Erntezeit musste jeder Tag mit gutem Wetter ausgenutzt werden.

Isabell schluckte kurz, es fiel ihr nicht leicht, Fabian einen

Gefallen zu tun, so unmittelbar nachdem er ihren Wunsch abgeschlagen hatte. Sie stand auf, um in Ruhe nachzudenken. Schließlich gewannen die Befürchtungen, Fabian zu verärgern, die Oberhand, und sie riss sich zusammen. »Keine Sorge, für dich mach ich das gern!« Sie strich Fabian zum Abschied kurz über den Rücken.

Dankbar drehte Fabian sich zu ihr um. »Du bist die Beste!«

Diese Anerkennung stärkte Isabells Selbstbewusstsein, und sie hoffte einen Moment lang, auf diese Weise doch einen Platz in Fabians Herz zu erhalten.

»Und die Zeit, die bezahl ich dann natürlich extra.« Fabian wollte Isabell keinesfalls etwas schuldig bleiben, er war so sehr auf ihre bereitwillige Unterstützung angewiesen. »Also dann, bis Montag!« Den nächsten Kürbis schon zwischen den Beinen, setzte Fabian das Zerteilen der schweren Früchte fort.

Enttäuscht sank Isabell in sich zusammen. Das Gespräch hatte nichts verändert. Sie war und blieb für Fabian nicht mehr als eine Art Angestellte, Jacobs Tagesmutter. Wie konnte sie ihm nur beibringen, dass sie ganz andere Beweggründe hatte, fast ihre gesamte Freizeit auf den Jungen aufzupassen, als den, damit Geld zu verdienen? Spürte er denn nicht, dass aus den drei verschiedenen Menschen im Lauf der gemeinsam verbrachten Stunden eine Art Familie wuchs, ein Zusammenhalt entstand, der mehr war als ein Arbeitsverhältnis?

10

Laura wurde nicht schlau aus ihren Begegnungen auf dem Trattnerhof. Es entsprach eigentlich nicht Fabians Art, sie so in Unkenntnis darüber zu lassen, dass er nun Frau und Kind hatte. Aber wie war das Verhältnis der drei sonst zu erklären? Jacob könnte natürlich Isabells Kind sein, das sie mit in die Ehe oder die Beziehung gebracht hatte, wobei er eigentlich nicht wie ihr Sohn aussah. Die rotblonden Haare und der sehr helle Teint des Jungen passten so überhaupt nicht zu Isabells eher südländischem Typ. Ach, wären die beiden nur eine Viertelstunde später zurückgekommen! Nun hatte sie nichts ausgerichtet, sich nicht mit Fabian ausgesprochen, nicht einmal in Erfahrung gebracht, ob er Platz für zwei alternde Haflinger zur Verfügung stellen konnte. Ausreichend Stallungen gäbe es wohl. Laura konnte sich nicht vorstellen, dass die zahlreichen Gebäude des Hofes, der sich malerisch am Weg entlangzog, alle ausgenutzt waren.

Ja, Glück hatte er wohl gehabt mit diesem Erbe. Natürlich hatte sie keine rechte Vorstellung davon, wie viel Mühe Fabian täglich hatte, aber einen solchen Hof zu besitzen würde wohl auch Freude bereiten. Sie jedenfalls konnte es sich gut vorstellen, in dieser Idylle zu wohnen. Ob sie jedoch zur Bäuerin geeignet war, bezweifelte sie. Laura hatte in ihrem bisherigen Leben wenig mit den Händen gearbeitet. Neben der Scheu, die sie davor hatte, befürchtete sie auch, sich ungeschickt anzustellen. Aber wie komme ich überhaupt darauf, mir darüber Gedanken zu machen, wunderte Laura sich über sich selbst. Sie war doch hier nur für einige Zeit, um auszuspannen, arbeitete und wohnte aber in Wien. Ja, wohnte! Zusammen mit Peter. Darüber hatte sie noch gar nicht nachgedacht. Wenn sie sich von Peter trennen wollte, und das war ihr fester Vorsatz, brauchte sie dringend eine neue Bleibe. Sie verspürte wenig Lust auf ein getrenntes Leben in einem gemeinsamen Haushalt. Dazu hatte sie nicht die Kraft, und sie befürchtete auch, Peters Versuchen, die Beziehung wieder aufleben zu lassen, nicht dauerhaft widerstehen zu können. Am günstigsten wäre es wohl, sich gleich noch während ihres Urlaubs darum zu kümmern.

Vom Trattnerhof aus war Laura einfach gestartet, ohne sich Gedanken über den Weg zu machen. Sie hatte nur beschlossen, nicht gleich zu ihren Eltern zu fahren. Sie scheute das Gespräch mit ihnen. Mittlerweile hatte ihre Mutter Herbert sicherlich über die Schwierigkeiten mit Peter aufgeklärt. Das würde zweifellos zu Auseinandersetzungen mit ihm führen. Gelegentlich hegte Laura Zweifel, ob ihrem Vater mehr an ihr gelegen war oder an der Kanzlei. Sie fuhr auf einsamen Kieswegen zwischen Feldern und umzäunten Weiden, hin und wieder passierte sie eine fruchttragende Hecke am Wegesrand oder einen verschwiegenen Hain. Und allmählich verlor Laura die Orientierung, wusste nicht mehr so recht, wo sie sich befand. Und es gab niemanden, den sie fragen konnte. Doch umzukehren hatte sie keine Lust. Sie versuchte, sich die Himmelsrichtungen anhand des Sonnenstands zu merken, und beschloss, sich bei kommenden Kreuzungen oder Gabelungen stets rechts zu halten, aber darauf zu achten, nicht im Kreis zu fahren. Sie fühlte sich wie eine Entdeckungsreisende inmitten der Zivilisation. Eigentlich war Laura der Überzeugung gewesen, in der Zeit als Reiterin alle Wege in einem Radius von mindestens zwanzig Kilometern um ihr Elternhaus herum zu kennen. Aber jetzt könnte sie schwören, noch niemals in dieser Ecke gewesen zu sein. Laura fing gerade an zu zweifeln, ob sie wirklich so mühelos zurückfinden würde, wie sie bisher gedacht hatte, als plötzlich nur wenige hundert Meter entfernt auf der rechten Seite *ihre* Hütte auftauchte. Hier hatte sie so viele gemeinsame Stunden mit Fabian verbracht, im Sonnenschein oder unter dem sommerlichen Sternenzelt, aber auch im Winter oder bei Regen. Nie hatte sie Fabian gefragt, wem das winzige Häuschen auf der abschüssigen Streuobstwiese eigentlich gehörte. Er hatte einen Schlüssel dazu, da würde ihr Aufenthalt dort wohl in Ordnung gehen.

Sonderbar, wie die Zufälle sich in diesen Tagen häuften. Zuerst traf sie Fabian auf dem Feld, dann inmitten des Ortes beim Einkaufen, und nun stieß sie absichtslos auf ihr geheimes Liebesnest. Laura lehnte das Fahrrad an die Böschung des Weges und stieg den Hang hinauf. Vorsichtig näherte sie sich der schmalen Veranda und versuchte, durch eine der verstaubten Fensterscheiben ins Innere zu spähen. Doch es war zu dunkel, um irgendetwas zu erkennen. Da nichts darauf hindeutete, dass jemand sich im Inneren befand, hockte sie sich auf die Veranda und überließ sich ihren Gedanken. So nebeneinander zusammengekauert hatten sie oft hier gesessen, wenn es leicht regnete und sie den Schutz eines Dachs suchten, ohne in die Hütte gehen zu wollen. Die betraten sie meist nur, wenn sie beide wirklich ungestört sein wollten. Ansonsten vermittelte ihnen der verwitterte Holzbau vor allem Geborgenheit durch seine bloße Existenz. Sie hätten sich irgendwo auf eine Wiese legen können, aber das war ihr Platz, den sie immer aufsuchen konnten, wo selten neugierige Spaziergänger vorbeikamen, nur gelegentlich Bauern mit dem Traktor auf dem Weg zu einem Feld, das bestellt werden sollte.

Tagträumend erinnerte sich Laura an den letzten Aufenthalt mit Fabian hier. Ob ihr Liebesschwur noch auf dem Holz zu erkennen war? Sie drehte sich um, prüfte die dunklen Holzbretter und fand ihn gut erhalten: ein L und ein F, verbunden durch das Yin-und-Yang-Symbol. Sie hatten es gemeinsam eingeschnitzt, jeder den ersten Buchstaben des Vornamen des anderen. Das Messer war nicht besonders scharf gewesen. Bis sie endlich zufrieden waren mit ihrem Werk, hatte sich die Sonne hinter den Hügel zurückgezogen. Das Schnitzwerk war Fabians Vorschlag gewesen, und nachdem beide es stolz betrachtet hatten, hatte er Laura an beiden Händen genommen und um die Hütte herum zur Tür geführt. Auf dem kleinen Tisch stand ein wunderschönes kleines Holzkästchen mit einer auffallenden Einlegearbeit auf dem Deckel. Fabian nahm das feine Behältnis, klappte es auf und hielt es mit einem schüchternen Lächeln Laura entgegen. Vorsichtig nahm sie den weißen Anhänger an der schmalen Silberkette heraus und berührte den behutsam gefassten Friedensachat. Nachdem sie ihn eine Weile betrachtet hatte, nahm Fabian ihr die Kette sacht aus der Hand und legte sie sorgsam um ihren Hals. Laura rückte die Kette noch etwas zurecht und richtete ihr Haar, dann reckte sie den Hals, damit Fabian besser sehen konnte, wie der Stein sie zierte.

Noch nie hatte ein Freund ihr Schmuck geschenkt. Laura strömte vor Glück und Zuneigung über. Und sie zeigte es Fabian mit innigem Blick. Beide wussten, dass es ein Zeichen für die Dauerhaftigkeit ihrer Beziehung sein sollte. »Ich liebe dich«, flüsterte sie zärtlich.

»Für immer …«, setzte Fabian den Schwur fort.

»… und einen Tag«, schloss Laura an.

Um sich gegenseitig darin zu bestärken, küssten sie sich zuerst zart und vorsichtig, dann heftig und leidenschaftlich. Von Fabians Händen geführt, ließ Laura sich nach hinten auf das Bett sinken. Er schien tatsächlich an alles gedacht zu haben an diesem Tag. Sogar das Bett war frisch mit gebügeltem Leinen bezogen. Sie schmolz dahin. Auch wenn es nicht das erste Mal war, dass sie sich einander hingaben, so war es für Laura doch besonders bedeutsam: eine intime Verlobungsfeier. Irgendwann später hatte Laura gelesen, dass der Friedensachat Frauen in ihrer weiblichen Ausstrahlung bestärke. Das traf genau, was sie an diesem Abend empfunden hatte. Nie davor und nie danach hatte sie sich mehr als Frau gefühlt als mit diesem überraschenden Geschenk auf ihrem Herzen. Laura spürte die Erregung in sich, und sie wollte sie hemmungslos mit Fabian teilen. Ihre Nacht wurde ein Fest der Liebe und der Leidenschaft. Ihre Körper drängten sich aneinander, als wären sie ein Fleisch, das seit ewigen Zeiten getrennt gewesen war.

Laura stiegen die Tränen in die Augen, als sie daran dachte. Sie wurde sich selbst fremd bei dem Gedanken daran, wie es weitergegangen war – mit ihr und Fabian. Sie hatte, als sie am nächsten Morgen hastig verschwunden war, um noch rechtzeitig nach Graz zum Repetitorium zu kommen, das Schmuckstück vergessen. Da ihr das Tragen einer Halskette während des Schlafs ungewohnt war, hatte sie sie neben das Bett fallen lassen.

Als Fabian von der Sonne geweckt wurde, nach Laura tastete und sie nicht mehr neben sich fand, erschrak er. Wenigstens nach dieser süßen Nacht, so hatte er gehofft, würde sie ihre Verpflichtungen vergessen. Doch er hatte sich getäuscht. Beim Aufstehen blitzte die glänzende, wie zufällig daliegende Kette ihn an. Ihr Anblick versetzte Fabian einen Stich. Er sah darin ein Zeichen für das jähe Ende ihrer Beziehung. Und er hatte sich nicht getäuscht: Die letzte Botschaft, die er von Laura erhielt, war ein kurzer Brief wenige Tage später, der ihm nichts erklärte außer, dass ihr Zusammensein keinen Bestand haben könne.

Eigentlich ein Wunder, dass Fabian nach diesem jähen und verletzenden Abschied überhaupt noch bereit war, mit ihr zu sprechen, ihr möglicherweise sogar verziehen hatte. Laura wusste nicht einmal, ob sie selbst sich verzeihen konnte, was sie damals getan hatte. Vor allem, wenn sie daran dachte, für wen sie Fabian damals hatte fallenlassen. Fast sieben Jahre hatte sie nun mit Peter gelebt – und ihn, so gut sie konnte, geliebt –, mit einem Mann, dem es nichts ausmachte, sie schamlos und gemein zu betrügen. Was für ein sinnloses Opfer!

Von weitem hörte Laura eine Turmuhr schlagen. Auf ihrer Irrfahrt war es doch später geworden, als sie dachte. Eilig trat sie den Rückweg an. Vor dem abendlichen Treffen mit ihren Eltern wollte sie sich noch duschen und umziehen. Pünktlich zur vereinbarten Uhrzeit im Restaurant zu sein würde ihr wohl nicht mehr gelingen. Kein guter Einstand für die drohende Aussprache mit ihrem Vater. Aber möglicherweise stellte auch das Zuspätkommen einen kleinen Akt der Befreiung von den übermächtigen Erwartungen ihres Vaters dar. Wenn sie genau darüber nachdachte, entwickelte sich in den letzten Tagen manches in diese Richtung. Und Laura hatte die heimliche Hoffnung, dass es in ihrem Leben noch nicht zu spät war für diese Korrektur.

Auf dem Küchentisch fand sich ein abgerissener Notizzettel: »Liebe Laura, Vater und ich wollten vor dem Abendessen noch ein paar Schritte spazieren gehen. Wir warten im Burgrestaurant auf dich. Mama.« Irgendwo zwischen den Zeilen las Laura die Aufforderung, pünktlich zu kommen, und wurde wieder das folgsame Kind. Wenn sie das Duschen auf eine Katzenwäsche zusammenschnurren und sich in der Kleidungsfrage nicht vom typisch weiblichen Zaudern überwältigen ließ, konnte sie es vielleicht schaffen.

Die Lektüre des kleinen Blatts Papier hatte sie um eine Erkenntnis bereichert: Es war gar nicht alleine ihr Vater, der den Druck auf sie ausübte, es waren beide Elternteile, wohl austariert. Sie hatte immer gedacht, das Spiel »Guter Cop, böser Cop« gäbe es nur als mythische Struktur in amerikanischen Spielfilmen und Serien. Nein, es war ein gängiges Erziehungsmuster. Der Vater vertrat die harten Prinzipien, und die Mutter erhöhte den davon ausgehenden Druck, indem sie einerseits Verständnis für die Situation des Kindes suggerierte, aber gleichzeitig solidarisch im Sinne des Vaters agierte. Wie auch anders, schließlich stand sie in seiner Abhängigkeit, hatte ihre Selbstständigkeit aufgegeben, um ihm zu folgen, von ihm zu profitieren. Natürlich teilte sie seine Werte und Einschätzungen; was die beiden unterschied, war die Wahl der Waffen.

Ein schwarzes, ärmelloses Oberteil und ein eng geschnittener dunkelbrauner Rock entsprachen Lauras gegenwärtiger Stimmung am besten. Mit präzisen Handgriffen steckte sie sich die Haare hoch. Die mädchenhafte Fröhlichkeit verschwand zugunsten damenhafter Eleganz. Dazu und zum Zeitdruck passte auch das Fahrrad nicht mehr. Die Serpentinen zum Burgberg nahm Lauras Cabrio schnell und präzise. Es gelang ihr, noch vor den Eltern am Tisch zu sitzen.

Wie immer, wenn die Jahreszeit es zuließ, hatte ihr Vater einen Tisch auf dem aufgeständerten Freisitz reservieren lassen, der um den Stamm einer mächtigen Eiche herum gebaut war. Man musste beinahe schwindelfrei sein, um das ausgezeichnete Essen, das hier serviert wurde, genießen zu können.

Laura ließ sich die Speisekarte bringen. Das Abendmenü klang verführerisch. Wie sie ihren Vater kannte, würde er alle dazu drängen, es zu wählen. Auch wenn Mutter und Tochter regelmäßig Vorbehalte gegen diese ungesunde abendliche Völlerei geäußert hatten, im Nachhinein hatten sie diese Entscheidung immer gutgeheißen. So würden es wohl auch heute fünf Gänge werden: Flusskrebsterrine auf Ingwerschaum, Entenleberparfait im Kürbismantel mit Boskopapfel, Zander und Spinat im Kartoffelkörbchen, Hirschkalbmedaillons in Lavendelkruste, viererlei Variationen von der Zwetschge. Laura lief das Wasser schon beim Lesen im Mund zusammen. Bevor sie sich unnötige Sorgen um ihre Figur machte, beschloss sie lieber, auch am nächsten Tag ausgiebig mit dem Fahrrad unterwegs zu sein.

»Ach, da bist du ja schon, Laura«, begrüßte ihr Vater sie überschwänglich, »ich hab dich ja fast den ganzen Tag nicht gesehen!« Er drückte Laura, die bei der Ankunft ihrer Eltern sofort aufgesprungen war, fest an sich.

»Du siehst bezaubernd aus!«, lobte Lotte ihre adrette Tochter und setzte sich neben sie.

»Das muss in der Familie liegen«, gab Laura charmant zurück, bekam aber sofort ein schlechtes Gewissen. Irgendwie blieb ein schaler Nachgeschmack, wenn die Mutter sie wegen ihres Aussehens lobte. Hatte sie sich zu sehr aufgebrezelt? Oder etwas anderes falsch gemacht, weswegen nun besser über ihre Erscheinung gesprochen wurde?

»Wie ich sehe, hast du dich bereits kundig gemacht, was der Koch uns heute Besonderes servieren will«, bemerkte

Herbert mit einem Verweis auf die offen vor Laura liegende Speisekarte. »Was denkst du darüber?«

»Ich dachte, du wolltest uns wie üblich das Abendmenü ans Herz legen. Und ich gebe zu, es klingt verführerisch. Ich würde mich anschließen und die Weinauswahl dir überlassen.« Laura freute sich darüber, wie elegant sie ihrem Vater den Ball zugespielt hatte.

»Das Vertrauen ehrt mich, Laura«, sagte Herbert mit einem Schmunzeln, »ich hätte meinen Vorschlag nicht besser machen können.«

Erstaunt über das spontane Einverständnis zwischen Vater und Tochter, verlegte Lotte sich aufs Sticheln. »Mir wäre ein Quarkbrot mit Schnittlauch und Tomatenscheiben recht. Und den Wein dazu darfst natürlich du aussuchen, Herbert.« Sie tätschelte seinen Arm.

Nach eingehender Beratung mit dem Sommelier bestellte Herbert drei Menüs und verschiedene Weine, die sowohl auf seinen Geschmack als auch auf die kommenden Gerichte hervorragend abgestimmt waren. Währenddessen versuchte Lotte, ihrer Tochter unauffällig mitzuteilen, dass sie ihren Mann bisher nicht über Lauras Absichten bezüglich Peter aufgeklärt hatte, aber durchaus Wert darauf legte, dass es im Lauf des Abends, günstigenfalls nach Abschluss des Menüs, geschehe. Laura war froh, den Zeitpunkt selbst bestimmen zu können, wollte aber nicht so lange warten. Sie nützte die Zäsur nach dem überaus schmackhaften Zander und verschwand kurz auf der Toilette, um ihr Aussehen zu überprüfen und sich zu fassen.

In ihrer Abwesenheit sprudelten ganz andere Sorgen aus Lotte heraus: »Ich habe wirklich Angst, dass die Lieferanten die Termine nicht einhalten!« Lotte wirkte sehr beunruhigt. Im Lauf der Planung hatte sie feststellen müssen, dass es doch eine ganz andere Dimension hatte, eine große Einladung im eigenen Haus zu planen oder ein Veranstaltung für den ganzen Ort.

»Das wird schon, das wird schon«, wiegelte Herbert ab, der nicht auch noch diesen festlichen Abend für das stete Thema Kürbisfest opfern wollte. Ihn irritierte das Verhalten seiner Tochter, sie wirkte, als würde etwas sie so beschäftigen, dass sie nur sporadisch und ohne mit dem Herzen dabei zu sein an der Konversation teilhatte. »Sag mal, was ist denn eigentlich den ganzen Abend mit unserer Tochter los?«

»Ich glaube, das will sie dir lieber selber sagen«, hielt Lotte sich zurück und war froh, Laura zu sehen, die nur noch wenige Schritte vom Tisch entfernt war.

Fröhlich schmunzelnd beugte Herbert sich zu seiner Frau hinüber: »So geheimnisvoll?« Er war überzeugt davon, dass es nur eine Nachricht geben könnte, die ihm seine Tochter überbringen würde, und er freute sich sehr darüber. Nachdem sie sich wieder gesetzt hatte, nahm er gleich das Gespräch mit ihr auf, um so bald wie möglich zum Punkt zu kommen. »Deine Mutter ist so nervös wegen des Kürbisfestes, ich mach mir Sorgen um sie.«

Laura wollte etwas einwenden, doch ihr Vater war nicht zu bremsen.

»Du bist da anders, du hast Nerven wie Drahtseile.« Er nickte ihr anerkennend zu.

Irgendwie entstand bei Laura der Eindruck, dass gerade etwas völlig falsch lief. »Ich wollte dir etwas sagen.«

»Ich glaube, du solltest warten, bis wir gegessen haben!«, unterbrach Lotte ihre Tochter jäh. Sie befürchtete, Lauras Ausführungen seien geeignet, die Stimmung am Tisch innerhalb kürzester Zeit auf den Tiefpunkt zu bringen. Unter diesen Umständen hätte sie es vorgezogen, lieber in Ruhe zu Ende zu essen. Schließlich gab sich die Küche für ihre Speisen viel Mühe, das wollte sie gerne angemessen würdigen, statt die Gerichte während eines Wortwechsels so nebenbei wegzuschaufeln oder kalt werden zu lassen.

Verblüfft schaute Laura ihre Mutter an. Mit diesem Einwand hatte sie nicht gerechnet, nicht von dieser Seite. Aber natürlich passte er wunderbar in das Bild, das sie sich gerade von Lotte machte. Immer darauf bedacht, ihren Mann vor allem zu schützen, auch vor ihrer Tochter.

Herbert merkte nicht, wie sehr die Stimmung am Tisch gesunken war. Er verfolgte weiter die Spur, die er gelegt glaubte: »Du machst mich zum Großvater?«

»Nein!« Wie kam ihr Vater denn auf diese Idee? Deutete irgendetwas an ihrer Erscheinung, ihrem Handeln auf eine Schwangerschaft? Eltern konnten es einem wirklich schwer machen, ihnen etwas Wichtiges mitzuteilen.

Auch diese brüske Absage warf Herbert nicht aus der Bahn. Das Thema Enkel schien ihn nicht gerade erst jetzt zu beschäftigen. »Du solltest dich aber langsam beeilen! Wir zwei werden nicht jünger«, redete er seiner Tochter ins Gewissen.

Auf dieses Gespräch verspürte Laura überhaupt keine Lust. Sie setzte sich aufrecht hin und unternahm einen neuen Anlauf: »Papa, was ich dir eigentlich sagen wollte, ist Folgendes: Ich werde mich scheiden lassen.«

Die Miene ihres Vaters verfinsterte sich schlagartig. Verständnislos schaute er zuerst seine Tochter, dann seine Frau an. Es war nur seiner jahrzehntelangen Erfahrung als Rechtsanwalt zu verdanken, dass er seinen Zorn unterdrückte und sich zuerst einmal ein klares Bild von der Situation machen wollte. »Warum um alles in der Welt willst du dich scheiden lassen? Nach all dem, was Peter für uns getan hat.«

Mit einem Einwand dieser Art hatte Laura gerechnet. Sie wusste nur zu gut, dass ihre Ehe und die Kanzlei eng miteinander verknüpft waren. Dem wollte sie ein Ende bereiten. Sie hatte keine Lust mehr darauf, ihr Gefühlsleben mit dem Erbe ihres Vaters verbunden zu sehen. Und sie war bereit, dafür auf vieles zu verzichten. »Aber das hat doch nichts mit unserer Ehe zu tun«, konstatierte sie ruhig.

»Hat es nicht?« Herbert zweifelte kurzfristig am Verstand seiner Tochter. Zum wiederholten Male schilderte er seine Sicht der Dinge, die Laura seinerzeit bereitwillig übernommen hatte. »Wäre Peter nicht gewesen, hätten wir die Kanzlei aufgeben müssen, und du würdest heute von einem kleinen Richtergehalt leben.«

»Wir haben geheiratet, weil in deinen Augen eine Ehe mit dem neuen Sozius das Beste gewesen ist«, stellte Laura ihre heutige Wahrnehmung der damaligen Ereignisse klar. Sie versuchte noch immer, ohne Aggression zu sprechen, obwohl es ihr zusehends schwerer fiel.

Herberts Gesichtszüge versteinerten. Er ertrug es nicht mehr, seine Tochter anzusehen, sondern schaute in die Ferne, während er dagegenhielt: »Ich kann mich nicht erinnern, dich zu etwas gezwungen zu haben.«

Erschreckt über den heftigen Diskurs hob Lotte beschwichtigend die Hände.

»Das hast du auch nicht«, lenkte Laura ein, der nicht daran gelegen war, unversöhnliche Gräben zwischen sich und ihren Eltern aufzureißen. Sie wollte nur den Blick auf die damaligen Ereignisse verändern, um sich für die Zukunft neue Optionen zu schaffen. »Aber du hast mir immer das Gefühl gegeben, dass ich deine Erwartungen erfüllen muss. Beim Studium, bei der Berufswahl – und bei dieser Ehe.« Sie machte eine Pause, um die Reaktion ihres Vaters abzuwarten, doch der brütete nur vor sich hin. »Aber es geht einfach nicht mehr mit uns«, fügte Laura als Erläuterung für ihre Scheidungspläne an und versuchte gleichzeitig mitzuteilen, dass sie ja noch immer bereit wäre, die gute Tochter zu sein, wenn die Umstände es ihr nur erlaubten.

»Bitte hört auf zu streiten!«, flehte Lotte, als sie den Ober herannahen sah, der die Hirschmedaillons servierte. Bei dem Bekanntheitsgrad, den ihr derzeitiges Ehrenamt mit sich brachte, war ihr die aufflammende Auseinandersetzung zwischen Laura und ihrem Mann sowieso schon mehr als peinlich. Sie wollte nicht auch noch, dass das Personal alles mitbekam. »Vielen Dank!« Lotte lächelte dem Ober fast übertrieben freundlich zu, nachdem er den Teller vor sie platziert hatte.

Laura flüsterte den Dank nur, während Herbert eher knurrend Kenntnis nahm von dem Teller, der vor ihn gestellt wurde.

Das trieb den Kellner nur zu noch mehr Freundlichkeit an, er fügte dem »Mahlzeit« noch eilfertig ein »Guten Appetit« hinzu, bevor er sich unauffällig von dem Tisch der betuchten Stammgäste zurückzog.

Wortlos säbelte Herbert an dem zartrosa Medaillon herum. Die Vorwürfe seiner Tochter machten ihm zu schaffen. Sein patriarchales Verhalten hatte für ihn immer auch bedeutet, dass es seiner Frau und seiner Tochter gut gehen sollte. Und irgendetwas, auch wenn er noch nicht wusste, was, schien schiefgelaufen zu sein. Dass Laura sich ihm gegenüber so entschieden äußerte, machte ihn auch deswegen zornig, weil sie vermutlich einen Grund dafür hatte, so aufgebracht zu sein.

Lieber hätte Laura eine Standpauke ausgehalten, statt noch länger neben ihrem schweigenden und gleichzeitig spürbar ungehaltenen Vater zu sitzen. »Papa! Sag doch etwas!«, forderte sie ihn auf.

»Ich finde nicht, dass das hier der richtige Ort ist für solche Gespräche«, redete er sich tonlos heraus. Wenn er wirklich gewusst hätte, was es zu sagen gäbe, wären ihm die Umstände egal gewesen. Aber er versuchte, Zeit zu gewinnen, um eine neue Strategie zu finden. »Außerdem sollten wir das gute Essen nicht kalt werden lassen!« Es schien ihm mit diesem Satz gelungen, das letzte Wort in der Sache zu behalten. Beherzt schnitt er ein großes Stück vom Medaillon ab, schob mit dem Messer etwas Sauce auf das Fleisch, steckte es genüsslich in den Mund und kaute so leidenschaftlich darauf herum, als gäbe es nichts anderes von Bedeutung auf dieser Welt.

Für Laura verdoppelte diese Situation die Kränkung, die Peter ihr zugefügt hatte. Sie hielt es nicht länger aus. Ordentlich legte sie ihr Besteck auf den Teller, tupfte sich mit der weißen Stoffserviette den Mund ab, nahm noch einen großen Schluck Wein, stand dann auf und eilte zornig davon.

»Du entschuldigst mich«, schleuderte Lotte ihrem Mann entgegen und erhob sich ebenfalls, um Laura zu folgen. Sie war aufgebracht, ohne eine genaue Vorstellung davon zu haben, wen sie dafür verantwortlich machen konnte. Natürlich war Herberts Verhalten mehr als provokant gewesen, nachdem Laura ihm ein Friedensangebot gemacht hatte. Aber da war er in seinem Eigensinn wohl nicht mehr zu ändern und jede Kritik daran sinnlos. Laura hatte gute Gründe, Peter zu verlassen, das wusste Lotte, aber sie war so zurückhaltend gewesen, sie vor ihrem Vater zu verschweigen. Möglicherweise ein Fehler. Andererseits hatte sie Laura selten so widerborstig erlebt. Das zurückhaltende freundliche Mädchen hatte nur einmal so heftig reagiert, erinnerte sie sich plötzlich: als sie ihren Eltern euphorisch von der geplanten Weltreise mit Fabian vorgeschwärmt hatte. Herbert hatte sich damals recht abschätzig dazu geäußert, und auch Lotte hatte sich wenig dafür begeistern können. Wahrscheinlich war auch diesmal Fabian im Spiel! Sie hatte Laura im Burghof eingeholt. »Ist da etwas zwischen Fabian und dir?«, fragte sie geradeheraus.

So sah die Solidarität nicht aus, die Laura einen kurzen Moment lang von ihrer Mutter erhofft hatte. »Wie kommst du denn darauf?«, fragte sie irritiert.

»Ich hab euch doch gesehen, wie ihr euch verabredet habt!«, erhärtete Lotte ihren Verdacht.

»Nein, da ist nichts!«, stritt Laura guten Gewissens ab. »Mama, ich weiß endlich wieder, was richtig und falsch ist.« Sie glaubte, mit diesem hehren Bekenntnis Verständnis für ihr Verhalten einfordern zu können. Gleichzeitig war sie stolz darauf, diesen Satz, der für sie ein grundsätzliches Prinzip ihrer Erziehung verkörperte, wieder sagen zu können.

Lotte ließ sich davon nicht beeindrucken. Sie hielt, gleich Herbert, daran fest, alles nach bestem Wissen und Gewissen entschieden zu haben, sodass es auch heute noch Gültigkeit beanspruchen konnte. »Richtig war aber auch, Peter zu heiraten und ein Leben mit ihm aufzubauen!«

»Und es hat sich als Fehler erwiesen!«, fasste Laura ihre jetzige Sicht der Dinge noch einmal zusammen. Sie verspürte keine Lust, sich noch länger mit ihrer Mutter zu unterhalten. »Nicht jeder hat eben so viel Glück wie du!« Sie drehte sich um und lief zornig zu ihrem Auto.

Während Lotte ihr nachschaute, überlegte sie lange, wie dieser letzte Satz eigentlich gemeint war.

11

Ihre Eltern hatte Laura an diesem Abend nicht mehr gesprochen, auch nicht mehr mitbekommen, wie die Stimmung zwischen den beiden sich entwickelt hatte. Nach dem anstrengenden und ereignisreichen Tag war sie schnell in tiefen Schlaf gefallen. Und nur das schlechte Gewissen den beiden Pferden gegenüber trieb sie schon morgens beim ersten Sonnenschein wieder aus dem Bett. Sie musste sie schleunigst abholen und in Sicherheit bringen, Abdecker gehörten bekanntlich nicht zu den Menschen, die ihr Handwerk erst nach dem Mittagessen aufnahmen. Sie wollte die beiden Haflinger erst einmal zu Fabian bringen, übergangsweise würde das bestimmt möglich sein.

Kofler, der alte Bauer, schaute ziemlich überrascht aus dem Küchenfenster, als Laura mitten auf seinem leeren Hof stand und laut nach ihm rief.

»Ich komme, um die Pferde abzuholen!«, kündigte Laura ihr Vorhaben unbeeindruckt an.

»Da hast Glück gehabt, Laura, der Abdecker kommt erst in einer Stunde, vielleicht kann ich ihm noch absagen«, erklärte der Bauer, den das Engagement der Reichenbach-Tochter für die Tiere rührte. »Aber wenn er schon losgefahren ist, wirst du seine Unkosten übernehmen müssen. Komm erst mal rein und trink einen Kaffee!«

Laura steckte den Pferden noch je einen Apfel zu und tätschelte sie kurz, dann folgte sie der freundlichen Aufforderung. Als sie in die Küche kam, hatte Kofler die Situation bereits geklärt und dem Abdecker noch rechtzeitig absagen können.

»Wo willst denn jetzt hin, mit den Gäulen?«, wollte der alte Bauer wissen, während er den frisch aufgebrühten Kaffee einschenkte.

»Zuerst auf den Trattnerhof. Ich war mal mit dem Fabian befreundet.«

»Ach, bei dem jungen Bio-Bauern. Ja, da wird's den Pferdln g'falln!« Der Bauer schmunzelte in sich hinein, man konnte nur ahnen, dass er der ökologischen Landwirtschaft eher skeptisch gegenüberstand.

»Und Sie, Herr Kofler, was machen Sie, wenn jetzt alle Tiere weg sind?«, fragte Laura einfühlsam.

Der alte Mann schaute aus dem Fenster. »Bis es kalt wird, bleib ich noch, das ist so ausgemacht. Dann nimmt mich mein älterer Sohn zu sich, der hat ein Haus bei Graz. Für mich sind zwei Zimmer eingerichtet, sogar eine extra Eingangstür hab ich bekommen. Es ist alles gut gemeint, aber ich weiß nicht … so einen alten Baum verpflanzt man nicht so leicht. Geh besser, Laura, bevor ich anfang zu weinen.«

»Danke für alles, Herr Kofler!« Laura stand auf und trug die leere Tasse zur Spüle hinüber. »Ich wünsch Ihnen alles Gute!« Verlegen stand sie in der Mitte des Raumes, weil sie zweifelte, ob das der Abschied war, den der Bauer sich vorgestellt hatte.

»Weißt was, Laura, ich komm mit raus und sag Servus zu den letzten Tieren, die meinen Hof verlassen. Brauchst ein Zaumzeug? Ein alter Sattel ist auch noch da.«

Zusammen zäumten sie die Pferde auf. Es war dem Bauern anzusehen, wie er den Umgang mit den Tieren im Blut hatte, aber auch, dass die Finger nicht mehr gelenkig genug waren für die Arbeit.

Laura setzte sich auf Lucky und befestigte Semiras Zügel hinten am Sattel. »Viel Glück!« Langsam ritt sie aus dem Hof hinaus. Die Pferde ließen sich leichter führen, als sie befürchtet hatte. Wahrscheinlich freuten sie sich, endlich einmal wieder aus dem Stall hinauszukommen. Zügig trabten die Haflinger den hügeligen Weg zum Trattnerhof hinüber. Viel zu schnell, fand Laura, die noch immer nicht wusste, wie sie Fabian den Überfall beibringen sollte. Sie beschloss, die Pferde erst einmal außer Sichtweite des Hofes anzubinden, um ihn nicht völlig zu überrumpeln.

Als Erstes begegnete sie Jacob, der gerade mit seinen weißen Kaninchen spielte. Sein liebstes, der Felix, zeichnete sich durch schwarze Ohren aus, aber eigentlich mochte er den ganzen Wurf.

»Weißt du, wo der Fabian ist?«, fragte Laura, nachdem sie sich die Kaninchen hatte zeigen lassen.

»Im Haus«, antwortete Jacob, obwohl er sich nicht ganz sicher war, er hatte ihn seit dem Frühstück nicht mehr gesehen.

Laura stürmte die Treppe zum Wohnhaus hinauf und rief: »Fabian!«

Der Gesuchte kam ihr neugierig entgegen.

»Kann ich dich mal was fragen?«, bestürmte sie ihn, noch bevor er sie begrüßen konnte.

»Klar!«

»Kannst du dich noch an Lucky erinnern?«

Fabian verharrte regungslos, mit dem Namen Lucky wusste er nichts anzufangen. Was war das nun wieder für eine Aktion von Laura?

Sie ließ ihn ohne Erklärung zurück und stürmte die Treppe ebenso schnell hinunter, wie sie sie hinaufgeeilt war. Es hatte keinen Sinn. Wenn der Name Lucky nichts in ihm auslöst, dann ist es wohl doch besser, die Pferde gleich auf den Hof zu führen, dachte Laura.

Wie die griechische Siegesgöttin, die statt ihrer Flügel links und rechts je ein Pferd führt, kehrte sie auf den Hof zurück, wo Jacob und Fabian sie neugierig in Empfang nahmen. »Das ist Lucky«, setzte sie das unterbrochene Gespräch fort, wobei sie ihr strahlendstes Lächeln zeigte.

»Auf dem du früher immer so gerne geritten bist«, erinnerte Fabian sich, als ihm klar geworden war, dass es sich um ein Pferd handelte.

»Sooft ich konnte«, bestätigte Laura.

»Und wer ist das?« Jacob deutete auf das andere Pferd.

»Semira«, stellte Laura vor.

»Darf ich auf einem reiten?«, drängelte Jacob.

»Du packst jetzt fix zusammen!« Fabian legte eine Hand

auf Jacobs Schulter, um seiner Aufforderung Nachdruck zu verleihen. »Die Oma ist nämlich gleich da.«

Folgsam lief der Junge in sein Zimmer, irgendwie hatte er die Hoffnung, die schönen Tiere noch anzutreffen, wenn er vom Sonntagsausflug mit seiner Oma zurück war.

»Wolltest du mich nicht was fragen?«, erinnerte Fabian Laura etwas süffisant, während er die Pferde tätschelte.

Laura ließ sich nicht beirren. »Ich wollte dich fragen, ob ich die beiden bei dir unterstellen kann. Nur vorübergehend, nur für ein paar Tage, bis ich etwas anderes gefunden habe? Der Bauer, bei dem sie waren, löst seinen Hof auf, und heute hätten sie abgeholt werden sollen, weil keiner sie mehr wollte ...«

Diesen flehenden Augen hätte Fabian niemals etwas abschlagen können. Auch wenn er das Gefühl hatte, von Laura überrumpelt zu werden. Eigentlich wäre sie es ja, die ihm etwas schuldete, nicht er ihr. »Klar! Außerdem könnte ich Jacob überhaupt nicht erklären, wieso die zwei nicht mehr hier sind, wenn er zurückkommt.«

Überglücklich über Fabians Entgegenkommen bedankte Laura sich. Hätte sie nicht die Zügel der beiden Pferde gehalten, sie wäre ihm um den Hals gefallen.

Von der Straße her näherte sich eine ältere Dame, ganz in Schwarz gekleidet. Nur der Trenchcoat, den sie über dem Arm trug, war beige. Sie wirkte zurückhaltend und gebrochen.

Als Fabian sie bemerkte, eilte er sofort auf sie zu. »Grüß Sie, Frau Burgler.« Er reichte ihr herzlich die Hand. Sie sollte sich auf dem Hof nicht fremd fühlen. »Der Jacob kommt gleich. Wie geht's Ihnen?«

Frau Burgler freute sich sichtlich, nach ihrem Befinden befragt zu werden, hatte aber wenig Gutes zu berichten: »Muss ja!« Sie legte eine Pause ein, um sich zu fassen. »Also, wenn ich den Jacob nicht hätte, ich weiß nicht, was ich ohne ihn täte. Ich denke oft, wenn die Tür aufgeht ...«, sie schaute traurig und erwartungsvoll in den Himmel, »... dass mein Bub lebendig hereinkommt. Als der Jacob noch bei mir gewohnt hat, war's besser.«

»Aber er wollte lieber hier auf dem Hof leben. Die Tiere sind sein Ein und Alles. Und wir sollten es ihm nicht unnötig schwer machen.« Fabian ermüdete dieses Gespräch, an diesem Punkt waren sie schon so oft angelangt. Er konnte sich keinesfalls vorstellen, dass Jacob bei seiner Oma in der kleinen Grazer Wohnung besser aufgehoben war als bei ihm auf dem Hof.

Frau Burgler nickte nur beschwichtigend. Natürlich wollte sie das Beste für ihren Enkel. Und Fabians Bauernhof stellte für einen Jungen in seinem Alter wirklich ein Paradies dar, das sie ihm keinesfalls bieten konnte. Andererseits hatte sie nur noch Jacob, und sie bedauerte es sehr, ihn lediglich am Wochenende sehen zu können. Die Fahrt von Graz mit dem Bus war ihr zu beschwerlich, als dass sie Lust darauf hatte, sie auch einmal unter der Woche für den Nachmittag zu unternehmen.

Während des Gesprächs hatte Laura bei den Pferden gestanden. Erst als sie mitbekommen hatte, dass eine peinliche Pause eingetreten war, trat sie neben Fabian, um die unbekannte ältere Dame zu begrüßen. Der hatte sie fast vergessen, so sehr beanspruchte Jacobs Oma seine Aufmerksamkeit. Pflichtschuldig holte er es nach, die beiden Frauen einander vorzustellen.

Mit der Anwesenheit einer fremden jungen Dame auf dem Hof hatte Frau Burgler nicht gerechnet. Doch sie konnte ihrer Verwunderung kaum Ausdruck verleihen, weil Jacob in diesem Moment aus dem Wohnhaus gelaufen kam und seine Oma stürmisch begrüßte. Nachdem die beiden sich umarmt hatten, nahm Frau Burgler ihn entschieden bei der Hand. Ihre Stimmung hatte sich spürbar verbessert. Die Zaghaftigkeit war der Entschlossenheit gewichen. »Wir beide machen uns heute einen schönen Tag!«

»Gehen wir in den Zoo?«, forderte Jacob sie fröhlich auf, der sich fest vorgenommen hatte, seine Oma dazu zu überreden.

»Alles was du willst«, stimmte Frau Burgler zu, sie war zu jeglichen Aktivitäten bereit.

»Dann viel Spaß, und bis später.« Fabian spürte, dass die beiden nicht mehr aufzuhalten waren, sie sollten den gemeinsamen Tag genießen. Außerdem hatte er nur auf Frau Burgler gewartet, um endlich sein Tagewerk beginnen zu können.

Fabian und Laura sahen den beiden noch eine Weile nach. Frau Burgler wirkte wie ausgewechselt, seit sie Jacob an der Hand hatte. Voller Lebensfreude und Tatendrang schritt sie aus, der blonde Junge mit dem alten grün-braunen Stoffrucksack auf dem Rücken lief fröhlich neben ihr her.

»Ist Jacob dein Sohn?«, brach Laura das Schweigen mit einer Frage, die sie bereits seit gestern beschäftigte.

»Der Sohn meiner Schwester. Sie und ihr Mann sind vor einem halben Jahr verunglückt.« Jetzt, wo Jacob nicht da war, überfiel auch ihn wieder die Trauer. Nicht nur der Junge und seine Oma hatten damals geliebte Angehörige verloren, auch er litt unter dem plötzlichen Tod seiner älteren Schwester. Aber dafür blieb oft kein Platz, weil er Jacob nicht auch noch mit seinen Sorgen beschweren wollte. Der hatte schon genug an dem Verlust seiner Eltern zu tragen.

»Das tut mir leid!« Laura hatte schon befürchtet, dass irgendetwas Tragisches passiert war. Die Trauerkleidung von Frau Burgler war schließlich nicht zu übersehen gewesen.

»Jacob lebt jetzt seit drei Monaten bei mir, vorher war er bei seiner Oma in Graz.« Mehr wusste er dazu im Moment nicht zu sagen, und er bezweifelte auch, dass Laura mehr wissen wollte. Sie hatte seine Schwester damals nicht kennengelernt, die hatte zu dieser Zeit mit ihrem Mann in Nairobi gewohnt, der dort für eine Nicht-Regierungs-Organisation Hilfseinsätze in Ostafrika koordinierte. Erst als Jacob schulpflichtig geworden war, beendete er seine Mission und arbeitete dann bei der Kommission der Vereinten Nationen für internationales Handelsrecht in Wien. Fabian gab sich einen Ruck: »Also, ich muss jetzt raus aufs Feld!« Eigentlich wollte er Laura nicht so schnell abservieren, aber die Arbeit wartete auf ihn. Vielleicht interessierte Laura sich ja dafür. »Magst du vielleicht mitkommen?«

Freudig nickte Laura, als hätte sie geradezu auf dieses

Angebot gewartet. »Ja!« Dann schaute sie skeptisch auf ihren weißen Rock, der schon beim Reiten etwas gelitten hatte. »Ich glaube, ich habe nicht die passende Kleidung dafür. Meinst du, du könntest mir eine Jeans leihen?«

»Wie damals?«, erinnerte sich Fabian sofort daran, dass Laura gelegentlich Hemden, Hosen oder T-Shirts von ihm getragen hatte.

»Wie damals!«, bestätigte Laura und überlegte kurz, ob sie ihn zärtlich umarmen sollte, aber da war noch so viel Unausgesprochenes zwischen ihnen.

Nachdem Fabian seinen Kleiderschrank durchforstet hatte, um etwas Passendes für Laura zu finden, packte er einen Korb mit Proviant für sich und Laura sowie einen Imbiss für die Erntehelferinnen, die er angestellt hatte, um die Kürbisse auf dem Feld zu entkernen, weil er das alleine niemals schaffen würde. Während Laura sich umzog, stellte Fabian die beiden Haflinger in einem Stall unter.

Noch nie war Laura auf einem Traktor mitgefahren. Der bullige Dieselmotor versetzte das Gefährt in heftige Vibrationen. Erst als Fabian auf dem betonierten Wirtschaftsweg richtig Gas gab, wurde sie auf ihrem Notsitz nicht mehr so durchgeschüttelt. Der Fahrtwind fuhr ihr in die langen blonden Haare, die sie wie meist zu einem Pferdeschwanz gebunden hatte. Vergnügt lächelte sie Fabian an. Es war ein wenig wie früher, wenn sie mit den Fahrrädern querfeldein gefahren waren. Und in seiner Gegenwart kehrte die Unbeschwertheit zurück. Es war zu laut, um sich sinnvoll zu unterhalten, so genossen sie die gemeinsame Fahrt, ohne zu sprechen, und kamen sich dabei womöglich sehr viel näher als mit Worten.

»Möchtest du es einmal probieren?«, schlug Fabian vor, nachdem sie eine Weile durch die anheimelnde Landschaft gebraust waren.

Laura verstand ihn erst nicht, bis er laut genug rief. So schwierig wird es schon nicht sein, dachte sie und willigte ein. Immerhin könnte sie dann bequemer sitzen. Vom Gerüttel schmerzte ihr Steißbein. »Du möchtest jetzt aber nicht während des Fahrens tauschen?«, fragte sie Fabian skeptisch.

»Das probieren wir beim nächsten Mal«, konterte er und ließ den Traktor ausrollen.

Es kostete ziemlich viel Kraft, die nicht mehr ganz fabrikneue Maschine in Bewegung zu setzen. Kein Vergleich zu einem modernen Auto, das mit Servolenkung, Bremskraftverstärker und anderen technischen Hilfsmitteln die Bedienung erleichterte. Laura musste sich regelrecht gegen das Kupplungspedal stemmen, um den nächsthöheren Gang einlegen zu können. Aber sie setzte allen Ehrgeiz hinein, nicht so kläglich zu scheitern wie beim Abladen der Kürbisse.

Fabian, der es sich auf dem Notsitz gemütlich gemacht hatte, legte die Beine über den Kotflügel und genoss es, einmal gefahren zu werden. Ohne auf den Weg achten zu müssen, konnte er seinen Blick schweifen lassen und das herrliche Farbenspiel genießen, das der beginnende Herbst bot. Nie zeigte sich die Natur bunter als in dieser Jahreszeit, wo sich zum satten Grün der Nadelbäume das beginnende Gelb und Rot der Blätter gesellte und die Felder abwechselnd braun, gelb, oder in verschiedenen Grüntönen dalagen. Abgeerntete Felder wechselten mit jenen, auf denen der Mais noch reifte, umgepflügte mit anderen, auf denen Grünfutter oder Wintergetreide wuchsen. Und darüber das strahlende Blau des klaren Himmels. Eigentlich konnte er sich kaum einen schöneren Beruf vorstellen, wenn er so durch die Landschaft tuckerte. Er bedeutete Laura abzubiegen und auf ein Feld zu fahren, auf dem eine Gruppe von Frauen damit beschäftigt war, die reifen Kürbisse zu zerteilen und zu entkernen. Er brachte ihnen ein paar Flaschen Apfelmost und Butterbrote zur Stärkung. »Das haben Sie sich verdient, glaube ich!« Die Frauen stimmten mit herzlichem Gelächter zu, ohne sich bei der Arbeit stören zu lassen. Es war eine fröhliche Runde, die sich jedes Jahr bei den Bauern der Gegend als Unterstützung anbot, wenn jede hilfreiche Hand gebraucht wurde, um die Ernte einzubringen.

Laura war etwas abseits stehen geblieben. Sie staunte darüber, dass es heute noch so gesellig und vergnügt zugehen konnte bei der Arbeit. Sie hatte gedacht, solche Szenen gebe es nur in deutschen Filmen aus den Fünfzigerjahren oder auf Bildern niederländischer Genremaler aus einem anderen Jahrhundert. Gerne hätte sie sich ein wenig dazugesetzt, aber Fabian machte den Eindruck, als wollte er hier nicht länger verweilen. Er schaute Laura vielversprechend an und bedeutete ihr, wieder aufzusitzen. Schnell bekam Laura einen Verdacht. Nachdem sie gestern doch weit herumgekommen war und ihre Ortskenntnis aufgefrischt hatte, ahnte sie schnell, wohin Fabian den Traktor lenken würde.

Als sie die Hütte erkannte – sie waren diesmal aus einer ganz anderen Richtung gekommen als sie selbst am Vortag –, sprudelte es aus ihr heraus: »Hier war ich gestern auch schon.«

Ein Strahlen ging über Fabians Gesicht. »Damit hatte ich nicht gerechnet.«

Da es Fabian so freute, wollte sie ganz ehrlich sein: »Ich habe mich beim Fahrradfahren verirrt und kam eher zufällig her, aber dann bin ich abgestiegen und habe mich ein bisschen auf unsere Bank gesetzt.«

Aufmerksam verfolgte Fabian ihr Mienenspiel, während sie erzählte. »Und?«

»Ich habe unsere Schnitzerei wiedergefunden, sie ist noch hervorragend erhalten.« Laura fühlte sich nicht sehr gut, während sie darüber sprach, aber etwas in ihr drängte danach, mit Fabian reinen Tisch zu machen, denn sie fühlte sich immer noch zu ihm hingezogen. Nicht genauso wie früher, nicht mit dieser jugendlichen Leidenschaft, nicht mit dieser naiven, besitzergreifenden Unschuld. Ihr jetziges Gefühl kam ihr erwachsener und gereifter vor. Es war nicht mehr nur Fabians Aussehen, seine Art zu sprechen oder zu schauen, die sie attraktiv fand. Seine ganze Einstellung zum Leben beeindruckte sie. Wie er sich den Aufgaben, die das Schicksal für ihn bereithielt, ohne großes Zögern stellte. Den Bauernhof seiner Tante zu übernehmen, für seinen Neffen zu sorgen und nicht über dieses Los zu klagen, sondern es so gut wie möglich zu meistern, schien ihr auf eine Art männlich, die es immer weniger gab und die sie tief beeindruckte. Möglicherweise glich Fabian ihrem Vater viel mehr, als Peter es je getan hatte.

»Kein Wunder«, riss Fabian sie aus ihren Gedanken, »es war für die Ewigkeit gedacht. Auch wenn sie dann nur sehr kurz war.«

Schweigend nahm Laura Fabians Hand, ging mit ihm die letzten Schritte um die Hütte herum und lenkte ihn auf die Bank, bis sie nebeneinandersaßen, wie früher. »Weißt du«, sagte sie, »heute kommt es mir auch seltsam vor, wie ich mich damals verhalten habe.«

»Ich würd's wirklich gern verstehen!«, ermunterte Fabian sie weiterzusprechen.

Laura hörte beides, das ehrliche Interesse an ihren Beweggründen und den Unmut über ihr damaliges Verhalten. Sie wandte sich Fabian zu und schaute ihm in die Augen. »Wir hatten unsere Weltreise geplant, und dann hatte Papa seinen schweren Herzinfarkt. Da konnte ich nicht weg. Ich war gerade einen Monat in der Kanzlei. Und Peter hat damals schon dort gearbeitet. Sie quasi von heute auf morgen übernommen.« Ihre Geschichte hörte sich nicht unbedingt an, als wäre sie geeignet, einen gekränkten Liebhaber versöhnlich zu stimmen, aber es war die Wahrheit. Laura erzählte einfach weiter, um ihre damalige Entscheidung, wenn es überhaupt eine eigene gwesen war, triftiger erscheinen zu lassen. »Er hat meinen Vater jeden Tag im Krankenhaus besucht und ihn auf dem Laufenden gehalten, seinen Rat eingeholt.«

Ihre Schilderung konnte Fabian nicht besänftigen. Während er Laura zuhörte und das Verständnis für sie wuchs, begehrte sein verletztes Herz auf: Und ich, hast du nicht an mich gedacht, an den, dem du die Liebe versprochen hattest? Aber er schwieg, weil er Laura verzeihen wollte.

Um freier sprechen zu können und sich von den widerstreitenden Emotionen Fabians nicht irritieren zu lassen, schaute Laura ziellos in die weite Landschaft. »Ich habe Peter damals von einer ganz wunderbaren Seite kennengelernt.«

»Und?« Fabian hatte einen Kloß im Hals, als er die Frage stellte, aber er konnte sie nicht länger zurückhalten: »Bist du mit ihm glücklich geworden?«

Laura hätte losheulen können, aber sie wollte jetzt nicht über Peters Affäre sprechen. Sie suchte nicht nach Fabians Trost, sondern nach seiner Wertschätzung und seinem Verständnis. Sie wollte Abstand gewinnen von der Zeit mit Peter, und je weiter weg es sich anfühlte, desto klarer wurde ihr Blick darauf. »Ich habe es mir eingebildet.«

Wie ein Beichtvater nickte Fabian verständnisvoll mit dem Kopf. Von einer Sekunde auf die andere entspannten sich sein Körper und sein Gesicht: Lauras Herz schien frei zu sein. Einen Moment lang dachte er, die Jahre ohne sie könnten zusammenschnurren zu einem unbedeutenden Nichts, jetzt, wo sie so beieinandersaßen, wie damals. Aber natürlich war das nur eine sinnlose Fantasie. So vieles war seither geschehen, hatte sich geändert.

»Ich hab da was verwechselt«, fuhr Laura fort, die die Erkenntnisse, die ihr während dieses Gesprächs kamen, gleich in Worte formte, »ich hab Liebe mit Dankbarkeit verwechselt. Und dann habe ich Peter geheiratet. Nach einer Weile kam mir die Zeit mit dir vor wie ein Traum.« Sie wagte ein schüchternes Lächeln.

Überrascht, wie ihre Gedanken in die gleiche Richtung gingen, bestätigte Fabian: »Das war sie auch!«

»Weit weg, aber schön!« Laura fühlte sich so warm ums Herz in Fabians Gegenwart, dass sie ihrem Gefühl mit einem Kuss Ausdruck verleihen wollte. Doch sie zögerte, als er ihr nicht entgegenkam. Wie konnte sie auch annehmen, dass er fühlte wie sie. Außerdem hatten sie bisher über seine Vergangenheit kaum ein Wort verloren, auch nicht über die Gegenwart. Schließlich gab es da Isabell, von der sie nicht wusste, ob sie seine Freundin war oder ob vielleicht eine andere Frau eine Rolle in seinem Leben spielte. In gewisser Weise war es ihr aber auch egal, sie fühlte sich gut in Fabians Nähe. Plötzlich erinnerte sie sich daran, wie sie an besonders glücklichen Tagen früher den Dachfirst entlangbalanciert waren. »Weißt du, wozu ich jetzt Lust hätte?«

Ahnungslos schüttelte Fabian den Kopf. Er konnte sich eine Menge vorstellen, wusste aber nicht, worauf Laura abzielte.

Sie deutete mit dem rechten Zeigefinger nach oben, und Fabian wusste plötzlich, was sie meinte. Sie standen auf und gingen zur Rückseite der Hütte, wo das Dach am leichtesten zu erklimmen war. Fabian machte mit den Händen eine Räuberleiter, damit Laura sich besser hochziehen konnte. Dann kletterte er ihr nach. Vorsichtig tastete sie sich Schritt für Schritt auf den Holzschindeln hoch bis zum First. Mit ausgebreiteten Armen wagte sie sich bis an die vorderste Kante und warf kurz einen ängstlichen Blick nach unten. Aber als sie in die Weite schaute, kam das Glücksgefühl, das sie immer hier oben gehabt hatte. Die freie Sicht auf das weite hügelige Panorama vermittelte ihr ein Gefühl von Freiheit, wie sie es sonst nur vom Reiten her kannte. Sie stieß einen lauten Jauchzer aus, der als mehrfaches Echo von den gegenüberliegenden Hängen zurückgeworfen wurde. Dann drehte Laura sich um und kehrte zu Fabian zurück, der es sich auf der anderen Seite des Dachs gemütlich gemacht hatte und sie anlächelte. Er reichte ihr die Hand, und sie setzte sich neben ihn. Die Kletterei, die Wiederholung früherer Rituale, hatte ihre Gefühle in Gleichtakt gebracht. Als Laura so eng neben ihm saß, spürten beide, wie sehr sie sich immer noch oder wieder, das war schwer auseinanderzuhalten, zueinander hingezo-gen fühlten. Fabian wagte einen ganz vorsichtigen Kuss, dem Laura vorbehaltlos entgegenkam. Wie viel einfacher es oft war, sich mit Berührungen und Blicken zu verständigen als mit Worten. Er stand auf und sprang vom Dach. Als Laura ihm folgte, purzelten beide in die Wiese und umarmten sich – beide immer darauf bedacht, den anderen nicht zu überfordern. Es war zuerst eher ein zartes Wiederentdecken als hemmungslose Leidenschaft. Doch ihre Hände, ihre Haut erinnerten sich schnell an die früheren Umarmungen, und es wurde beiden bewusst, wie sehr sie einander vermisst hatten.

12

»Was hast du eigentlich noch in deinem Korb?« Laura löste sich aus Fabians Umarmung und richtete sich langsam auf, weil ihr Hungergefühl sich nicht länger unterdrücken ließ. »Soll ich ihn mal holen?«

Fabian streichelte ihr den Rücken, er wollte unbedingt den körperlichen Kontakt mit ihr halten. »Stimmt, das vorbereitete Picknick habe ich völlig vergessen. Es ist nur eine kleine Jause. Lass sie uns zusammen holen!«

Vergnügt stoben sie den Hügel hoch, wo einsam der Traktor mit dem Weidenkorb wartete. Übermütig und neugierig zog Laura die Leckereien heraus, eine Flasche Rotwein, selbst gebackenes Brot, Speck, Käse, Gläser und Holzbrettchen. »Bis auf die Tischdecke hast du an alles gedacht.«

»Kein Problem!« Fabian schlüpfte aus seinem blau karierten Hemd und breitete es zwischen sich und Laura aus. Dann holte er ein Taschenmesser aus seiner Jeans, um zuerst die Weinflasche zu öffnen und dann Speck, Käse und Brot in handliche Happen zu schneiden. Währenddessen verteilte Laura das Geschirr und pflückte ein paar Blüten, die sie in eines der beiden Gläser steckte. »Wir können doch zusammen aus dem anderen trinken, oder?«

»Solange wir uns küssen, können wir uns auch ein Glas teilen«, flirtete Fabian, und seine Lippen näherten sich ihren auffordernd.

Laura ging auf das Angebot nur kurz ein, dann sagte sie: »Jetzt möchte ich aber mal probieren, was du noch so alles kannst! Stammt das da von deinem Hof?« Sie deutete auf das appetitliche Essen, das zwischen ihnen wartete.

»Bis auf den Wein, ja. Den Weinberg, der auch zum Trattnerhof gehört, habe ich erst mal verpachtet. Ich hätte große Lust zu keltern, aber ich kann nicht alles auf einmal lernen. Vielleicht später.«

Anerkennend schaute Laura ihn an, nahm sich ein Stück vom Ziegenkäse und biss herzhaft in eine Scheibe Brot. »Lecker! Du bist wirklich eine gute Partie für eine Feinschmeckerin!«

Obwohl Fabian eine Antwort auf der Zunge lag, schwieg er und genoss die Bewunderung. Er wollte nichts überstürzen. Nach den verlorenen Jahren kam es auf ein paar Tage nicht mehr an.

Die Sonne hatte sich schon hinter den Hügel zurückgezogen, als sie ihr Mahl beendeten und Laura begann, trotz ihrer Strickjacke zu frösteln.

»Ich bringe dich jetzt nach Hause, Jacob wird schon bald zurück sein, und die Tiere warten auf mich!«

»Schade, aber ich weiß, dass du mir schon fast den ganzen Tag geschenkt hast!« Laura packte die Reste zusammen in den Korb. Gerne hätte sie Fabian auf den Hof begleitet, aber sie verstand, dass seine Umstände es nicht erlaubten.

Während sie auf dem Traktor saßen, tauschten sich die beiden fast schreiend über gemeinsam Erlebtes aus, und es war ihnen immer mehr zumute, als seien sie nie getrennt gewesen. Wie unterschiedlich die Welten waren, in denen sie beide lebten, wurde ihnen erst bewusst, als sie vor Lauras beeindruckender elterlicher Villa ankamen.

Es klang schnippisch, als Laura sich ein weiteres Mal für den Tag bedankte: »Schön, dass du mir das Landleben gezeigt hast!«

Fabian ging nicht darauf ein, er wollte den Faden nicht abreißen lassen. »Und wenn du morgen nichts anderes vorhast«, sagte er stattdessen, »dann kannst du mir gerne dabei helfen, Kernöl zu pressen.«

Plötzlich schoss Laura durch den Kopf, was sie den ganzen Tag erfolgreich verdrängt hatte. Sie setzte alles auf eine Karte: »Hat denn deine Freundin nichts dagegen?«

Erstaunt sah Fabian sie an. Wie konnte sie nach allem, was sich zwischen ihnen heute ereignet hatte, annehmen, dass er nicht für eine Beziehung frei war? »Isabell?«, fragte er zögernd.

Laura nickte gespannt.

»Isabell ist doch nicht meine Freundin. Sie ist so etwas wie Jacobs Kindermädchen«, erklärte Fabian, verblüfft darüber, dass der Eindruck entstehen konnte, er sei mit ihr liiert.

Man konnte beinahe den Stein hören, der von Lauras Herzen fiel, als sie diese entschiedene Aussage von Fabian hörte. »Gut! Also, bis morgen!«

»Bis morgen!«, entgegnete Fabian und freute sich schon sehr darauf. Er tuckerte auf den Hof zurück, um Jacob noch rechtzeitig in Empfang nehmen zu können. Er wollte keinesfalls, dass Frau Burgler auf ihn warten musste, das würde die sowieso schon angespannte Stimmung zwischen ihnen nur unnötig verschlechtern. Aber bisher waren die beiden immer ziemlich lange miteinander unterwegs gewesen, darauf würde er sich hoffentlich verlassen können.

Nachdem Laura die Türe aufgeschlossen hatte, wunderte sie sich über die lauten Stimmen, die aus dem ersten Stock dröhnten. Ihre Eltern schienen Besuch zu haben. Zu zweit hatte sie die beiden nie so erlebt.

»Und hast du noch einen?« Ihr Vater lachte schallend, während ihre Mutter eher vor sich hin kicherte.

Irgendjemand schien Witze zu erzählen, und schnell bestätigte sich ihre Befürchtung.

»Ein Witz für Anwälte«, kündigte Peter den nächsten Kalauer an. »Sagt der eine: Wie geht's? Antwortet der andere: Gut, ich kann klagen!«

Das Gelächter erstarb, als Laura im Türrahmen erschien.

»Laura, Liebes, wir haben uns schon Sorgen gemacht«, begrüßte Lotte ihre Tochter, die sie seit dem Eklat vom Vorabend nicht mehr gesehen hatte.

Peter, der mit dem Rücken zur Tür gesessen hatte, sprang auf, um seine Ehefrau zu begrüßen, als sei nichts vorgefallen: »Hallo, mein Schatz!«

Wie sie die drei so fröhlich beim Gulaschessen versammelt sah, fühlte Laura sich an diesem Tag zum zweiten Mal in eine andere Zeit versetzt. Wie sie zuvor mit Fabian die schöne Vergangenheit hatte aufleben lassen, als sei dazwischen nichts vorgefallen, so kehrte jetzt genau die Situation wieder, als Peter und ihre Eltern damals ihre Entscheidungen massiv beeinflusst hatten. Fröstelnd verharrte sie im Türrahmen. Sie wollte sich dem nicht erneut aussetzen. Ihren Vater, der anfing, auf sie einzureden, nahm sie nur verzerrt und wie hinter einem Schleier wahr.

»Peter konnte es doch noch einrichten«, erklärte Herbert seiner Tochter die Anwesenheit ihres Mannes, als handelte es sich dabei um eine gute Nachricht.

Peter, der als Nächster sprach, schien ihr eher einer Geisterbahn entsprungen als real.

»Dein Vater hat mich angerufen, und es war nicht schwer, mich unter den gegebenen Umständen zu überreden.« Er nestelte nervös an seinem Jackett herum, was in bemerkenswertem Gegensatz zu seinem sonst so selbstsicheren Auftreten stand.

Alle schauten erwartungsvoll zu Laura, offensichtlich schien sie jetzt an der Reihe zu sein, etwas Positives zu formulieren. Sie schaute schweigend in die Runde. Natürlich hatte sie befürchtet, Stellung nehmen zu müssen, zu ihrem langen Ausbleiben, zu der Auseinandersetzung am Vorabend. Aber diese erwartungsvollen Gesichter, denen sie unterstellte, erneut bereits ohne sie einen Plan für ihre Zukunft gefasst zu haben, erschreckten sie mehr als alles, womit sie gerechnet hatte. »Und was versprecht ihr euch davon?«, stieß sie schließlich hervor.

Herbert versuchte abzuwiegeln: »Komm jetzt, setz dich erst mal zu uns, trink einen Schluck und entspann dich!«

Natürlich hatte er zusammen mit Lotte den Plan gefasst, ihre Tochter und deren Mann wieder miteinander zu versöhnen. Deswegen hatte er Peter letztendlich doch angerufen und ihn gedrängt zu kommen. Es waren auch nicht die Sorgen um die Kanzlei alleine gewesen, die die beiden getrieben hatten. Eine Scheidung passte nicht in ihr Weltbild. Verheiratet zu sein beinhaltete für sie, sich auch über Krisen hinweg zu ertragen und gemeinsam an deren Überwindung zu arbeiten. Dieser Haltung lagen keine religiösen Überzeugungen zugrunde, sie basierte vielmehr auf ihren bürgerlichen Moralvorstellungen.

»Ich bin entspannt, entspannter wird's nicht!«, lehnte Laura die Einladung ab. Wenn die drei, wie sie da saßen, wüssten, wie ich meinen Tag verbracht habe!, freute sie sich im Stillen. Tatsächlich war sie lange nicht entspannter gewesen als in dem kurzen Zeitraum, nachdem sie erfahren hatte, dass Isabell nicht Fabians Freundin war und es wohl auch keine andere gab. Bis sie vor diese illustre Runde getreten war. Aber es war ja auch nicht Entspannung, was ihr Vater meinte, es war die Bereitschaft, ihm und gegebenenfalls Peter zuzuhören und sich überzeugen zu lassen von den sicherlich wohlbedachten Argumenten, die dafür sprachen, sich mit Peter auszusöhnen und einen Neuanfang zu wagen. Dazu war sie jedoch unter keinen Umständen bereit.

»Ich habe mir gedacht, nachdem du uns gestern deine Sicht der Dinge dargelegt hast, sollten wir heute auch die zweite Seite hören.« Ungefragt schwang er sich damit zum Richter in den Angelegenheiten seiner Tochter und seines Schwiegersohns auf.

Während Herbert sprach, schaute Lotte verlegen zur Seite. Schließlich wusste sie mehr als ihr Mann, und sie war sicher, dass Peter wesentliche Ereignisse verschweigen würde, die zur gerechten Beurteilung der Sache ans Tageslicht gebracht werden mussten. Es würde wohl Laura überlassen bleiben, sie aufzudecken oder zu verschweigen. Das brachte eine unglückliche Schieflage in das beabsichtigte Vermittlungsverfahren.

»Und die zweite Seite bittet um wohlwollende Anhörung ihrer Interessen!« Peter hatte sich in Positur gestellt und appellierte an Lauras Gerechtigkeitsempfinden.

Welch sinnloses Brimborium, dachte Laura, es kann doch niemand ernsthaft von mir erwarten, dass ich mich wieder mit Peter versöhne, als sei nichts gewesen. Dazu war sie noch in Wien bereit gewesen, mit dem Ergebnis, dass Peter so weitergemacht hatte wie bisher. »Warum akzeptierst du nicht einfach, was ich möchte?«

»Weil ich das nicht kann.« Peter gab den prinzipientreuen Ehemann und den idealen Schwiegersohn in einer Person. Das musste doch überzeugend wirken. Außerdem befleißigte er sich des sanftesten Tonfalls, der ihm zur Verfügung stand: »Dein Vater und ich haben über alles gesprochen.«

Der wachsende Zorn über dieses unwürdige Schauspiel trieb Laura Tränen in die Augen. »Und, seid ihr euch über mein Leben einig geworden?« Wie lange wagten sie eigentlich noch, sich so infam einzumischen?

»Wir sind uns darüber einig, dass man eine Ehe nicht leichtfertig aufgibt«, verkündete ihr Vater mit sonorer Stimme, unbeeindruckt von den sichtbaren Emotionen, die seine Tochter bewegten.

»Leichtfertig?« Hätte Laura nicht so einen vielversprechenden, glücklichen Nachmittag verbracht, es wäre ihr nicht gelungen, die Ruhe zu bewahren, aber auch so fiel es ihr schwer genug. »Hat die zweite Seite auch von seinem Dauer-Verhältnis in der Kanzlei erzählt? Wahrscheinlich nicht, oder?« Laura beobachtete genau, wie ihr Vater auf diesen Hinweis reagierte. Der Blick, den er Peter zuwarf, war überaus skeptisch. Ihre Annahme, dass er über seine Verfehlungen geschwiegen hatte, war also berechtigt gewesen.

»War ein kleiner Ausrutscher«, versuchte Peter abzuwiegeln, während er eine entschuldigende Geste zu seinen Schwiegereltern hinüber machte. Wie ein schuldbewusster Schuljunge stand er nun da und sah seine Felle davonschwimmen. Lauras Eltern wirkten nicht so, als würden sie einfach darüber hinwegsehen, dass er ihre Tochter betrogen hatte.

»So sehe ich das nicht!« Laura wollte nicht anfangen zu heulen, wollte nicht auch noch erzählen müssen, wie sehr es sie verletzt hatte, was am Tag ihrer Abfahrt passiert war. Und was sie eigentlich für diese Ferien hier zusammen mit Peter geplant hatte, dass sie aber aufgrund der jüngsten Ereignisse jegliches Vertrauen in ihn verloren hatte. Ihre Eltern könnten nun eigentlich über genug Informationen verfügen, um sie nicht länger mit dem Vorschlag einer Versöhnung zu quälen. Sie rannte in ihr Schlafzimmer, in dem sich Peter bestimmt siegessicher einquartiert hatte, um ihr Bettzeug und ihr Gepäck ins Gästezimmer zu transportieren. Sie wollte alleine sein, nichts mehr hören, nichts mehr sehen, nur noch schlafen.

»Ihr entschuldigt mich.« Peter folgte ihr nach. So schnell gab er nicht auf, er konnte sie doch nicht einfach aus seinem Leben verschwinden lassen. Sie gehörte irgendwie dazu, selbst wenn er wohl nicht immer liebevoll mit ihr umgegangen war. Auch in sein Weltbild passte es nicht, dass Laura sich von ihm trennte. Aber das hatte vor allem mit seiner Vorstellung davon zu tun, was einen erfolgreichen Mann ausmachte.

Als Laura gerade ihr Federbett und ihr Kopfkissen nehmen wollte, fiel ihr Peters Brieftasche auf, die er wohl nur lässig mit seinem Reisegepäck aufs Bett geworfen hatte. Sie lag nun offen da, und unter den Visitenkarten, Kreditkartenbelegen und Rechnungen stach ihr die Quittung eines Hotels ins Auge. Neugierig las sie, wann er im Seehotel gewesen war: zwei Personen, zwei Nächte, von Freitag bis zum heutigen Vormittag. Hätte sie noch einen Funken Bereitschaft gehabt, ihm zu verzeihen, er wäre jetzt erloschen. Als sie seine Schritte hörte, ließ sie die Rechnung fallen und drehte sich um. Was wollte er denn immer noch von ihr? Konnte dieses schändliche Spiel nicht einfach vorbei sein? »Wie kannst du mich nur so überrollen?«

»Ich will dir beweisen, wie wichtig mir unsere Ehe ist!« Peter warf nicht so leicht die Flinte ins Korn. Seine Hartnäckigkeit zeichnete ihn als Anwalt in aussichtslosen Fällen aus. Er verfolgte diese Strategie auch im privaten Bereich.

»Jetzt plötzlich!« Laura ließ das Bettzeug fallen und trat an den Schreibtischstuhl, um sich zu setzen. Einen Moment lang war sie bereit, sich zumindest anzuhören, was er vorbringen wollte.

»Es wäre allerdings nicht nötig gewesen, deinem Vater von meinem kleinen Fehltritt zu erzählen! Ich glaube, das geht nur uns beide etwas an.« Die Bereitwilligkeit Lauras, ihm zuzuhören, machte ihn wieder selbstsicher und arrogant.

»Nicht, wenn du hier den Musterschwiegersohn spielst.« Laura empörte sich über diese Zurechtweisung und ihr Bedürfnis, Peter Gehör zu schenken, verschwand so schnell, wie es gekommen war – er würde sie wohl niemals wie eine erwachsene Frau behandeln. Irgendwie war sie in seinen Augen offensichtlich die kleine Laura, mit der man machen konnte, was man wollte. Sie griff nach der Hotelrechnung und hielt sie ihm hin. »Oder mit wem hast du im Seehotel übernachtet?«

»Es wird nicht wieder vorkommen, das verspreche ich dir!« Peter nahm die Quittung, warf einen kurzen Blick darauf und knüllte sie zusammen. »Mir ist auch klar geworden, dass ich dir im letzten Jahr zu viel zugemutet habe: zu viel Arbeit, zu viele Reisen, die ganzen Trennungen. Ich werde alles tun, damit es zwischen uns wieder in Ordnung kommt.«

Laura konnte sich des Eindrucks nicht erwehren, dass dieses kurze Schuldbekenntnis irgendwie vorbereitet war. Was Peter an vermeintlichen Problemen und Belastungen ansprach, hatte nichts mit dem zu tun, was sie ihm vorwarf. Natürlich wäre es schön gewesen, sie hätten mehr Zeit füreinander gehabt. Aber darüber waren sie sich einig gewesen, dass ihre neue Anstellung als Richterin und seine Aufgaben in der Kanzlei, bei der ihre fehlende Arbeitskraft auch noch ersetzt werden musste, eine große, aber zeitlich überschaubare Belastung waren. Sie war es einfach leid, belogen und betrogen zu werden. Aber das schien für Peter ein völlig unbedeutender Nebenaspekt, den er nicht einmal einer Erwähnung wert hielt, von einer Entschuldigung ganz zu schweigen. Als würden sie auf zwei verschiedenen Planeten wohnen. »Das hat doch keinen Sinn mehr!« Tränen stiegen ihr in die Augen, während sie diesen Satz formulierte, der für sie das definitive Ende ihrer Ehe bedeutete, das Ende der miteinander verbrachten Jahre, der gemeinsamen Pläne. »Es ist vorbei!«

Auch Peter konnte sich der Dramatik der Situation nicht länger entziehen. Nach und nach dämmerte ihm, dass es hier nicht darum ging, wer recht hatte oder unrecht. Eloquenz und geschliffenes Auftreten halfen in diesem privaten Bereich nicht weiter. Gefragt waren nur Verständnis und die Bereitschaft, wirklich zuzuhören. So flehte er leise um ihr Gehör: »Bitte Laura!« Peter trat vorsichtig an ihre Seite und versuchte, ihre Hand zu ergreifen.

»Du brauchst mich nicht. Du brauchst nur immer das Gefühl, dass ich zu Hause auf dich warte.« Laura erhob sich. Mehr wusste sie nicht zu sagen. Sie ergriff erneut ihr Bettzeug, um ins Gästezimmer auszuwandern.

Ihren Widerstand ein weiteres Mal zu ignorieren kam Peter zwecklos vor. Er packte seine Tasche und wandte sich um. »Lass, ich schlaf im Gästezimmer.« Vorsichtig schloss er die Tür hinter sich.

Als Laura sich endlich alleine und unbeobachtet fühlte, begannen die Tränen zu fließen. Sie hatte dieses Ende nicht gewollt, bis vor kurzem hätte sie jeden Gedanken daran weggewischt. Ihre Ehe mit Peter mochte nicht die glücklichste gewesen sein, aber sie war immer bereit gewesen, alles für ihre Erhaltung zu tun. Worüber sie nicht hinwegsehen konnte, war dieser wiederholte Betrug. Und nun, wo sie einen wunderbaren Tag mit Fabian verlebt hatte, eröffneten sich von heute auf morgen ganz neue Perspektiven für ihr Gefühlsleben. Weder sie noch Fabian schienen ihre Liebe jemals völlig vergessen zu haben. Bei ihr zumindest hatte es heute mehr gekribbelt als in all den Jahren zuvor mit Peter. Es wäre traumhaft, da weiterzumachen, wo sie aufgehört hatten. Doch das war schon von den äußeren Bedingungen her nicht möglich. Sie lebte als Familienrichterin in Wien, Fabian bestellte einen Hof in der Südsteiermark. Und selbst wenn sie in Graz eine Stelle bekommen könnte und in der Nähe oder gar auf dem Hof wohnen würde, was sie sich sehr gut vorstellen konnte, war ihr Alltag doch extrem unterschiedlich. Außerdem gäbe es dann plötzlich ein Kind in ihrem Leben, das viel Zuwendung bräuchte. Natürlich schien im ersten Überschwang alles leicht, und es passte auch so gut zu Lauras momentaner Verfassung. Aber von einer Beziehung unmittelbar in die nächste zu wechseln war nicht unbedingt der Königsweg. Man hatte keine Zeit, die Erfahrungen und Enttäuschungen zu verarbeiten, hatte auch keine Not, sich über die eigenen Bedürfnisse und Erwartungen klar zu werden. Sondern schleppte sein Päckchen einfach mit zur nächsten Baustelle – und musste dann dort damit leben. Auch wenn Fabian ein ganz anderer Typ Mann war als Peter, hieß das noch lange nicht, dass sie wirklich mehr Raum bekam. Sie sollte vielleicht lieber vorsichtig vorgehen und sich nicht zu schnell auf Neues festlegen. Aufgewühlt von den Ereignissen des Tages versuchte sie zu schlafen und so den durcheinanderwirbelnden Gedanken zu entfliehen.

13

Gleich nach dem Aufstehen war Jacob zu den Haflingern gegangen. Er freute sich sehr über die beiden neuen Mitbewohner. Pferde hatten ihm auf Fabians Hof zu seinem Glück bisher gefehlt. Wenn er an diese schönen Tiere dachte, fiel ihm immer gleich der Spruch ein: »Das Glück dieser Erde liegt auf dem Rücken der Pferde.« Bis auf die Kaninchen, und auch da war er sich nicht ganz sicher, sollten die meisten Tiere auf dem Hof ja irgendwann einmal geschlachtet werden. Und er wollte sich keinesfalls von einem Tier trennen müssen, weil es getötet werden sollte. Bei Lucky und Seramis, das hatte er mitbekommen, wäre das nicht der Fall, deswegen hatte Laura sie zu ihnen gebracht. Wenn die nette Frau jetzt öfter zu ihnen käme, würde sie ihm vielleicht das Reiten beibringen, hoffte Jacob. Laura erinnerte ihn ein wenig an seine Mutter, nicht des Aussehens wegen, sondern wegen ihrer Art. Isabell mochte er zwar gerne, aber sie war für ihn mehr wie eine große Schwester, die zwischendrin mal richtig streng sein konnte. So etwas hatte er sich früher, als er das einzige Kind in der Familie war, immer gewünscht: einen älteren Bruder oder eine ältere Schwester. Und nun gab es diese Familie nicht mehr. Manchmal überlegte Jacob, ob er sich eine neue Familie wünschte. In manchen Momenten, wie vor einigen Tagen beim Abendessen, wirkte es ja so, als wären Fabian, Isabell und er wie Vater, Mutter und Kind. Er hatte das nicht ertragen können und deswegen gleich mit Isabell gestritten, aber andererseits sehnte er sich danach. Mehr natürlich nach seinen richtigen Eltern, aber er hatte mittlerweile verstanden, dass er sie für immer verloren hatte. Zu Fabian und Isabell könnte auch die Oma noch dazukommen. Er wollte nicht, dass sie so weit weg wohnte. Das Haus wäre groß genug für alle. Dann wäre auch immer jemand für ihn da, wenn er nach der Schule nach Hause käme. Nicht wie heute, wo er zuerst zu Isabell in den Laden musste, in dem er sich langweilte.

Mit einer Schubkarre voller Mist kam Fabian aus dem Kuhstall. »Jacob, es ist Zeit, du musst in die Schule!«, rief er. »Die Pferde bleiben jetzt hier bei uns. Du kannst sie noch oft streicheln.«

»Okay!« Jacob fasste die beiden Tiere zärtlich an der Mähne, dann nahm er sein Fahrrad, das wie immer an der Wand lehnte, und fuhr los. »Servus, Fabian!«

Nach den Kühen kamen die Schweine dran, der Misthaufen war über den Sommer ganz schön angewachsen, Fabian musste ihn unbedingt nach der Kürbisernte ausbringen, bevor die Felder anfingen, vom Frost hart zu werden. Es gab immer so vieles, was dringend getan werden musste. In ein paar Jahren könnte Jacob ihm vielleicht richtig zur Hand gehen, hoffte Fabian. Aber jetzt war er einfach noch zu klein.

Fast hätte Fabian vergessen, dass zu seinen allmorgendlichen Tätigkeiten eine weitere gekommen war: Er musste sich ja auch noch um die Pferde kümmern. Er führte sie aus dem Stall und band sie am Zaun fest, um ungestört arbeiten zu können. Die Tiere sollten Zeit haben, sich an ihn zu gewöhnen. Gerade als er mit einer frischen Fuhre Heu zu dem behelfsmäßig hergerichteten Stall ging, in dem er die Pferde provisorisch untergebracht hatte, entdeckte er eine Staubwolke, die sich den Gebäuden näherte. Es war Laura, die heute mit ihrem Cabrio auf den Hof fuhr.

»Tut mir leid, ich bin ein bisschen spät«, entschuldigte sie sich, als sie feststellen musste, dass Fabian sich bereits um die Pferde kümmerte. Sie hatte sich fest vorgenommen, das zu übernehmen, solange sie noch hier im Urlaub war.

Zur Begrüßung drückte Fabian ihr den Besen in die Hand und sagte: »Du kommst genau richtig!«

Wortlos nahm sie das Arbeitsgerät und begann, das alte Stroh zu einem Haufen zusammenzukehren. Wie man die Pferde versorgte, wusste sie, das hatte sie auch früher immer gemacht. Stalldienst, Pferde pflegen und reiten gehörten für sie zusammen.

Auf eine Mistgabel gestützt, schaute Fabian ihr bei der Arbeit zu. Laura behandelte den Besen und das Stroh wie Feinde. Verglichen mit gestern, als sie sich bester Laune verabschiedet hatten, schien sie ihm ziemlich verändert. Seinem Gefühl nach konnte keinesfalls er dafür verantwortlich sein, also musste etwas anderes ihre Stimmung verdorben haben. »Sag mal, was ist eigentlich los mit dir?«

»Nichts.« Laura drehte sich nur kurz um und hieb dann weiter mit dem Besen auf das störrische Stroh ein.

»Also ›nichts‹ sieht anders aus«, insistierte Fabian mit einem verständnisvollen Lächeln.

Froh darüber, dass Fabian sie dazu drängte, begann Laura, ihr Herz auszuschütten: »Peter ist, also ... mein Mann ist überraschend aufgetaucht. Wir hatten Streit wegen der Scheidung. Er will mich nicht gehen lassen. Mein Vater hält wie immer zu ihm. Ich weiß gar nicht, wie das weitergehen soll.« Verzweifelt bekämpfte sie das Stroh noch heftiger als zuvor. Geradezu wütend war sie.

»Jetzt lass mal!« Fabian hielt ihre Hand fest, die den Besen führte, und fasste sie dann beruhigend an der Schulter.

Wie gut das tat, Fabians Nähe zu fühlen, seinen warmen Atem, der an ihrem Hals entlangstrich, die ruhige Kraft seiner Hände. Laura schämte sich so, Fabian für Peter im Stich gelassen zu haben. Und nun stand sie hier und ließ sich von ihm trösten, weil Peter und das quälende Ende ihrer Ehe ihr so zu schaffen machten. Sie lehnte sich an Fabian, um ihn noch mehr zu spüren und um ihm zu zeigen, wie wichtig er für sie war. Als Fabian begann, seinen Kopf an ihr zu reiben, gab Laura sich einen Ruck. Sie konnten heute nicht wieder den ganzen Tag mit Liebelei vertändeln. Fabian hatte zu tun, und sie wollte ihm dabei ernsthaft helfen. »Danke«, flüsterte sie zärtlich, »geht schon wieder. Ich mach erst mal die Box fertig. Ja?«

»Klar!«, stimmte Fabian ihr zu. Aber er wollte sie jetzt nicht alleine lassen und schaffte das Stroh hinaus, das Laura auf einen Haufen geworfen hatte. Dann verteilten sie gemeinsam die frische Einstreu, und Fabian füllte noch das Heu in die Raufe. Zusammen holten sie die angeleinten Pferde, die Laura wiehernd begrüßten, und führten sie zurück in den Stall.

»Das habt ihr alles ihm zu verdanken!«, bedeutete Laura den Tieren, die immer noch ein wenig vor Fabian scheuten. »Vielleicht finde ich ja bald noch eine große Koppel für euch«, verabschiedete sich Laura und machte sich mit Fabian auf den Weg zur Scheune. »Was steht denn heute an, Fabian, ich würde dich gerne unterstützen, so wie du mich bei den Pferden.«

»Schade, dass ich im Moment nur einen Traktor habe, der funktioniert«, scherzte Fabian, »mal sehen, was du tun kannst. Als Erstes muss ich ein bisschen mähen, das Gras, das ich den Tieren füttere, geht zur Neige. Aber das dauert nicht lange. Danach holen wir die Kerne von den Kürbisfeldern. Ich hoffe, die Frauen sind gestern fertig geworden. Sie haben gut angepackt. Und dann fange ich damit an, das Öl zu pressen. Wenn ich mich erst daran gewöhnt habe, dass es jemanden gibt, der mit mir arbeitet, wird es sicher das eine oder andere geben, was du tun kannst.«

»Okay, dann lerne ich als Erstes richtig Traktor fahren!« Laura stürmte zu der alten Zugmaschine und setzte sich drauf. Fabian hatte den Schlüssel wie gewohnt einfach stecken gelassen. Vehement drückte sie die Kupplung und versuchte zu zünden, aber der Anlasser jaulte nur gequält auf, ohne den Motor zum Laufen zu bringen.

Lachend erklomm Fabian den Notsitz. »Nicht so hastig, du musst zuerst vorglühen, sonst bekommst du den alten

Dieselmotor nie zum Laufen! Drück diesen Knopf und warte etwa eine Minute. In der Zeit erkläre ich dir dann auch, was wir alles tun müssen, bevor wir aufbrechen können. Siehst du, dort hinten neben dem Heuschober steht ein Ladewagen, den müssen wir anhängen, bevor wir losfahren, den Mähbalken habe ich auf der Wiese liegen lassen, den befestige ich dort.«

»Wenn du mir jetzt noch sagst, wie ich den Rückwärtsgang einlegen kann«, forderte Laura Fabian auf, während sie ein zweites Mal versuchte, den Motor zu starten.

»Jacob, jetzt hör auf! Du machst noch was kaputt.« Isabell nahm den Jungen am Arm und schubste ihn zur Ladentür hinaus. Was Kinder nur immer für Ideen hatten! Inmitten der aufgereihten Flaschen und Gläser hatte Jacob begonnen, allerlei Kunststücke mit seinem Fußball auszuprobieren. Neben dem Lärm des Lederballs, der auf dem Steinboden aufschlug, nervte sie auch die Gefährdung der Einrichtung. Wie mit Fabian abgesprochen, war der Bub gleich nach der Schule in den Laden gekommen, um dann mit Isabell nach Hause zu gehen, dort mit ihr zu essen und seine Hausaufgaben zu machen.

Unglücklicherweise hatte Jacob eine Schulstunde früher aus gehabt als sonst und wartete nun ungeduldig auf das Ende ihrer Arbeitszeit. »Wie lange dauert das denn noch?«

Isabell schaute auf die Uhr. »Ich bin gleich fertig. Komm, spiel draußen weiter!« Sie schob Jacob vollends zur Türe hinaus. »Aber bleib vorm Geschäft!« Natürlich war es für

Jacob eine blöde Situation, aber sie konnte auch nicht einfach ihre Kollegin alleine lassen und nach Hause gehen. Am Vormittag waren einige Lieferungen gekommen, die ausgezeichnet und eingeräumt werden mussten, während der normale Betrieb weiterlaufen sollte. Isabell schnaufte verzweifelt, während sie zu ihrer Kollegin hinter den Tresen zurückkehrte und die nächste Packung mit Honiggläsern öffnete.

»Sag einmal, wie lange willst du eigentlich dem Fabian noch das Kindermädchen machen?«, fragte ihre Kollegin, die seit mehreren Wochen miterlebte, wie Isabell unter der Doppelbelastung litt.

»Na ja«, Isabell hatte schon länger geahnt, dass ihr Zweitjob als Kindermädchen auch die Kolleginnen in Mitleidenschaft zog. Sie wollte ehrlich sein, traute sich aber nicht so recht, damit herauszurücken. »Bis er ...« Sie lächelte verlegen, es war ihr peinlich, es zuzugeben, dass sie es aus Liebe machte.

»Also bitte!« Die Kollegin, die Beweggründe dieser Art vermutet hatte, schaute sie skeptisch an. »Wach auf! Der ist doch jetzt ständig mit dieser Reichenbach unterwegs. Sogar am Sonntag waren sie zusammen.«

Isabells Fröhlichkeit war wie weggewischt. »Am Sonntag auch?«, fragte sie nach.

»Ja, ich hab sie zusammen bei so einer Holzhütte gesehen, wie sie gerade Jause gehalten haben, weißt schon, wenn man zum Tobel geht, auf der großen Wiese mit den Obstbäumen.«

Irgendwann war es zu spät, um sich glaubwürdig länger schlafend zu stellen. Peter hatte gehofft, seinen Schwiegereltern aus dem Weg gehen zu können, aber sie schienen das Haus den ganzen Vormittag über nicht zu verlassen. Gegen Mittag kam er fröhlich pfeifend aus dem Gästezimmer in die Küche.

»Soll ich dir auch einen Cappuccino machen? Ich bin gerade dabei, Tee für Herbert und mich zuzubereiten«, bot Lotte gastfreundlich an, die es lieber vermied, mit Peter über die Ereignisse des vergangenen Abends zu sprechen.

»Nein, danke! Wenn es euch nichts ausmacht, genieße ich meinen freien Tag und fahre in die Therme. Laura scheint ja schon ausgeflogen zu sein.«

»Sie ist schon früh aus dem Haus!«, bestätigte Lotte.

Peter schaute sie fragend an.

»Sie wollte sich um die Pferde kümmern, die brauchen einen neuen Platz. – Bist du zum Abendessen da?« Lotte stellte die vorbereiteten Teetassen, eine Zuckerdose und einen kleinen Teller mit Gebäck auf ein Silbertablett.

»Gerne! Bis dann.« Peter nutzte die Gelegenheit und verschwand im Treppenhaus, um weiteren Fragen auszuweichen. Irgendwie fühlte er sich gar nicht wohl in seiner Haut.

Erleichtert darüber ergriff Lotte, die solche unklaren Situationen nicht besonders schätzte, das Tablett und brachte es ins Esszimmer hinüber, wo ihr Mann nach dem Mittagessen auf den süßen Abschluss wartete. »Tee!«

»Danke!«, ließ Herbert sich vom Wintergarten her vernehmen. »Wo ist eigentlich Laura?« Er machte sich Sorgen um seine Tochter, hatte sich auch gewünscht, sie mehr zu sehen, während sie bei ihnen wohnte. Die ganze Geschichte nahm eine Entwicklung, die ihm zunehmend missfiel. Mittlerweile hatten sie schon zwei Gäste, die ihnen aus dem Weg zu gehen schienen. Irgendwie hatte er das Gefühl, dass ihm die Kontrolle über die Ereignisse entglitt. Das machte ihn unwillig.

Eine verlegene Geste entlarvte Lottes Ausflucht. »Das weiß ich nicht genau.«

Prüfend schaute Herbert seine Frau an. Ihm war der Gedanke unbehaglich, dass auch sie nun begann, Geheimnisse vor ihm zu haben. »Aber du hast so eine Ahnung?«

Lotte wollte ihre Vermutung nicht preisgeben. Sie hatte nach Lauras dramatischem Abgang am Vorabend längere Zeit darüber nachgedacht, welchen Einfluss Herbert und sie bisher auf Lauras Leben ausgeübt hatten. Und sie musste eingestehen, dass es nicht unbedingt Lauras freie Entscheidung gewesen war, sich mit Peter zusammenzutun. Sie hatten das damals nur gerne verdrängt. Eigentlich hatte Laura damals geplant, eine Weltreise mit Fabian zu unternehmen. Dass sie diesen großen Plan, ohne zu klagen, aufgegeben hatte, als Herbert von einem Tag auf den anderen nicht mehr in der Kanzlei arbeiten konnte, hatte Laura nie jemand gedankt. Und nun, wo sie vor dem Scherbenhaufen ihrer Ehe zu stehen schien, fiel ihren Eltern nichts anderes ein, als sich mit Peter zu solidarisieren und ihre Tochter zu drängen, sich mit ihm zu versöhnen. Kein Wunder, dass sie ständig unterwegs war. Sie drängten Laura geradezu in Fabians Arme. Die einzige

Chance, ihre Tochter nicht zu verlieren, war, sich auf ihre Seite zu stellen und sie in ihren Wünschen zu unterstützen. Oder sie zumindest nicht davon abzuhalten, ihren eigenen Weg zu suchen, wie sie das schon gemacht hatte, als sie ihre aktive Partnerschaft in der Kanzlei beendet hatte, um die Stelle einer Familienrichterin anzutreten. Herbert hatte diesen Ausstieg immer als persönlichen Angriff verstanden und quälte seine Tochter ständig mit seinen diesbezüglichen Bedenken, statt ihre Entscheidung zu akzeptieren. Lotte hielt mit den Ergebnissen dieser Überlegungen nicht hinter dem Berg: »Du solltest aufhören, ihr Leben kontrollieren zu wollen!«

So weit war Herbert noch nicht, er versuchte noch immer herauszufinden, worin das Problem in Lauras Ehe bestand und wie es aus der Welt geschafft werden könnte. »Ich kann nicht glauben, dass ich mich in Peter derartig geirrt habe«, gab er zu bedenken.

»Darum geht es auch nicht! Laura ist erwachsen! Ein selbstständiger Mensch mit eigenen Vorstellungen vom Leben«, erklärte Lotte ihre neue Sicht der Dinge.

»Es fällt mir immer wieder schwer, sie zu verstehen«, bekannte Herbert sich zu den Problemen, die er mit seiner Tochter hatte. Das war ja auch der Grund, wieso er so an Peter hing. Dessen Beweggründe und Motivationen konnte er viel besser nachvollziehen.

»Das musst du ja auch nicht, nimm sie so, wie sie geworden ist«, legte Lotte ihrem Mann eindringlich ans Herz, »sonst wirst du sie verlieren.«

Herbert verstand nicht genau, was seine Frau ihm damit sagen wollte, aber er hatte begriffen, dass es ihr sehr wichtig war und er versuchen sollte, die Schwierigkeiten, die er mit Laura hatte, anders anzugehen, oder vielleicht besser, sie gar nicht als solche zu sehen. Darauf wäre er alleine wohl nicht gekommen. »Ich bin so froh, dass ich dich habe!« Er ging einen Schritt auf Lotte zu und fasste sie an den Händen.

»Das beruht auf Gegenseitigkeit«, stimmte Lotte ihm zu und erinnerte sich an das Gespräch mit Laura vor dem Burgrestaurant. Sie hegte Zweifel daran, ob Laura wirklich gemeint hatte, dass sie und Herbert Glück miteinander gehabt hatten, aber sie empfand es so. Sie konnte sich in der Tat keinen besseren Ehemann vorstellen.

Die ratternde Maschinerie nahm fast den gesamten Raum ein. Transmissionsriemen, die schlackernd an der Decke entlangliefen, versorgten jedes ihrer Teile mit kinetischer Energie, bewegten Rüttelbänder, Rührhacken und Mahlsteine. Zuerst mussten die Kürbiskerne gewaschen und getrocknet werden. Danach wurden sie in einer Steinmühle zu einem Mehl verarbeitet, das zusammen mit Salz und Wasser in einem Kessel über dem offenen Feuer so lange unter ständigem Rühren geröstet wurde, bis das Wasser verdunstet war. Dabei entstand ein Brei, Ölkuchen genannt, in dem die Eiweißbestandteile der Kerne noch mit den öligen Anteilen vermischt, aber nicht mehr verbunden waren. Durch das Pressen sonderte sich das dunkelgrüne Öl ab. Nach einigen Tagen wurden die

Schwebstoffe filtriert und das Öl in lichtdichte dunkle Flaschen abgefüllt. Wie die meisten Bio-Bauern schwor Fabian auf eher traditionelle Verarbeitungsmethoden, nie würde er einer Maschine trauen, die nahezu selbstständig aus ganzen Kürbissen fertiges Öl herstellte. Die einzelnen Verarbeitungsschritte waren wichtig, nach dem Waschen sollten die Kerne möglichst behutsam trocknen, ohne ständig bewegt zu werden. Den wichtigsten Punkt stellten Temperatur und Dauer des Röstvorgangs dar. Der nussige Geschmack hing vor allem von diesem Verarbeitungsschritt ab. Regelmäßig kontrollierte Fabian die Temperatur der Schüssel, in der der Mehlbrei erhitzt wurde, legte mal ein Scheit Holz nach, reduzierte ein anderes Mal die Luftzufuhr.

Fasziniert beobachtete Laura ihn, während er Kerne in die Mühle füllte, den Brei anrührte oder den Druck der Presse regulierte. »Wie lange machst du denn schon Kernöl?«, fragte sie.

»Das hier ist mein erster Jahrgang. Ich möchte bei der Erstverkostung beim Kürbisfest teilnehmen, weißt du? So ein Preis, das wäre ein super Einstieg ins Geschäft!«, träumte Fabian, der wusste, dass er in Konkurrenz zu Bauern stehen würde, die seit Jahrzehnten Erfahrung in der Herstellung des wohlschmeckenden Öls hatten.

»Das sieht sehr kompliziert aus!«, bewunderte Laura, wie Fabian all das so schnell in den Griff bekommen hatte.

»Ist es aber eigentlich nicht«, wehrte Fabian ab, während er gleichwohl ziemlich stolz den ersten Strahl des frischen Öls betrachtete, der sich von der Presse in einen großen Tank ergoss. Er nahm eine bereitliegende Kelle und ließ einen Teil des Strahls hineinlaufen. »Kosten?«

»Ja.« Laura strahlte ihn an und ließ sich die Kelle reichen. Vorsichtig roch und schmeckte sie Fabians Kürbiskernöl. »Mhm, lecker!« Sie sah ihm tief in die Augen.

»Wirklich?« Fabian, der selbst noch nichts probiert hatte, zweifelte einen Moment, ob Laura ihm nicht nur schmeicheln wollte.

»Wirklich«, bestätigte Laura und himmelte den neu gebackenen Kernölproduzenten an.

Leise hatte Isabell der Verkostung beigewohnt. Sie beobachtete die Blicke, die Fabian und Laura wechselten, und war sich sicher, nicht nur der Pressung eines frischen Kernöls, sondern auch dem Entstehen einer neuen Liebe beizuwohnen. Ihre Kollegin hatte wohl nicht übertrieben, als sie über Fabians und Lauras inniges Verhältnis gesprochen hatte. Enttäuscht und ärgerlich zugleich verschränkte sie die Arme über der Brust und wartete ab, bis jemand ihre Anwesenheit bemerkte.

»Hallo, Isabell«, begrüßte Fabian sie freundlich über den Rand der Schöpfkelle hinweg. Er hatte sie in dem Moment gesehen, als er gerade ansetzen wollte, ebenfalls seine neue Kreation zu probieren.

Auch Laura drehte sich um und nahm Isabells Anwesenheit mit einem fröhlichen »Hallo!« zur Kenntnis.

»Ich wusste nicht …«, stotterte Isabell, die sich, aller Neugier zum Trotz, nun doch wie ein unerwünschter Eindringling vorkam. »Jacob wollte unbedingt schon auf den Hof zurück, entschuldigt!« Sie wandte sich zum Gehen.

»Warte doch, du kriegst doch noch das Geld für diese Woche«, versuchte Fabian sie aufzuhalten.

»Das kannst du mir auch ein anderes Mal geben«, wehrte Isabell ab, der es mehr als unangenehm war, gerade jetzt auf den finanziellen Aspekt ihrer Beziehung zu Fabian hingewiesen zu werden. »Wie ich sehe, bist du ja momentan sehr beschäftigt.« Mit diesen abschließenden Worten ließ sie die beiden etwas irritiert zurück.

»Also wenn du mich fragst, dann möchte Isabell mehr sein als nur ein Kindermädchen«, schloss Laura messerscharf aus diesem Auftritt, der ja nicht der erste seiner Art war.

Verblüfft zuckte Fabian mit den Schultern. »Isabell?« Niemals hatte er einen Gedanken darauf verwendet, dass zwischen ihm und ihr etwas anderes hätte sein können als eine Art Beschäftigungsverhältnis. Er neigte fast dazu, Laura Eifersucht zu unterstellen, der er keine weitere Nahrung geben wollte. »Sie kümmert sich nachmittags um Jacob, das ist alles. Für den Sorgerechtsantrag musste ich das garantieren, damit Jacob bei mir wohnen darf.«

Laura hatte keinen Zweifel daran gehabt, dass Fabian ihr seine Seite dieses Verhältnisses korrekt dargestellt hatte, wunderte sich aber, wie ein Mann so blind sein konnte für die Avancen, die eine Frau ihm machte. Gleichzeitig wurde die Familienrichterin Laura Althoff aufmerksam, als sie das Wort Sorgerechtsantrag hörte: »Wie war das eigentlich genau mit dem Tod seiner Eltern?«

Es fiel Fabian nicht leicht, darüber zu sprechen. Der sonst so ruhige Mann begann, nervös mit dem Oberkörper zu schaukeln. »Sie waren mit dem Motorrad unterwegs, ein Lastwagen auf der falschen Seite.« Fabian erinnerte sich noch immer mit Grauen an die Unfallstelle, Bilder, die er wohl nie würde vergessen können. Ein Freund von ihm war zufällig dort vorbeigekommen, hatte die Maschine erkannt, die völlig demoliert halb in den Straßengraben gerutscht war, und rief sofort bei ihm an. Instinktiv fuhr Fabian augenblicklich los, obwohl er wusste, dass er nichts würde ausrichten können, und bekam noch den ganzen vergeblichen Notarzteinsatz mit. Nur kurz hatte er den engen Behandlungsraum im Rettungswagen betreten dürfen, als seine Schwester noch einmal für Sekunden zu Bewusstsein gekommen war. Nachdem sie Fabian erkannt hatte, formten ihre Lippen nur noch ein Wort: Jacob. Ohne je mit irgendjemandem darüber gesprochen zu haben, hatte Fabian diese geflüsterten fünf Buchstaben als Auftrag genommen, sich persönlich um den Jungen zu kümmern. »Das ist jetzt ein halbes Jahr her, aber …«

Da sie Fabian ansah, wie sehr er sich quälte, hörte Laura auf, ihm weitere Fragen zu stellen. Vielleicht ergab sich zu einem späteren Zeitpunkt die Gelegenheit, mehr zu erfahren.

Fabian wollte sich den schmerzlichen Erinnerungen nicht länger ausliefern, er zog es vor, diesen schönen Tag mit Laura zu genießen. »Magst du vielleicht zum Abendessen bei uns bleiben? Ich koche!«

»Ja, gern!«, nahm Laura die Einladung begeistert an. »Dann kann ich Jacob ja noch etwas Reitunterricht geben.«

»Habe ich richtig gehört«, rief Jacob, der gerade um die Ecke gekommen war, »ich darf reiten?«

»Lasst euch ruhig Zeit, ich muss hier noch fertig machen für heute«, Fabian deutete auf die Maschinen, »und mich um die Tiere kümmern, bevor ich mich an den Herd stellen kann.«

»Ich helfe dir gerne«, versicherte Laura.

»Nein, lass nur, es ist schön, wenn du etwas mit Jacob unternimmst.« Fabian schickte Laura dem Jungen nach, der bereits voller Vorfreude zu den Pferden gerannt war.

»Auf welchem möchtest du lieber reiten?«, wollte Laura wissen, nachdem sie ihn eingeholt hatte.

»Auf Lucky!«, begeisterte sich Jacob.

»Das war auch mein Pferd, ein gutmütiges Tier. Also lass uns den Sattel und das Zaumzeug holen, dann kann der Unterricht losgehen.« Laura nahm Jacob bei der Hand.

14

Die Kartoffeln holte Fabian aus dem Keller, Agatha, eine eher frühe Sorte, mit der er sehr zufrieden war. Leider nicht besonders gut zu lagern, aber hervorragend im Geschmack. Außerdem festkochend, was er für Gratins bevorzugte. Fabian hatte sich überlegt, ein Essen nur aus eigenen Erzeugnissen zuzubereiten: Kartoffelgratin, mit Schafskäse und Tomaten überbacken und frisch gepflückten Kräutern fein abgeschmeckt, dazu einen knackigen Salat mit, selbstredend, Kürbiskernöl. Er wollte Laura beeindrucken, wie es ihm bereits am Nachmittag beim Ölpressen gelungen war. Sie sollte nicht nur die niemals endende Arbeit auf seinem Hof kennenlernen, sondern auch dessen gute Seiten: gesunde Lebensmittel in ausgezeichneter Qualität. Vergnügt schälte er die Kartoffeln, schnitt sie in dünne Scheiben und schob sie gleichmäßig auf einem großen Blech verteilt ins Backrohr. Dass es ein vegetarisches Mahl werden würde, hatte er nicht beabsichtigt, es hatte sich so ergeben. Der Verzicht auf Fleisch gehörte keineswegs zu seinem Weltbild, aber seitdem er auf dem Hof arbeitete, wusste er seinen Wert viel besser zu schätzen. Es war doch eine beachtliche Menge Futter und einige Arbeit, deren es bedurfte, um aus einem Ferkel ein schlachtreifes Schwein zu machen. Mit den Preisen, die im Supermarkt für ein Kilo Fleisch verlangt wurden, konnte er keinesfalls konkurrieren. Aber es stellte keine leichte Aufgabe dar, die Menschen davon zu überzeugen, dass seine Ware umweltverträglich erzeugt worden war und meistens auch besser schmeckte. Hätte er nicht einen Wirt gefunden, der viele seiner Produkte abnahm, weil er auf Qualität und regionale Erzeugung achtete, hätte er große Schwierigkeiten bei der Vermarktung. Der Hofverkauf lief noch nicht so, wie Fabian es sich vorstellte, was aber sicher damit zu tun hatte, dass er diesem Thema noch nicht besonders viel Zeit gewidmet hatte. Einen Laden im eigentlichen Sinn gab es nicht. Die meisten Kunden riefen vorher an und erklärten, was sie wollten, und wenn jemand zufällig vorbeischaute, dann holte Fabian die gefragten Sachen von dort, wo er sie üblicherweise lagerte. So konnte er nicht mit den Hofläden konkurrieren, die von einer Bäuerin liebevoll eingerichtet und betreut wurden. Aber er zweifelte auch daran, ob er das wirklich wollte. Dienstleistung war nicht sein Metier. Er belieferte lieber Läden, wie den, in dem Isabell arbeitete. Doch auch dazu stellte es sich als erforderlich heraus, sich Gedanken zu machen über dekorative Behältnisse, liebevoll gestaltete Etiketten, attraktive Produkte. Er hatte schon gelegentlich darüber nachgedacht, ob er Isabell dafür gewinnen könnte. Die wusste in solchen Fragen Bescheid. Dass Laura sich für diese Dinge erwärmen konnte, bezweifelte er eher. Sie hatte ihr Herz der Juristerei gewidmet. Aber was hatte es auch für einen Sinn, darüber nachzudenken? So schön die Tage mit ihr waren, es war doch absehbar, dass sie nach Wien zurückkehrte. Und dann würden ihr Aufenthalt hier auf dem Hof, und vermutlich auch ihre aufgewärmte Beziehung, für Laura zur folkloristischen Erinnerung werden. Im Moment war Fabian ihr überaus wohlgesonnen, ja seine früheren Gefühle entflammten von Minute zu Minute mehr, aber gleichzeitig wuchs der Zweifel, ob es für ihn und sie eine Zukunft geben könnte. Vielleicht war dieses Revival auch für Fabian nur wichtig, um die Beziehung danach ad acta legen zu können. Ihr unterstellte er eine ähnliche Motivation. In Lauras Gefühlsleben hatte sich kurzfristig eine Leerstelle ergeben, die schnell mit einem abgelegten Liebhaber wie ihm zu füllen war. Daraus ergab sich noch lange keine Perspektive für die Zukunft. Dennoch wich er ihr nicht aus. Im Gegenteil, er hatte ihr so lange nachgetrauert, dass er sich wie ein Idiot vorkommen würde, wenn er die Gelegenheit, die sich jetzt offenbar bot, nicht nutzte.

Mittlerweile hatte Fabian die Tomaten in dünne Scheiben geschnitten und den Käse zerbröselt. Die Kartoffeln hatten an manchen Stellen bereits eine braune Kruste bekommen. Höchste Zeit, sie mit den übrigen Zutaten zu belegen, die Temperatur etwas höher zu drehen und während des Überbackens den Salat herzurichten.

Von draußen drang fröhliches Gelächter an sein Ohr. Jacob und Laura schienen sich gut zu verstehen. Fabian beobachtete kurz vom Küchenfenster aus, wie Laura Lucky an der langen Leine führte und Jacob auf dem Pferd eine ganz passable Figur machte. Dafür, dass sie keine eigenen Kinder hatte, machte sie ihre Sache ziemlich gut. Aber das war ihm selbst mit Jacob auch nicht anders ergangen. Auch er war einfach ins kalte Wasser gesprungen und hatte von einem Tag auf den anderen plötzlich mit einem Kind zusammengelebt, mit dem er vorher nicht gerade viel zu tun gehabt hatte. Wenn man bereit war, sie in ihren Bedürfnissen ernst zu nehmen, war es nicht besonders schwierig. Kinder empfanden schnell Zuneigung zu jemandem, der bereit war, sich mit ihnen zu beschäftigen und für sie zu sorgen. Und sie lebten dieses Gefühl auch, sehr viel stärker als jeder Erwachsene.

Fabian richtete den Küchentisch zum Essen her und legte zur Feier des Tages sogar Stoffservietten auf, die er an irgendwelchen schlaflosen Abenden gebügelt hatte. Dann stürmte er die Treppe zum Hof hinunter, von der guten Laune der beiden angesteckt. »Abendessen ist fertig!«, rief er. Er trabte wie ein Pferd an die Seite von Lucky und forderte Jacob auf umzusatteln: »Jockey Jacob, komm!«

Unter Freudengeschrei wechselte der Junge sein Reittier, und Fabian drehte vergnügt noch einige Runden mit Jacob auf den Schultern im Hof, während Laura das Pferd wegführte. Die gelöste Stimmung setzte sich auch während des Abendessens fort und schlug erst um, als Fabian Jacob bat, sich bettfertig zu machen. Obwohl es schon deutlich später geworden war als an anderen Abenden, denen ein Schultag folgte, sträubte er sich heftig dagegen, die beiden Erwachsenen alleine zu lassen.

Als Jacob nach geraumer Zeit und mehrmaligen Aufforderungen im Bett lag, kamen die traurigen Gedanken an seine

Eltern wieder. Er nahm ihr Bild, das auf seinem Nachtkästchen stand, in die Hand und betrachtete es betrübt. »Wo ist eigentlich Mamas Schneekugel?«, wollte er von Fabian wissen, der sich auf den Bettrand gesetzt hatte.

Fabian zog sie unter dem Bett hervor, wo er sie glücklicherweise vorher gesehen hatte. »Hier!« Er drückte sie Jacob in die Hand.

»Sie hat den Schnee so gern gehabt«, erinnerte sich Jacob, während er durch leichtes Bewegen der Kugel ein zartes Schneegestöber entfachte. »Gibt es im Himmel auch Schnee?«

»Was glaubst du denn, woraus die Wolken sind?«, versuchte Fabian den Jungen auf die richtige Spur zu lenken.

»Aus Schnee?«, überlegte Jacob.

»Manche sagen zwar, es ist Watte, aber ich bin mir ziemlich sicher, dass es Schnee ist«, fabulierte Fabian verständnisvoll.

»Da können Mama und Papa dann viele Schneeballschlachten machen«, folgerte Jacob getröstet.

»Ja, ganz sicher«, stimmte Fabian zu. Dann zog er dem Jungen die Bettdecke zurecht, strich ihm noch sanft über die Haare und löschte das Licht. »Schlaf schön!«

Unbeobachtet hatte Laura das liebevolle Gespräch mitverfolgt. Es rührte sie, wie Fabian auf Jacob einging. So stellte sie sich den Vater ihrer Kinder auch vor. Ein Thema, das zwischen Peter und ihr schon seit langem nicht mehr ernsthaft zur Sprache gekommen war. Jede dahin gehende Andeutung wischte er schnell beiseite. Dabei hatten sie am Anfang ihrer Beziehung beschlossen, später eine richtige Familie gründen zu wollen. Für Laura hatten Kinder immer zu ihrem Lebensentwurf dazugehört. Aber seitdem sie sich in ihrem arbeitsreichen, finanziell gut abgesicherten Leben eingerichtet hatte, verblasste dieser Wunsch. Im Gegenteil, oft zweifelte sie daran, ob diese Vorstellung nicht auch nur ein Teil der Erwartungen ihrer Eltern an ihr Leben war. Die mit Jacob und Fabian verbrachten Stunden riefen den Gedanken, Kinder haben zu wollen, jedoch wieder in ihr Bewusstsein. Möglicherweise gehörte der richtige Mann dazu, um dieses Bedürfnis zu wecken oder wach zu halten.

»Schläft er?«, fragte Laura, die vorgab, die Küche nicht verlassen und währenddessen die alten Fotografien betrachtet zu haben, die in Holzrahmen an der Wand hingen.

Fabian, der soeben aus Jacobs Schlafzimmer zurückgekehrt war, meinte: »Das wird nicht lange dauern. Also mit Lucky hast du mir was Schönes eingebrockt. Jetzt will Jacob nicht nur Pilot und Fußballprofi, sondern auch noch Pferdezüchter werden.«

»Das tut mir leid«, erwiderte Laura lächelnd. Sie konnte nicht genau einordnen, ob es sich um einen ernst gemeinten Vorwurf oder einen liebevollen Scherz handelte. Sie zögerte, ob sie ihren Gefühlen zu Fabian nachgeben sollte oder ob es besser wäre, ihn jetzt zu verlassen, um den Dingen die Zeit zu geben, die sie brauchten. Irgendwie fehlte ihr ein eindeutiges Zeichen, ob er bereit war, ihr zu verzeihen. Sie entschloss sich daher, ihren Aufbruch anzukündigen, aber so, dass er die Gelegenheit bekam, sie aufzuhalten: »Vielleicht sollte ich jetzt langsam gehen?«

»Warte!«

Wie weich seine Stimme klingen konnte. Es hörte sich an, als hätte Fabian noch etwas vor. Erwartungsvoll schaute Laura ihn an.

»Ich möchte dir gerne noch etwas geben.«

Damit hatte Laura nicht gerechnet, was sollte Fabian für sie haben? Sie blieb abwartend stehen, während er zu einem schön gedrechselten Bauernschrank hinüberging, der auch als Bücherregal diente. Dort zog er eine der zahlreichen Schubladen auf und kramte eine Weile darin herum, bis er gefunden hatte, wonach er suchte. Er stand so, dass Laura nicht sehen konnte, was er endlich hervorzog. Erst als er mit geschlossener Faust auf sie zukam, stieg eine Ahnung in ihr auf. Langsam öffnete er die Hand, und eine Silberkette kam zum Vorschein.

»Du hast sie noch«, freute sich Laura erstaunt. Niemals hätte sie damit gerechnet, sie ein zweites Mal geschenkt zu bekommen. Wenn es ihr an seiner Stelle damals so ergangen wäre, sie hätte die Kette in einen Fluss geworfen oder jemandem überlassen, den sie nie wiedersehen würde. Fabian jedoch hatte sie aufbewahrt.

»Ich war ziemlich wütend, dass du sie nicht behalten hast, aber weggeben konnte ich sie trotzdem nicht.« Aufgewühlt stand er Laura gegenüber, die Kette stellte für ihn beides dar, das Symbol ihrer großen Liebe und die dauerhafte Erinnerung an ihre Trennung. In diesem Moment wusste er selbst nicht, was er erwartete, aber wenn es eine Möglichkeit gab herauszufinden, wie es mit Laura und ihm bestellt war, dann diese.

Vorsichtig berührte Laura den schimmernden Friedensachat. »Und es hat sich keine andere Trägerin gefunden in all den Jahren?«

»Keine, der sie gepasst hätte«, schmeichelte Fabian mehrdeutig. »Darf ich?«

Es war wie ein Déjà-vu: Mit der gleichen Bewegung, die sich Fabian unvergesslich eingeprägt hatte, senkte Laura leicht ihren Kopf und umfasste ihre Haare, um sie zur Seite zu ziehen, damit Fabian ihr die Kette um den bloßen Nacken legen konnte. In diesem kurzen zärtlichen Augenblick wussten beide, dass sie es noch einmal miteinander versuchen wollten.

Nachdem er den Verschluss zugemacht hatte, drehte Laura, der die rasante Entwicklung etwas Schwindel verursachte, sich langsam wieder zu Fabian um.

»Sie war eben nur für dich gemacht.«

Vorsichtig, wie um diesen zerbrechlichen Moment nicht zu zerstören, stellte Laura sich auf Zehenspitzen, öffnete ihre Lippen ein wenig und gab Fabian einen leichten Kuss. Obwohl sie einander schon bei der Hütte nähergekommen waren, fehlte ihr die Sicherheit, wie er darauf reagieren würde. Laura ahnte, dass beide einen viel weiteren Weg zueinander zurücklegen mussten als ein Paar, das sich erst neu kennenlernte. Das Vertrauen, das sich normalerweise unwillkürlich bei einer neuen Liebe einstellte, mussten sie sich erst mühevoll erarbeiten, während gleichzeitig die Vertrautheit, die zwischen beiden existierte, ihnen vorspiegelte, dass alles passte. Aber wenn sie beide es wirklich wollten, dann würde es diesmal funktionieren. Sie legte eine Hand um seinen Hals, zog ihn zu sich, und Fabian folgte ihr bereitwillig. Die Küsse wurden länger und intensiver. Laura umarmte und streichelte Fabian, und er zog sie ganz fest an sich.

Das lauter werdende Muhen der Kühe hörte Fabian als Erstes, während er langsam aufwachte. Dann spürte er Laura, die ganz nahe neben ihm lag, ihren warmen, weichen Körper, die zarte Haut, die langen Haare, die ihn kitzelten. Sanft küsste er sie auf Schulter und Nacken, atmete ihren Geruch ein, den er so lange vermisst hatte. Nach dieser Nacht wusste er, dass er nie eine andere Frau mehr geliebt hatte und keine jemals mehr lieben würde – ob sie nun bleiben würde oder nicht. Sein Herz sagte ihm, dass sie ihn nicht ein zweites Mal verlassen würde, aber sein Verstand zweifelte daran, dass die vergangene Nacht mehr war als ein kurzes, heftiges und schönes Aufleben ihrer alten Liebe. Dazwischen lag die Hoffnung, einen Weg zu finden, der ihre Zuneigung möglich machte, irgendwo zwischen Wien und seinem Hof.

Vorsichtig versuchte Fabian, sich aus dem Bett zu schieben, um Laura nicht zu wecken. Aber sie spürte sofort, dass er sich entfernen wollte, und drehte sich, während sie langsam die Augen öffnete, zu ihm um.

»Jacob steht gleich auf«, erklärte Fabian, weshalb er dabei war, sich heimlich aus dem Bett zu stehlen.

»Ich bin schon weg«, sagte Laura kichernd, während sie überlegte, ob das eine ernsthafte Aufforderung war, sich schnell anzuziehen und zu gehen, um ihre Liebe vor dem

Jungen geheimzuhalten. Dann zog sie sich spaßeshalber die Decke über den Kopf.

»Aber nicht wieder von heute auf morgen! Ja?«, bat Fabian, nachdem er ihr die Decke wieder weggezogen hatte und sich noch einmal ganz eng an sie kuschelte.

Laura nahm seine Hand und massierte sie zärtlich. »Wie wird das mit uns weitergehen?«, fragte sie leise.

»Sag du es mir!«, wich Fabian aus. Offensichtlich hatten beide keine konkreten Vorstellungen für die Zukunft, nur den Wunsch, einander nicht erneut zu verlieren.

»Nach der Scheidung möchte ich ...« Laura zögerte. »Also, ich weiß nicht genau, wie das wird ... ich verspreche dir ...«

Bevor Laura weitersprechen konnte, küsste Fabian sie auf den Mund. Er wollte nicht mehr von ihr hören als die Bereitschaft, ihr neues Glück nicht wieder leichtfertig wegzugeben.

Bei diesem Kuss mochte Laura es nicht bewenden lassen, zu genau erinnerte sie sich noch an die Leidenschaft, die sie vor wenigen Stunden geteilt hatten. Bevor sie sich an diesem Morgen trennten, wollte sie seinen muskulösen männlichen Körper noch einmal umfangen und liebkosen.

Schnell schlüpften sie anschließend in die durcheinandergeworfenen Kleidungsstücke, und Fabian begleitete Laura die Treppe hinunter. Keiner von beiden wollte von dem anderen lassen, aber die Verpflichtungen riefen. Abwartend schaute Fabian sie an.

»Wollen wir heute Nachmittag vielleicht ein Picknick machen, mit Jacob bei der Hütte?«, schlug Laura vor, der es wichtig war, den Jungen in ihre Beziehung einzubinden. Sie wollte diesmal alles richtig machen.

»Gute Idee! Sagen wir gegen fünf?« Fabian freute sich über diesen Vorschlag.

»Ja!« Nach einer letzten Umarmung öffnete Laura die Tür ihres Wagens und drehte sich noch einmal um. Jacob war im Schlafanzug die Treppe heruntergekommen.

»Morgen, Sportsfreund«, begrüßte Fabian ihn liebevoll und drückte ihn an sich. »Gut geschlafen?«

Jacob nickte nur kurz, dann schaute er neugierig zu Laura, die ihm zurückhaltend zuwinkte. Zusammen mit Fabian sah er dem Auto nach, das sich allmählich entfernte. Als es verschwunden war, schaute er ihn mit fragenden Augen an. »Du magst sie, oder?«

»Sehr«, bestätigte Fabian verträumt, »aber nur fast so sehr wie dich!«

»Ich mag sie auch«, versicherte Jacob.

Laura hatte keine Lust, um diese Uhrzeit nach Hause zu fahren. Sie wollte sich ihr Glücksgefühl nicht von irgendjemandem nehmen lassen, schon gar nicht vor dem Frühstück. Natürlich war es ein Affront, Peter und ihre Eltern miteinander alleine zu lassen – wenn er überhaupt noch da war. Sie hatte ihn weder gebeten, ihr nachzukommen, noch ihn davon abgehalten abzureisen. Sollten sie doch sehen, wie sie ohne sie miteinander auskamen, meistens klappte das bestens. Beschwingt fuhr Laura in den Ort, der gerade erst aufwachte, und suchte die alte Bäckerei. Von der damaligen

Inneneinrichtung war wenig erhalten, die Besitzer hatten den einen Teil des früheren Verkaufsraums zu einer Art zeitgemäßem Coffee-Shop umgebaut. Ihr kam das heute sehr entgegen. Sie bestellte einen großen Braunen und eine Butterbrezel, die noch immer so schmeckte wie früher.

Am liebsten wäre sie noch heute nach Wien gefahren, um ihre Sachen zu packen, sie von einem Speditionsunternehmen abholen zu lassen und auf den Hof zu ziehen. Keine Minute wollte sie mehr verschenken von ihrem neuen Glück, das sie schon seit Jahren hätte genießen können. Aber vielleicht war es nötig gewesen, zuerst in die Fußstapfen ihres Vaters zu treten, in der Kanzlei zu arbeiten, Peter zu heiraten. Hätte sie ohne diese Erfahrungen zu schätzen gewusst, was Fabian ihr bieten konnte? Möglicherweise hätte sie immer damit gehadert, für ihn auf vieles verzichtet zu haben, was ihr wichtig schien. Wie auch immer, sie konnte die Zeit nicht zurückdrehen. Niemand konnte wissen, was passiert wäre, wenn. Genauso gut hätte Fabian ihrer überdrüssig werden und sich eine andere suchen können. Doch jetzt, fand sie, sollten sie der Stimme ihres Herzens folgen und zueinander stehen, wie auch immer sich das in ihrem Alltag umsetzen ließe. Gestärkt trank sie ihren Kaffee aus, zahlte und beschloss, noch ein bisschen alleine im Ort spazieren zu gehen.

Ob sie wirklich wieder hier wohnen könnte? Sie konnte dem Leben in der Weltstadt durchaus viele positive Züge abgewinnen. Nicht zuletzt schätzte sie es, dass man sich weniger beobachtet fühlte als in einem so überschaubaren Nest. Sie war sich sicher, dass ihre Mutter schon bald in Erfahrung gebracht hätte, dass sie seit Tagen mit Fabian zusammensteckte, wenn sie selbst es ihr nicht sagte. Oder dass es Leute gab, die sich wunderten, wieso die Reichenbach, wenn sie bei ihren Eltern zu Besuch war, morgens alleine beim Bäcker frühstückte. Nun, auf dem abgelegenen Hof wäre sie den neugierigen Blicken etwas entzogen, und ihre Arbeitsstätte würde vermutlich in Graz liegen, sodass sie dem städtischen Leben nicht völlig entsagen musste. Ansonsten schätzte sie die Beschaulichkeit, die kleinen gemütlichen Häuser, den ruhigen Gang, den hier alles ging.

15

Im Anschluss an das Frühstück hatte Herbert sich in das Arbeitszimmer zurückgezogen, um sich seiner Korrespondenz zu widmen. Auch nach seiner Emeritierung hatte er sich nicht ganz von der Wissenschaft verabschiedet. Gelegentlich reiste er noch zu Tagungen und schrieb hin und wieder einen Artikel für die eine oder andere juristische Zeitschrift. Dieses Metier hatte ihn sein Leben lang begleitet, und er sah keinen Grund, sich völlig davon zu verabschieden. Was hätte er auch sonst den ganzen Tag zu tun, während seine Frau sich dem Haus oder dem Garten widmete? Sie hatten diese Bereiche immer getrennt gehalten, und er nahm nicht an, seiner Frau beim Kochen oder Rosenschneiden eine Hilfe sein zu können.

Ein Klopfen an der Tür schreckte ihn aus seinen Gedanken. Es musste wohl Peter sein. Seine Frau klopfte eigentlich nie, sondern wartete, bis er sein Arbeitszimmer freiwillig wieder verließ, um nach der selbst gewählten Abgeschiedenheit wieder Kontakt mit der Menschheit aufzunehmen. Und Lauras Klopfen hörte sich zurückhaltender an. »Ja!«

»Kann ich dich einen Moment sprechen?« Peter stand abwartend im Türrahmen, doch seine Haltung verriet, dass er nicht damit rechnete, eine abschlägige Antwort zu erhalten.

»Bitte.« Herbert nahm die Lesebrille ab und machte eine kleine Willkommensgeste. Er hatte Peter seit Lauras verbittertem Abgang kaum mehr zu Gesicht bekommen, was ihm nicht ungelegen gekommen war. Er fühlte sich von Peter hintergangen. Als Herbert noch arbeitete, hatte er es immer am meisten gehasst, wenn ihm seine Mandanten einen Teil der Wahrheit verschwiegen hatten, nur um des vermeintlichen eigenen Vorteils willen.

»Ich brauche deine Hilfe«, bekannte Peter und schloss die Tür hinter sich.

»Inwiefern?« Natürlich ahnte Herbert, dass es um Laura ging, aber er verspürte keine Lust, Peter freiwillig auch nur einen Schritt entgegenzukommen.

»Ich wollte dich bitten, dass du mit Laura redest«, bekannte Peter seinen Wunsch, »dass sie sich das mit der Scheidung wieder aus dem Kopf schlägt. Das alles war nur ein dummer Zufall.« Er vertraute noch immer darauf, mit seinem Schwiegervater eine Übereinkunft über die Bedeutungslosigkeit seiner Liebelei mit Jacqueline herstellen zu können.

»Deine Affäre nennst du dummer Zufall?« Diese Abwiegelung ließ Herbert nicht zu. In der Bewertung einer ehelichen Verfehlung schienen Welten zwischen den beiden Männern zu liegen. Es spielte für Herberts Urteil dabei keine ausschlaggebende Rolle, dass seine Tochter die Betrogene war. Es hatte nur Auswirkungen auf seine Bereitschaft, seine Verachtung darüber kundzutun. Und nun, wo Peter dreist seine Hilfe beanspruchte, wollte er auch Genaueres wissen. Inquisitorisch befragte er seinen Schwiegersohn, dem er noch immer keinen Platz angeboten hatte: »Wie lange geht das schon?«

Auf diese Art der Befragung wollte Peter sich nicht einlassen. Für ihn handelte es sich um ein Gespräch unter Männern, in dem auch Dinge geregelt werden konnten, die nicht immer korrekt verlaufen waren. Dass Herbert beabsichtigte, ihn nun als Schuldigen vorzuführen, schien ihm völlig unangemessen. Dennoch verfehlte der autoritäre Gestus seines Schwiegervaters seine Wirkung nicht. Peter suchte nach Worten: »Das mit Jacqueline, das … das hat doch alles nichts mit Laura zu tun.« Er setzte sich auf den Stuhl auf der anderen Seite des Schreibtischs, um nicht länger das Gefühl zu haben, wie ein dummer Junge abgekanzelt zu werden. »Du kennst das doch: eine Geschäftsreise, ein Abendessen, ein paar Drinks zu viel. Du weißt doch, wie so was läuft.« Langsam gewann er seine Souveränität wieder, lässig legte er ein Bein über das andere.

Dieses Auftreten vergrößerte die Distanz zwischen Herbert und Peter nur. »Nein, das weiß ich nicht!«, betonte Herbert unnachgiebig. »Und von dir hätte ich auch nicht erwartet, dass du meine Tochter hintergehst.«

Für das erhoffte Gentleman's Agreement sah Peter seine Felle davonschwimmen. Er beschloss, einen Rückzieher zu machen: »Ich verspreche dir, es wird nie wieder vorkommen. Aber du musst mit Laura reden, auf dich hört sie.« Um überzeugender zu wirken, lehnte er seinen Oberkörper weit nach vorn. »Wir werden uns schon wieder irgendwie zusammenraufen. Alleine schon wegen der Kanzlei.« Bisher hatte er die

Kanzlei aus dem Spiel gelassen, um noch einen Trumpf im Ärmel zu haben, aber Herberts ungerührter Gesichtsausdruck gebot ihm, zum letzten Mittel zu greifen, das ihm zur Verfügung stand.

»Es geht hier nicht um die Kanzlei«, lehnte Herbert diese argumentative Verflechtung brüsk ab, »es geht um meine Tochter!« Die Ignoranz seines Schwiegersohns begann ihm endgültig auf die Nerven zu gehen. Er musste seine Sichtweise wohl eindringlicher klarstellen: »Du hast ihr Vertrauen missbraucht. Und im Grunde meines auch. Ob sie dir verzeiht, ist allein ihre Sache. Ich werde mich da ganz bestimmt nicht einmischen.« Er unterstrich seine Worte mit einer knappen Kopfbewegung, die das Ende des Gesprächs signalisierte.

Doch Peter ließ nicht locker: »Du bist mir das schuldig!« Es klang wie eine Drohung.

Herbert hatte sich den vergangenen Tag über ausreichend Gedanken zu einer Auseinandersetzung dieser Art mit Peter gemacht und dabei viele Argumente abgewogen. So überraschte ihn auch nicht, dass Peter seine Solidarität mit dieser Begründung einklagte, aber die beiden Sachverhalte ließen sich seiner Ansicht nach in keinen Zusammenhang bringen. »Ich hab dir viel zu verdanken«, räumte er mit milder Stimme ein, »aber in diesem Fall bist du entschieden zu weit gegangen.«

Abrupt schnellte Peter von seinem Stuhl hoch. Angesichts Herberts Unerschütterlichkeit verzichtete er auf weitere Interventionen. »Trotzdem, vielen Dank«, presste er zwischen den Zähnen hervor. Als er die Tür des Arbeitszimmers hinter sich zuzog, klang es eine Spur zu laut.

Peter beschloss, in Lauras Zimmer auf sie zu warten und das klärende Gespräch selbst zu suchen. Er schob einen gemütlichen Lehnstuhl vor die weit geöffnete Balkontür und nahm beiläufig einen Stapel Akten zur Hand, ohne ihnen ernsthaft Aufmerksamkeit widmen zu wollen. Nervös ließ er seinen Blick über die wolkenverhangene herbstliche Landschaft schweifen. Seine Chancen, mit einer Ehefrau nach Wien zurückzukehren, sanken von Stunde zu Stunde. Laura schien sich ja bereits in anderen Händen zu befinden, denn dass sie, nur um ihm aus dem Weg zu gehen, im Hotel übernachtet hatte, konnte er sich nicht vorstellen. Eher hätte sie dafür gesorgt, ihn woanders unterzubringen.

Peter konnte das wunderbare Panorama, das sich jenseits der Balkonbrüstung erstreckte, nicht genießen. Im Treppenhaus ertönten Schritte, die wohl Lauras waren. Vorsichtig kam sie durch die halboffene Türe herein und blieb einige Schritte vor ihm stehen. Ohne sich ihr zuzuwenden, stellte er ihr die Frage, die seit dem gestrigen Abend an ihm nagte: »Wo warst du?«

Wortlos näherte Laura sich ihrem Schrank, um frische Kleidung zu holen.

»Es darf mich wohl interessieren, wo meine Frau die Nacht verbracht hat?« Peter hatte sich erhoben und sah sie prüfend an.

»Das ist doch lächerlich«, kommentierte Laura die Situation.

Peter wechselte das Thema: »Du weißt, dass eine Scheidung uns finanziell ruinieren kann?«, gab er mit ernster Stimme zu bedenken.

Als würde er sie völlig missverstehen, schüttelte Laura den Kopf. »Peter, es geht nicht immer um Geld! Ich will nichts von dir! Ich hab meinen Job, damit komm ich aus.« Etwas ruhiger und versöhnlicher fügte sie an: »Und für die Kanzlei werden wir schon eine gute Lösung finden.«

»Laura, ich bitte dich!« Peter versuchte, die spürbare Distanz zwischen sich und seiner Frau zu überwinden, und wollte sie berühren. Doch Laura wich zurück, als würde sie sich geradezu ekeln vor ihm. »Hat dir das, was zwischen uns war, nie etwas bedeutet?« Er ergriff ihren Arm, der sich anfühlte wie ein toter Fisch.

So sehr wehrte sie sich gegen diese Berührung, dass sie ihn einfach schlapp hängen ließ und abwartete, wie Peter darauf reagieren würde. Aber er hielt diesen letzten Rest Laura einfach weiter fest, bis sie ihm auch den endlich entzog.

»Ich hab dich bewundert«, beschrieb Laura tonlos ihre Gefühle für Peter, »dein Wissen, dein selbstbewusstes Auftreten, die Entschlossenheit, mit der du für Vater eingesprungen bist. Aber Liebe fühlt sich anders an.« Sie wartete keine Reaktion ab, sondern nahm ihre Kleidung und verschwand in der Dusche.

Gerade hatte Fabian sich zur Jause hingesetzt, als Isabell mit Jacob aus dem Ort kam. Der Junge schnappte sich nur ein Stück Brot und ein paar Scheiben geräucherter Wurst, um sich sofort in seinem Zimmer zu verkriechen.

Auch Isabell verspürte keinen Appetit, sie hielt sich nervös an der Rückenlehne eines Küchenstuhls fest, der Fabian gegenüberstand, und begann: »Fabian, ich muss dir etwas sagen …«

Arglos schnitt Fabian sich ein weiteres Stück Brot ab. »Schieß los!«

»Ich kann nicht mehr auf Jacob aufpassen«, stellte sie mit Entschiedenheit fest.

Fast blieb Fabian sein letzter Bissen im Mund stecken. »Ja, aber warum? Ist was passiert?«

»Es wird mir einfach zu viel«, begann Isabell ihre Erklärung, »aber vielleicht macht dir ja deine neue Freundin das Kindermädchen.«

»Ach, darum geht's dir«, konstatierte Fabian fast erleichtert, denn er ahnte nicht, wie sehr Isabell sein offensichtliches Verhältnis zu Laura verletzte.

»Mir sagst du, du hast keine Zeit, du musst arbeiten. Aber für sie hast du sehr wohl Zeit.«

Verständnislos folgte Fabian ihren Ausführungen.

»Du hast was mit ihr, stimmt's?« Isabell sah Fabian traurig, fast flehend an.

»Ich glaube nicht, dass ich dir das erklären muss, oder?« In Verkennung der Umstände versuchte Fabian, ein Einverständnis mit Isabell herzustellen. Erst langsam dämmerte ihm, worauf Laura ihn bereits aufmerksam zu machen versucht hatte: Isabell hegte Gefühle ihm gegenüber, Gefühle, von denen er bisher nichts geahnt hatte.

Von ihren Emotionen übermannt setzte sich Isabell mit tränenumflortem Blick nieder. »Glaubst du, ich bin gern nur dein Kindermädchen? Das mache ich, weil ich dir helfen will, und … weil …« Isabell nahm all ihren Mut zusammen. »Fabian, ich mag dich! Ich mag dich sehr.«

Das Liebesgeständnis rührte Fabian zutiefst, auch wenn er nicht recht wusste, was er damit anfangen sollte. Er schätzte Isabell, aber er hatte zu keiner Zeit ein Auge auf sie geworfen. Ihr Verhältnis schien ihm niemals darauf angelegt, über das hinauszugehen, was sie vereinbart hatten: dass Isabell sich gegen Bezahlung um Jacob kümmerte, wenn Fabian dazu nicht in der Lage war.

»Und ich hab halt geglaubt, dass mit der Zeit …«, setzte Isabell ihr Bekenntnis fort.

Fabian konnte kaum ertragen, wie sie so dasaß. Es tat ihm furchtbar leid, sie in irgendeiner Weise verletzt zu haben, aber er hatte nicht das Gefühl, zu der Misere irgendetwas beigetragen zu haben. »Aber Isabell, ich hab dir doch überhaupt keinen Grund gegeben, so etwas zu glauben. Natürlich war es vorher für mich anders. Aber seit Jacob hier lebt, ist eben alles ein bisschen komplizierter für mich geworden.«

Heimlich kam Jacob die Treppe heruntergeschlichen. Er hatte in seinem Zimmer, das direkt über der Küche lag, die Stimmen vernommen, die irgendwie anders klangen als sonst. Neugierig geworden, wollte er hören, was Fabian und Isabell miteinander zu besprechen hatten. Ihm war schon seit einigen Tagen aufgefallen, dass Isabell sich ihm gegenüber anders gegeben hatte als früher. Es musste etwas mit Laura zu tun haben. Seit sie zum ersten Mal auf dem Hof erschienen war, hatte Isabells Verhalten sich irgendwie verändert.

»Warum lässt du ihn nicht einfach bei seiner Großmutter in der Stadt?«, schlug Isabell vor. »Hier ist er ohnehin nur eine Belastung für dich.«

»Es ist anstrengend für mich, und manchmal ist es mir auch zu viel«, gab Fabian zu. Noch nie hatte er mit jemandem über die Belastung gesprochen, die es mit sich brachte, seinen Neffen zu betreuen, und nun sprudelte es einfach so aus ihm heraus.

Als Jacob diesen Satz hörte, zog er sich vorsichtig zurück. Wenn er eine Belastung war, wollte er lieber nicht hier sein. Er ging auf sein Zimmer und beschloss, seine Sachen zu packen, um wegzugehen. Irgendwohin, wo er keine Belastung war, vielleicht zu seiner Oma. Er konnte doch nichts dafür, dass er nicht mehr leben konnte wie andere Kinder, bei den Eltern. Doch das wollte er sich keinesfalls vorwerfen lassen.

»Aber eines kannst du mir glauben, Isabell. Der Bub ist das Wichtigste in meinem Leben. Und ich werde alles dafür tun, dass er bei mir bleiben kann!«

Jacob konnte diese Ausführungen, die ihn vielleicht beruhigt hätten, schon nicht mehr hören.

Aus Fabians Worten entnahm Isabell nichts, was sie hätte versöhnlicher stimmen können, im Gegenteil. Sie stand energisch auf und verabschiedete sich für immer: »Dann wünsche ich dir viel Glück, auf mich kannst du dabei verzichten!« Mit entschiedenen Schritten verließ sie die Küche und stürmte aus dem Haus.

Noch immer konnte Fabian nicht glauben, was er da gerade gehört hatte. Weil Isabell in ihn verliebt war, hatte sie diesen Job angetreten, und weil er sich in eine andere verliebt hatte, kündigte sie die Vereinbarung. Irgendwie hatte er offensichtlich gerade ein Problem mit Frauen. Denn so gut es sich auch anfühlte, mit Laura war nichts abgesprochen. Er wusste nicht, wie ihre gemeinsame Zukunft aussehen könnte, und nun stand er auf einmal alleine mit dem Jungen da. Möglicherweise würde Isabell sich ja beruhigen, wenn Laura nach Wien zurückkehrte. Irgendwie könnte er die Zeit mit Jacob bis dahin vielleicht auch alleine schaffen, vor allem, weil Laura durchaus den Eindruck vermittelt hatte, mit dem Jungen gelegentlich etwas unternehmen zu wollen.

Kaum war Isabell außer Hörentfernung, holte sie ihr Mobiltelefon aus der Handtasche und tippte eine Nummer ein, während sie weiter den Weg zur Straße hochging: »Frau Leitner? … Isabell Hofer … Grüß Sie! … Frau Leitner, ich muss leider meine Betreuungszusage für Jacob Burgler zurückziehen … Warum? … Das kann ich Ihnen genau erklären … Jacobs Onkel hat ein Verhältnis mit einer verheirateten Frau, die seit einiger Zeit regelmäßig bei ihm auf dem Hof ist. Ich kann solche Verhältnisse nicht billigen und möchte sie auch nicht unterstützen … Ja, herzlichen Dank.«

Ein wenig wunderte Fabian sich, dass Jacob sich als Erstes hinsetzte, um über seinen Hausaufgaben zu brüten, statt seine Freizeit zu genießen, aber vielleicht hatte Isabell diesen Ablauf erfolgreich mit ihm eingeübt. Natürlich war es besser, wenn alles erledigt war, bevor der Junge anfing zu spielen. Am späten Nachmittag die nötige Konzentration aufzubringen stellte sicherlich das größere Problem dar. Überhaupt passte es gut in den Plan, später mit Laura zu picknicken. Fabian konnte es kaum abwarten, aber bis dahin musste er sich noch um die letzten Kürbisse kümmern. Er räumte den Küchentisch ab und ging in die Scheune hinüber.

Mit einer Umhängetasche, in der er die nötigsten Utensilien und seinen geliebten Stoffelefanten verstaut hatte, stahl Jacob sich aus seinem Zimmer, nachdem er festgestellt hatte, dass die Luft rein war. Er packte sein Fahrrad und radelte, so schnell er konnte, zur Bushaltestelle, an der er immer mit seiner Oma einstieg, um nach Graz zu fahren. Dort sperrte er sein Fahrrad ab und wartete nervös auf den Bus, der ihn von hier wegbringen würde. Hoffentlich würde er in der großen Stadt den Weg zu ihr auch alleine finden.

16

Im Keller fand sich tatsächlich noch völlig eingestaubt der edle Picknickkorb, den eine nach England ausgewanderte Tante ihr zur Volljährigkeit geschenkt hatte. Ein seltsam unnützes Geschenk, hatte Laura damals gefunden, Bleikristallgläser, teures Porzellan, versilbertes Besteck. Dass man ab einem gewissen Alter mit nützlichen Gegenständen bedacht wurde, die man dringend benötigte, wenn man demnächst einen eigenen Hausstand gründen wollte, konnte sie nachvollziehen, auch wenn sie es langweilig fand. Aber dieser mit Stoff ausgeschlagene Rattankoffer gehörte nun wirklich zu den überflüssigsten Gegenständen, die sie sich damals vorstellen konnte. Wer wollte denn schon so ein Ding mitschleppen, es eignete sich doch allenfalls für Leute, die sich bei einem Ausflug kaum von ihrem Fahrzeug entfernten. Ob das eine typisch englische Verhaltensweise war? Jedenfalls hatte Laura auf dem morgendlichen Heimweg plötzlich an diesen Koffer gedacht und schleppte ihn nun in die Küche, um ihn zu säubern und zu füllen. Da ihr Jacobs Essgewohnheiten nicht vertraut waren, hatte sie ein buntes Potpourri zusammengestellt. Neben einem Stück Linzer Torte, die sich neben ihrem Geschmack auch durch ihre enorme Transportfähigkeit auszeichnete, hatte sie Kekse und ein Kakaogetränk besorgt. Für Fabian und sich würde sie später noch einen Kaffee aufbrühen, damit er nicht so abgestanden schmeckte. Wer es lieber deftig mochte, hatte die Auswahl zwischen dreierlei Sandwiches: Gorgonzola mit Birnenscheiben, Schinken mit Gurke und American Dressing, Thunfisch mit Frischkäse und Salat, außerdem hatte sie Eier gekocht und ein paar Gläser mit eingelegten italienischen Vorspeisen besorgt. Zusammen mit Wein, Limonade und Mineralwasser würde wohl für alle Bedürfnisse gesorgt sein. Sicher hatte Jacob keine Lust, die ganze Zeit mit den Erwachsenen herumzusitzen, aber zum Ballspielen war die abschüssige Wiese vor der Hütte kaum geeignet. Vielleicht gab es den Drachen noch, den sie als Kind so gerne hatte steigen lassen. Sie beschloss, in den Garten zu gehen, wo sie ihre Mutter bei dem schönen Wetter vermutete, um nach dessen Verbleib zu fragen.

Lotte stand bei den weißen und rosafarbenen Heckenrosen, die in voller Pracht standen, und schnitt das Verblühte ab.

»Mama, gibt es meinen alten Drachen noch irgendwo?« Laura hatte die Frage bereits gestellt, als sie ihre Mutter noch nicht ganz erreicht hatte.

»Ja, wenn, dann auf dem Dachboden«, überlegte Lotte kurz. Sie konnte sich nicht erinnern, ihn irgendwann weggeworfen zu haben, hatte aber keinerlei Vorstellung, wo genau er sich befinden könnte.

Halbwegs zufrieden mit dieser Auskunft wollte Laura die Suche nach dem Kinderspielzeug aufnehmen.

Enttäuscht über diese Stippvisite ihrer Tochter rief Lotte

ihr nach: »Ach, Laura, bleib doch ein bisschen hier!« Während der letzten Tage hatten sie kaum miteinander gesprochen – so hatte Lotte sich den ersehnten Besuch nicht vorgestellt.

Bereitwillig kehrte Laura zurück, sie hatte schon befürchtet, ihre Mutter mit ihrer ständigen Abwesenheit völlig verärgert zu haben. »Kann ich dir was helfen?«

Lotte musste einen Moment überlegen, sie benötigte eigentlich keine Hilfe, wollte Laura nur eine Zeit lang in ihrer Nähe haben. Suchend fiel ihr Blick auf den wenige Schritte entfernten Oleander. »Ja. Die verblühten abzupfen!« Sie deutete auf den rosa blühenden Strauch.

Nachdem sie eine Weile schweigend nebeneinander gearbeitet hatten, versuchte Lotte ihre Neugier zu stillen: »Wozu brauchst du den alten Drachen?«

Absichtlich unpräzise antwortete Laura: »Ich dachte, wir könnten es noch einmal ausprobieren.«

»Wer, wir?«, erfolgte postwendend Lottes Rückfrage.

»Fabian, sein Neffe und ich«, gab Laura ohne weitere Umschweife preis.

Ihr Verdacht hatte sich also bewahrheitet, Laura hing seit Tagen mit diesem Fabian zusammen, und nun kam sogar noch dessen Neffe ins Spiel. Die Rosenschere in der Hand, wandte sie sich ihrer Tochter zu: »Laura, Liebes, hast du keine Angst, dass du dich da Hals über Kopf in etwas stürzt, was nur eine schöne Erinnerung ist?«

Ausnahmsweise war Laura erleichtert, dass Peter sich überraschend näherte. »Ich fahr jetzt«, verkündete er, ohne einen Widerspruch zu erwarten.

Mutter und Tochter musterten ihn wortlos. Jede hätte es gerne der anderen überlassen, etwas zu äußern.

Auf diese Spannungen hatte Peter keine Lust mehr. Sein Plan stand fest. »Ich schätze mal, die Scheidungspapiere sind in den nächsten Tagen fertig.«

»Danke!« Mehr wusste Laura nicht zu sagen.

Lotte konnte die Situation kaum ertragen. Wie glatt sich Peter und Laura voneinander zu trennen schienen, war ihr unheimlich. Gab es denn nichts, was die beiden noch aneinanderband? Dass ihre Tochter so kalt und gefühllos agierte, erschreckte sie, auch wenn sie für ihre Entscheidung Verständnis aufbrachte. Und das alles, um erneut Fabian um den Hals zu fallen! Leise hoffte sie, Laura würde sich, wenn Peter erst gefahren war, eines Besseren besinnen.

Ganz ohne verbindlichen Abschied wollte Peter den Rückzug nicht antreten. »Falls du es dir doch noch überlegst, dann …« Er ersparte sich den restlichen Satz, denn nichts an Laura ließ darauf schließen, dass sie auf dieses Angebot unter Umständen zurückkommen würde. Trotzdem wollte er die Trennung versöhnlich gestalten und sagte: »Pass auf dich auf!« Ohne eine Antwort zu erwarten und ohne seine Schwiegermutter, die seiner Meinung nach eine fatale Rolle innerhalb dieser Familie spielte, eines Blickes zu würdigen, verließ er den vertrauten parkähnlichen Garten und machte sich auf den Rückweg nach Wien.

Mutter und Tochter wechselten prüfende Blicke, ohne weiter miteinander zu sprechen. Peters endgültig wirkender Abschied machte die Kluft spürbar, die sich zwischen ihnen aufgetan hatte. Lotte hegte ernsthafte Zweifel daran, wie vernünftig Lauras Entscheidung war, die Ehe mit Peter, einem gut verdienenden Rechtsanwalt, zu beenden, um sich stattdessen einem Bio-Bauern zuzuwenden. Dabei übersah sie geflissentlich, dass Laura durchaus in der Lage war, sich ihren Lebensunterhalt selbst zu verdienen, und nicht unbedingt auf einen Mann angewiesen war, der sie betrog.

Ziemlich genau diesen Vorbehalt konnte Laura – sie kannte ihre Mutter schließlich lange genug – Lotte von den Augen ablesen. Sie wünschte sich von ihrer Mutter ungeteilte Solidarität statt dieser kleinlichen Bedenken. Wieso konnte denn nicht ihr Glück das ausschlaggebende Kriterium sein? Ihr selbst jedenfalls ging es im Moment nur darum, und sie wollte sich dafür nicht verteidigen müssen.

Langsam war es an der Zeit, sich für das Picknick mit Laura vorzubereiten. Fabian waren die Nachmittagsstunden wie im Flug vergangen. Dass er von Jacob weder etwas sah noch hörte, war ihm nicht weiter aufgefallen, da der Junge sich auch sonst um diese Zeit oft nicht auf dem Hof aufhielt, weil Isabell ihn betreute. Als Fabian ihm von der Küche aus zurief, er solle sich für einen kleinen Ausflug fertig machen, erhielt er keine Antwort. Kein Wunder, sein Neffe war dort nicht aufzufinden. Laut rufend suchte Fabian das restliche Wohnhaus ab. »Jacob, wo steckst du? Wir sind doch mit Laura verabredet!« Keine Reaktion, aber der Hof war schließlich groß, Jacob konnte überall stecken. Nach dem Haus suchte Fabian die Stallungen ab. Normalerweise spielte sein Neffe nur mit den Kaninchen, wenn er sich nicht, wie seit neuestem, bei den Pferden aufhielt. Aber er durchkämmte sicherheitshalber alles. Jacob blieb unauffindbar. »Jacob, komm raus! Das ist nicht mehr lustig!«, rief Fabian, während er in der Scheune nachsah. Hatte der Junge ein Fußballtraining, das Fabian vergessen hatte? Langsam wurde er nervös. Plötzlich fiel ihm auf, dass etwas fehlte: Das Fahrrad lehnte nicht am angestammten Platz an der Hausmauer. Er ist zu Isabell gefahren, war Fabians erster Gedanke. Er schnappte sich den Autoschlüssel und gab heftig Gas. Fast hätte er übersehen, dass Jacobs Fahrrad an der Bushaltestelle festgekettet war, an der der Postbus nach Graz hielt. Von dem Jungen jedoch weit und breit keine Spur. Also befand er sich wohl bereits auf dem Weg zu seiner Oma. Verzweifelt schaute Fabian auf die Uhr. Das Picknick mit Laura hatten sie bereits verpasst – und er kannte nicht einmal ihre Handynummer, um sie darüber zu informieren, dass die Verabredung für heute wohl geplatzt war.

Mit dem Drachen in der einen Hand und dem gefüllten Picknickkorb in der anderen balancierte Laura barfuß über die Streuobstwiese zur Hütte hinauf. Noch waren weder Fabian noch Jacob zu sehen oder zu hören. Kein Wunder, um alles richtig zu machen, war Laura besonders früh losgefahren. Sie wollte die anderen keinesfalls warten lassen. Wie üblich setzte sie sich auf die schmale Veranda und genoss den Ausblick, lauschte dem Zwitschern der Vögel, hielt Ausschau nach scheuen Rehen, die sich am späten Nachmittag manchmal auf die Wiese hinauswagten. Plötzlich hatte sie eine Idee. Auch wenn um diese Zeit wohl niemand mehr erreichbar sein würde, der ihre Anfrage beantworten könnte, versuchte sie es trotzdem. Sie ließ sich mit der Personalstelle der Justizbehörden verbinden, um nachzufragen, ob es eine Möglichkeit gäbe, sich nach Graz oder Umgebung versetzen zu lassen. Laura solle sich am kommenden Tag erneut melden, wurde ihr beschieden, die zuständigen Mitarbeiter wären längst aus dem Haus.

Aus Langeweile begann Laura die Wiese und den nahen Waldrand nach Blumen abzusuchen. Sie konnte sich nicht erklären, wieso Fabian sie im Stich ließ. Hatte er den Termin in seinem erschöpfenden Alltag vergessen? Oder hatte er sich spontan eines anderen besonnen? Sie neigte dazu, beides mit Sicherheit auszuschließen. Also musste etwas passiert sein. Doch daran wollte sie lieber ebenfalls nicht glauben. Aber sich um fast eine Stunde zu verspäten? Frierend zog Laura sich die Wolljacke über, die sie mitgebracht hatte, auch an den nackten Beinen wurde ihr langsam kühl. Mit der Hose, die nur knapp das Knie bedeckte, war sie wohl etwas zu optimistisch gewesen. Sie öffnete den Picknickkorb und holte die Weinflasche heraus. Schade, dass sie mit dem Auto gekommen war, da durfte es nicht viel mehr werden als ein Glas. Laura begann, die Brote auszupacken. Sie hatte sich selbst übertroffen, aber mehr als eines von jeder Sorte konnte sie nicht essen. Eigentlich hatte sie die Hoffnung schon lange aufgegeben, dass Fabian und Jacob jetzt noch kommen würden. Aber sie wusste auch nicht, was sie mit diesem angebrochenen Abend sonst hätte tun sollen. Eine alte Freundin, die sie spontan besuchen und mit ein paar schmackhaften belegten Sandwiches überraschen könnte, um ihr während des Verzehrs das Herz auszuschütten, hatte sie hier nicht mehr. Als es völlig dunkel geworden war, beschloss sie, auf den Trattnerhof zu fahren, um in Erfahrung zu bringen, was die beiden davon abgehalten hatte, ihr die verabredete Gesellschaft zu leisten. Wäre sie besser mit Decken ausgestattet gewesen, sie hätte noch einige Zeit ausgehalten und den Sternenhimmel genossen. Unglaublich, dieser Unterschied zu Wien. Hier schien es, als bestünde nahezu der gesamte Nachthimmel aus Sternen. Laura packte ihre Sachen wieder in den Korb und kehrte zum Auto zurück. Es schien das Schicksal dieses Drachens zu sein, in nächster Zeit nicht in die Lüfte aufzusteigen. Sie legte ihn vorsichtig in den Kofferraum zurück.

Einerseits hoffte Fabian, Jacob bei seiner Oma aufzufinden, dann war ihm wenigstens nichts zugestoßen, andererseits ahnte er, dass sie ihm Schwierigkeiten bereiten und erneut versuchen würde, Jacob bei sich zu behalten. Nur mit Mühe hatte er Frau Burgler nach dem Tod ihres Sohnes und ihrer Schwiegertochter davon überzeugen können, dass Jacob auf einem Bauernhof besser aufgehoben war als in einer engen Grazer Stadtwohnung. Aber schließlich hatte sie zugestimmt. Fabian zweifelte nicht daran, dass auch sie nur das Beste für den Jungen wollte, aber er war sich sicher, ihm ein günstigeres Umfeld für ein altersgerechtes Aufwachsen bieten zu können.

Zudem hatte die ältere Dame den Tod ihres Sohnes selbst kaum bewältigt, wie sollte sie Jacob in dieser Angelegenheit eine Hilfe sein?

»Frau Burgler, ist der Bub schon da?« Fabian stand an der Haustür des kleinen Mehrfamilienhauses in der Grazer Vorstadt.

»Jacob schläft«, beschied Frau Burgler, die ziemlich aufgewühlt wirkte, »er war ganz erschöpft von der Aufregung.«

Die Sorgen, die Fabian sich wegen des Verbleibs des Jungen gemacht hatte, fielen von ihm ab. Gelöst wollte er in den Hausflur treten, um Jacob abzuholen. »Da bin ich ja froh, dass ihm nichts passiert ist.«

Frau Burgler bewegte sich nicht von der Stelle. »Ich hätte nicht gedacht, dass Sie derart verantwortungslos sind!« Unter keinen Umständen wollte sie, dass Fabian zu ihr in die Wohnung kam. Der Junge sollte erst einmal über Nacht hier bleiben, dann würde sie weitersehen.

»Verantwortungslos?« Fabian glaubte nicht richtig zu hören. Er konnte Jacob doch nicht am Bettpfosten festbinden. Wenn ein Junge seines Alters ausbüchsen wollte, würde er immer einen Weg finden. »Ich weiß ja noch nicht einmal, warum er abgehauen ist!«

»Er war ganz durcheinander. Er hat gesagt, es gab Streit mit einer Frau, und Sie wollen nicht, dass er bei Ihnen wohnt. Ich verstehe Sie nicht. Zuerst wollen Sie ihn unbedingt haben …« Jacobs Großmutter rang nach Luft, die Aufregung des Nachmittags war ihr deutlich anzusehen. »Mir bricht es fast das Herz.«

Langsam verstand Fabian, was vorgefallen sein musste. Jacob hatte vermutlich das Gespräch mit Isabell mitbekommen. Währenddessen waren wohl Worte gefallen, die Jacob so verstanden hatte, als wäre er auf dem Hof nicht willkommen. Fabian wusste nicht mehr genau, was er gesagt hatte, aber er erinnerte sich, über gelegentliche Mühen geklagt zu haben, die Jacobs Anwesenheit ihm bereitete. Schon verständlich, dass der Junge davon irritiert war und seine Sachen gepackt hatte. »Frau Burgler, ich kann Ihnen das erklären!«

»Also, damit ist jetzt Schluss.« Frau Burgler schüttelte den Kopf. »Das Beste wird sein, Jacob kommt ganz zu mir. Ich werde selber das Sorgerecht für ihn beantragen.«

Obwohl er damit gerechnet hatte, dass Jacobs Oma so reagieren würde, überraschte Fabian dennoch die Entschiedenheit, mit der sie ihn gleich an der Haustür abfertigte.

»Mein Sohn hätte das bestimmt so gewollt!« Am Ende ihrer Ausführungen schloss Frau Burgler die Tür, ohne Fabian noch einmal zu Wort kommen zu lassen.

Konsterniert kehrte Fabian zu seinem grünen Jeep zurück. Irgendwie schien sich die Welt heute gegen ihn verschworen zu haben. Zuerst kündigte Isabell, dann haute Jacob ab, und zum Schluss erklärte ihm Frau Burgler, dass sie willens war, um das Sorgerecht für Jacob zu streiten. Dabei hatte der Tag so wunderschön in Lauras Armen begonnen! Laura, die er nun vergeblich an der Hütte hatte warten lassen. Sie würde ihm vermutlich die nächsten Vorwürfe machen. Dabei war sie es ja, die den ganzen Aufruhr ausgelöst hatte. Wäre Fabian nicht ständig mit ihr zusammen gewesen, hätte Isabell keinen Anlass bekommen, ihre Rolle als Kindermädchen in Frage zu stellen. Hatte Laura denn nicht schon genug angerichtet in seinem Leben? Natürlich konnte sie nicht ahnen, wie fragil die Konstruktion mit Jacob war. Er selbst hatte sie bis zu dieser Stunde nicht als so gefährdet gesehen. Er wäre sonst vorsichtiger gewesen, hätte darauf verzichtet, Laura so häufig zu treffen.

Sicherheitshalber fuhr Fabian noch an der Hütte vorbei, um nachzusehen, ob Laura dort ausgeharrt hatte. Aber das Häuschen stand einsam und verlassen im Mondlicht. Schade eigentlich, die Abende, an denen man draußen sitzen kann, sind für dieses Jahr gezählt, dachte Fabian, während er weiterfuhr.

Etwas verloren hockte Laura auf der Treppe zum Wohntrakt auf dem Trattnerhof, als das Scheinwerferlicht sie erfasste. Schuldbewusst näherte sich Fabian.

»Wo warst du?« Laura klang halb verzweifelt und halb vorwurfsvoll.

Könnte sie mir nicht wenigstens um den Hals fallen, ehe sie mich kritisiert, überlegte Fabian, der jetzt selbst gerne jemanden zum Anlehnen gehabt hätte.

»Du hättest wenigstens versuchen können, mich zu verständigen!«

»Entschuldige! Aber Jacob hat einen Streit mit Isabell und mir mitbekommen und ist einfach abgehauen. Gott sei Dank zu seiner Großmutter.«

Unter diesen Umständen fielen Lauras Vorwürfe in sich

zusammen. Sie hatte volles Verständnis dafür, dass Fabian in dieser Situation keine Rücksicht auf sie genommen hatte. »Geht's ihm gut?«

»Ich hoffe«, erklärte Fabian schulterzuckend. Erst jetzt merkte er, wie sehr ihm der Junge fehlte. Zuerst hatte er sich nur über Frau Burgler geärgert, weil sie ihn nicht zu Jacob lassen wollte. Aber nun stellte er fest, wie traurig er darüber war, ihn nicht wenigstens gesehen zu haben.

Diese knappe Antwort irritierte Laura. »Hast du nicht mit ihm geredet?«

Fabian schüttelte geknickt den Kopf. »Frau Burgler hat mich nicht zu ihm gelassen. Sie hat sogar angedroht, mir Schwierigkeiten mit dem Sorgerecht zu machen.«

Aufmerksam geworden erhob sich Laura. Als Familienrichterin hatte sie genug mit vergleichbaren Fällen zu tun. Sie begann Fabian zu erklären, wie er wohl am besten weiter vorginge. »Du solltest versuchen, mit ihm zu reden, bevor es das Jugendamt tut.«

Über den mutmaßlichen weiteren Verlauf der Ereignisse hatte Fabian sich noch keine ernsthaften Gedanken gemacht. Er hoffte, dass sich alles selbst regeln würde, wenn Jacob erst ein paar Tage bei seiner Oma war und die Gemüter sich beruhigt hatten. Dass Laura das Jugendamt erwähnte, erschreckte ihn, das bedeutete wohl, dass er sich auf eine längere Auseinandersetzung mit den Behörden gefasst machen musste. »Wieso denn das Jugendamt?«

Ruhig teilte Laura Fabian ihr Wissen über das zu erwartende Prozedere mit: »Wenn seine Großmutter das Sorgerecht beantragt, wird dein entgegengesetzter Antrag nicht ohne Anhörung entschieden.«

»Heißt das, wir müssen vor Gericht?« Diese Möglichkeit quälte ihn. Um ein Kind vor Gericht zu verhandeln, erinnerte ihn an Brechts Lehrstück *Der kaukasische Kreidekreis*, von dem er einst eine Inszenierung auf der Schulbühne gesehen und die einen starken Eindruck auf ihn gemacht hatte. Er konnte sich unter keinen Umständen vorstellen, vor den Schranken eines Gerichts um Jacob zu streiten, schon gar nicht, wenn seine Kontrahentin die durch den Verlust ihres Sohnes sowieso schon gebrochene Frau Burgler sein sollte.

»Das könnte sein, ja«, referierte Laura ihren Erfahrungsschatz, »aber wenn du magst, dann kann ich dir helfen. Ich kenne mich gut in solchen Fällen aus.«

Seine Aversion gegen Gerichte, die über das Schicksal von Kindern entschieden, brachte Fabian nun auch gegen Laura auf. Barsch unterbrach er sie: »Fälle!« Fabian benutzte das Wort so abfällig wie möglich. »Jacob ist kein Fall!«

Um ihn nicht noch mehr zu verärgern, pflichtete Laura ihm bei: »Natürlich nicht! Ich meine ja bloß, falls es Probleme gibt.« In ihr wuchs das Gefühl, dass sie gerade recht gekommen war, um der Blitzableiter für Fabians Zorn zu werden. So erregt hatte sie ihn selten gesehen. Sie versuchte ihn zu besänftigen. »Jacob hängt an dir, er braucht dich. Das Jugendamt wird anerkennen, dass er bei dir besser aufgehoben ist. Aber du solltest unbedingt …«

Länger konnte Fabian seine den ganzen Nachmittag über

aufgestauten Aggressionen nicht zurückhalten. Schroff unterbrach er Lauras Redefluss: »Bitte sag mir jetzt nicht auch noch, was ich tun soll, ja!« Mit fuchtelnden Handbewegungen wehrte er alles ab, was Laura ihm an Unterstützung angeboten hatte.

Zutiefst ratlos und enttäuscht stand Laura diesem Ausbruch gegenüber.

»Ich hab wirklich schon genug damit zu tun, dass du nach all den Jahren zurückkommst und mein ganzes Leben komplett auf den Kopf stellst. Und in drei Tagen reist du wieder ab, und ich steh alleine da mit dem Jugendamt.«

Unter diesen Anklagen zuckte Laura wehrlos zusammen. Sie konnte jedes Wort seines Vorwurfs nachvollziehen. Was anders sollte Fabian auch von ihr denken? Wenn sie ehrlich war, hatte sie sich noch nicht einmal richtig entschuldigt, ihn nicht aufrichtig um Verzeihung gebeten. Auch diesmal hatte sie nur genommen, was sie brauchte, einen Unterstand für die Pferde, Schutz, Trost und Ablenkung. Aber wieso glaubte er denn nicht, wie ernst es ihr mit der Unterstützung war? Wieso konnte er ihr denn nicht wenigstens das bisschen Vertrauen entgegenbringen, das sie verdiente? Sie wusste nicht, was sie sagen sollte, ohne ihn noch mehr gegen sie aufzubringen.

»Also wirklich, vielen, vielen Dank für dein Angebot.« Fabian hatte sich ein wenig gefasst, fühlte sich den Herausforderungen des Lebens wieder einigermaßen gewachsen, des Lebens, das er bis letzten Freitagnachmittag geführt hatte. Ein Leben ohne Laura, ohne Gefühlsüberschwang, das in geordneten Bahnen verlief. »Ich schaff das schon irgendwie.« Er drängte sich an Laura vorbei die Treppe hinauf.

Wenn sie jetzt einfach gehen würde, ohne ein Wort zu sagen, befürchtete Laura, dann würde alles vorbei sein, für immer. Aber das wollte sie nicht. Sie hatte ihre Liebe zu Fabian schon einmal weggeworfen – für irgendetwas. Diesen Fehler wollte sie keinesfalls wiederholen. Lieber ließ sie sich noch ein paar Vorwürfe von ihm machen. Das würde ihr zwar wehtun, aber dazu hatte er wohl allen Grund, und möglicherweise würden sie danach Tacheles sprechen können. Vorsichtig formulierte Laura, woran sie den ganzen Tag über gedacht hatte: »Ich könnte länger bleiben.«

Souverän drehte Fabian sich um. Er hatte all die Jahre ohne Laura hinter sich gebracht, und nicht immer nur schlecht. Er wusste, dass er sein Leben ohne sie meistern konnte. Vielleicht war jetzt genau der richtige Augenblick, in dem er die Verbindung zwischen sich und ihr endgültig kappen sollte. Sie hatten noch einmal miteinander geschlafen, wovon er die ganzen Jahre immer wieder geträumt hatte. Und es war schöner gewesen, als er es sich je vorgestellt hatte. Aber wollte er deswegen wirklich den Rest seiner Tage mit ihr verbringen? Sie hatten sich beide verändert seit jenem Nachmittag in der Hütte, wo sie einander ihr Leben versprochen hatten. Zudem hatte Fabian nicht den Eindruck, dass der Abstand zwischen ihren Lebenswelten, den es schon immer gegeben hatte, irgendwie kleiner geworden war. Und vor allem warf er Laura vor, sich nach und nach in sein Leben einzuschmuggeln, ohne sich ernsthaft bei ihm entschuldigt zu haben. Dann musste er sie eben deutlich darauf hinweisen, was von ihren Versprechungen zu halten war: »Das hast du schon mal gesagt. Was dann war, das wissen wir!«

»Das war jetzt nicht fair!« Laura versuchte, nicht beleidigt oder gekränkt zu sein. Offensichtlich hatte sie es während der mit Fabian verbrachten Tage verpasst, eindeutig Stellung zu beziehen, ihm deutlich zu machen, dass sie gerade im Begriff war, sich von all den Verbindlichkeiten loszusagen, in die sie damals verstrickt gewesen war. Dass ihr heutiges Wort ein anderes Gewicht hatte.

»Das warst du damals auch nicht.« Fabian drehte sich um und verschwand im Haus. Es verschaffte ihm Genugtuung, Laura so stehen zu lassen, auch wenn es ihn gleichzeitig schmerzte. Er hatte bis zum vorangegangenen Abend nicht gewusst, wie sehr er sich nach ihr gesehnt hatte.

Wie ein geprügelter Hund schlich Laura zu ihrem Auto. War dies das traurige Ende einer Urlaubsaffäre oder das reinigende Gewitter in einer langjährigen Beziehung, in der sich einiges Unausgesprochene angesammelt hatte? Vermutlich stimmte beides und auch wieder nichts von beidem. Tatsache war, dass sie selbst sich so naiv darauf eingelassen hatte, als wäre es nicht mehr als eine intensive, aber begrenzte Episode in ihrem Gefühlsleben. Wie sollte Fabian ihr erneut sein Vertrauen schenken, wenn er sie so ungebunden und unstet erlebte? Und zu ihrem heutigen Treffen, wo sie sich von einer anderen, ihrer fürsorglichen und aufmerksamen Seite hatte zeigen wollen, war es ja durch die schicksalhaften Ereignisse nicht gekommen.

Plötzlich fiel Laura auf, dass sie vergessen hatte zu fragen, was wohl der Grund für Jacobs spontanes Verschwinden gewesen war. Doch hoffentlich nicht ihre nächtliche Anwesenheit unter dem gleichen Dach. Dann natürlich wäre Fabians Laune ihr gegenüber verständlich gewesen. Irgendetwas musste noch vorgefallen sein, sonst hätte sein Vorwurf, sie würde sein ganzes Leben durcheinanderbringen, keinen Anlass gehabt.

Laura zögerte, in ihr Auto einzusteigen. Sie dachte darüber nach, ob sie, über alle Widerstände hinweg, nicht umkehren und an Fabians Küchenfenster klopfen sollte. In gewisser Weise boten seine Vorwürfe eine gute Grundlage für ein klärendes Gespräch. Andererseits hatte sein Auftritt keinen Hinweis auf Fabians Bereitschaft gegeben, ihr noch ein offenes Ohr zu schenken. Auf diesen einen Abend würde es wohl nicht ankommen. Zitternd vor Kälte oder Anspannung stieg sie in ihr Cabrio, der einzige Platz, der ihr im Moment wirklich gehörte, nachdem sie die Wiener Wohnung bereits jetzt als Peters Eigentum betrachtete. Langsam fuhr sie zurück zur Straße und kehrte in das Haus ihrer Eltern zurück.

Schlaflos warf Jacob sich auf der schmalen Couch im engen ehemaligen Kinderzimmer seines Vaters hin und her. Die Geräusche hier im Haus irritierten ihn: Er vernahm Stimmen, das Rauschen der Toilettenspülung, Schritte, laute Fernsehprogramme. Auf dem Hof dagegen war es nachts totenstill, nur selten hörte er es, wenn sich die Tiere bewegten. Er holte den großen Stoffelefanten ins Bett, den Fabian ihm geschenkt hatte, und drückte ihn an sich. Er roch ein klein wenig nach dem vertrauten Bauernhof. Wenigstens in dieser Nacht würde das Kuscheltier ihm beim Einschlafen helfen. Und dann würde er sich schon einleben, die Oma erfüllte ihm schließlich fast jeden Wunsch, nur ein lebendiges Tier würde sie ihm wohl nicht erlauben. Am Trattnerhof konnte er seit neuestem sogar reiten. Hoffentlich war Fabian ihm nicht böse, dass er einfach weggelaufen war, aber er hatte plötzlich geglaubt, dass weder Fabian noch Isabell wirklich Zeit für ihn hatten. Bei der Oma war das anders, die machte den Eindruck, als sei die Sorge um ihn ihre einzige Beschäftigung. Endlich schlief Jacob ein.

Nachdem auf dem Hof alles erledigt war, schlich Fabian sich in Jacobs verlassenes Zimmer und setzte sich aufs Bett. Auf dem kleinen Schreibtisch lagen Fotos, die die Frau des Trainers beim letzten Fußballturnier vor den Sommerferien gemacht hatte. Fröhlich schaute er drein in seinem grünen Trikot, der Torschützenkönig Jacob Burgler. Kein Wunder, dass der Junge so feinfühlig und trickreich spielte. Er hatte damals in Afrika ganze Tage mit Gleichaltrigen auf der Straße verbracht. Zwischen zwei Torbegrenzungen aus halb eingegrabenen Coladosen spielte die wilde Horde ohne Pause Fußball. So zumindest hatte seine Schwester es ihm einmal in einer ausführlichen E-Mail beschrieben. Den Ball, einen richtigen Lederball, den Fabians Schwager in Afrika gekauft hatte, benutzte Jacob auch jetzt noch, wenn er alleine auf dem Hof gegen die Wände kickte oder ihn zweihundertmal in Folge von einem Fuß auf den anderen spielte, ohne die Kontrolle über ihn zu verlieren. Er würde ihn sehr vermissen, überlegte Fabian mit feuchten Augen. Das Leben auf dem Hof konnte ziemlich einsam sein.

17

Das Telefon klingelte, als Fabian sich gerade zum Frühstück gesetzt hatte. Später als sonst, diese Freiheit nahm Fabian sich jetzt. Ohne Jacob, der pünktlich in der Schule sein musste und mit dem er jeden Tag morgens zusammen gegessen hatte. Lustlos hatte Fabian sich aus den Federn gewälzt. Wie jeden Tag eigentlich, viel zu früh für seinen persönlichen Rhythmus. Aber seitdem er auf dem Hof lebte, bestimmten die Kühe seinen Tageslauf. Vor dem Tod der Großtante hatte ihre Tätigkeit ihn immer geweckt. Die alte Bäuerin konnte nicht mehr länger schlafen als bis vier Uhr morgens, und dann hatte sie die Zeit genutzt, wie es die Menschen dieses alten Schlags gewöhnt waren. Es fiel Fabian leichter aufzustehen, wenn die Küche bereits geheizt war, der erste Kaffee aufgebrüht. Nachdem sie verstorben war, hatte er mit dem Erbe die Verpflichtung angenommen, alles in ihrem Sinn weiterzuführen. Und dann war Jacob gekommen, um den er sich kümmern musste. Ein besserer Grund aufzustehen als nur für die Kühe. Der Rotschopf brachte meistens gute Laune mit aus dem Bad, und es war nett, mit ihm zusammenzusitzen, vor dem beginnenden Tagwerk noch über Fußball oder irgendetwas anderes zu reden. Und nun? Welchen Sinn sollte es haben, diesen großen Hof zu bewirtschaften, nur für sich alleine? Diese Frage hatte Fabian sich bisher noch nie gestellt. Bauer zu sein erschien ihm grundsätzlich als sinnvoller Beruf, besonders im Vergleich zu Tätigkeiten wie etwa Börsenmakler, Lebensmittelchemiker, Fernfahrer oder Staubsaugervertreter. Sein Engagement bei der Umstellung des Hofes auf ökologische Bewirtschaftung hatte ausreichend weltverbesserndes Potenzial, um keine Zweifel an dem Sinn seiner grundsätzlichen Lebenssituation aufkeimen zu lassen. Aber jetzt, wo Jacob ihm fehlte, überlegte er, ob er wirklich Lust hatte, diese alltägliche und alljährliche Routine dauerhaft zu bewältigen – für niemanden als sich selbst.

In diesem prekären Gefühlszustand erreichte ihn der Anruf der zuständigen Mitarbeiterin des Jugendamts, die ihm mitteilte, dass der Behörde zugetragen worden sei, er würde in Verhältnissen leben, die dem gesunden Aufwachsen des Jungen abträglich seien. Zudem hätte sich die Großmutter von Jacob mit weiteren Vorwürfen gegen ihn gemeldet und gleichzeitig die Bereitschaft bekundet, den Jungen, der sich im Moment sowieso bei ihr befände, auch weiterhin alleinverantwortlich zu versorgen.

Nach diesem Gespräch hatte Fabian den Appetit verloren und er ließ das Frühstück unangerührt stehen. Lauras Ausführungen vom vergangenen Abend im Ohr, entschied er gegen seine inneren Widerstände bezüglich eines solchen Vorgehens, einen Anwalt zu Rate zu ziehen, der gegebenenfalls seine Rechte auch vor Gericht vertreten sollte. Jacob weiterhin als Pflegekind bei sich wohnen zu haben war ihm ein ernstes Anliegen geworden.

Zu den Obliegenheiten der Schirmherrin des Kürbisfestes gehörte es offensichtlich auch, etliche Bleche mit Gebäck zu backen, das für einen guten Zweck verkauft wurde. Lotte wusste noch nicht so recht, wo sie all die Kuchen lagern sollte, aber sie konnte nicht erst am Freitag damit anfangen, für den Sonntag zu backen, schließlich musste sie sich auch um den Aufbau der Stände, des Podiums und was auch immer kümmern. Laura hatte freudig zugestimmt, als sie von ihrer Mutter um Mitarbeit gebeten worden war. Kuchenbacken war etwas, das sie lange nicht gemacht hatte. Vielleicht konnte sie ihrer Mutter ein paar Tricks und Geheimnisse entlocken, die diese aufgrund ihrer langjährigen Erfahrung auf Lager hatte. Seit dem Frühstück standen sie nun in der Küche, wogen Zutaten ab, befüllten die Küchenmaschine, rollten Teige aus, formten Zöpfe, bestrichen mit Marmelade, bestreuten mit Mandelblättchen. Seit Laura nach Wien gezogen war, hatte ihr die Arbeit in der Küche nicht mehr so viel Vergnügen bereitet wie gerade jetzt mit ihrer Mutter zusammen. Für Peter zu kochen fand Laura eher quälend: Nie hielt er die verabredeten Essenszeiten ein, selten lobte er etwas Gelungenes, und meistens las er nebenbei oder schaltete den Fernseher an. Dafür lohnte es sich nicht, länger als eine Viertelstunde in der Küche zu stehen. Laura war mittlerweile dazu übergegangen, Fertiggerichte aufzuwärmen oder den Pizzaservice zu beauftragen. Deren kulinarisches Angebot erstreckte sich neuerdings von mehreren asiatischen Küchen über Italien bis nach Mexiko. So kamen sie mühelos zu abwechslungsreichem, wenn auch nicht unbedingt wohlschmeckendem Essen. Sie bedauerte diese Entwicklung, hatte aber für sich alleine keine Lust, Esskultur zu entwickeln oder auch nur das ursprüngliche Niveau zu erhalten.

Es läutete. Da Lotte gerade dabei war, Schokoladenkuvertüre über Erdbeertorteletts zu verstreichen, schickte sie ihre Tochter. Ein zaghaftes Lächeln erhellte ihr Gesicht, als sie Fabian vor der Tür warten sah.

Er hatte nicht gedacht, dass er sich so freuen würde, ihr gegenüberzustehen, dennoch verfolgte er seinen Plan ungerührt weiter. Er hielt ihr den Drachen entgegen, den er am Morgen an der Hauswand hatte lehnen sehen. »Hier, den hast du wohl vergessen.«

»Den wollte ich Jacob schenken«, erklärte Laura. Sie wäre Fabian am liebsten um den Hals gefallen. Niemals hatte sie damit gerechnet, ihn so schnell wiederzusehen.

Fabian stellte den Drachen zur Seite. So bald würde er nicht die Gelegenheit haben, ihn Jacob auszuhändigen, befürchtete er. Dann trat er näher auf sie zu. »Laura, es tut mir leid wegen gestern.«

Sie akzeptierte die Entschuldigung, indem sie seine linke Hand nahm und sanft streichelte. Doch irgendwie wirkte Fabian verkrampft. Er hatte wohl noch mehr mitzuteilen als diese Abbitte für seine Vorwürfe.

Sosehr Fabian ihre Berührung genoss, er konnte und wollte sich nicht darauf einlassen. Er begann, sein vorbereitetes Resümee ihrer kurzen Liaison zu ziehen: »Du bist einfach zum falschen Zeitpunkt in meinem Leben wieder aufgetaucht: Isabell hat mich beim Jugendamt angeschwärzt und meine Vaterqualitäten in Frage gestellt. Die werden mich erneut überprüfen.«

»Du solltest dir einen Anwalt nehmen«, forderte Laura ihn wohlmeinend auf, ohne über mögliche Konsequenzen nachzudenken.

»Das habe ich schon«, erzählte Fabian leise, »er hat mir geraten, dass ich beim Jugendamt ein ordentliches Leben vorweisen soll. Du weißt, hier im Ort wird viel geklatscht. Es ist so: Du bist noch verheiratet, du lebst in Wien. Er meint, es wäre besser, wenn wir uns bis zur Entscheidung des Gerichts nicht mehr zusammen sehen lassen.« Bei jedem Wort war es Fabian schwerer gefallen weiterzusprechen. Er hatte Laura die ganze Zeit über in die Augen gesehen. Und er hatte mitbekommen, wie ihr Gesichtsausdruck sich von einem erwartungsvoll fröhlichen Lächeln nach und nach zu einer betroffenen, dann zu einer traurigen Miene verändert hatte. Ihre Augen röteten sich, die ersten verhaltenen Tränen begannen ihr über die Wangen zu rinnen.

So hatte sich Laura ihr Wiedersehen mit Fabian beileibe nicht vorgestellt. In ihren kühnsten Träumen war er mit dem Traktor gekommen, um sie gegen den Willen ihrer Eltern auf seinen Hof zu entführen. Und nun stand er vor ihr und erklärte ihr, dass sie sich aus juristischen Erwägungen besser nicht mehr sehen sollten. Sie schaute Fabian an und wartete vergeblich, dass er ihr schilderte, wie sehr ihn diese Maßnahme belastete und dass er sich bereits darüber Gedanken gemacht hatte, wie sie beide trotzdem in Kontakt bleiben könnten. Aber er schwieg. Offensichtlich bedeutete es Fabian wenig genug, sich zum gegenwärtigen Zeitpunkt darüber Gedanken zu machen. Laura wich seinem Blick aus und widmete sich intensiv der Maserung des Türrahmens. »Na dann, mach's gut!«

Leicht irritiert beobachtete Fabian Lauras Reaktion. Sie war sichtlich erschüttert, teilte aber nichts davon mit, sondern verabschiedete ihn einfach so, als wäre nichts zwischen ihnen beiden vorgefallen. Natürlich hatte er sie mit einer Menge unangenehmer Neuigkeiten konfrontiert, und er wusste auch nicht, wie er seine Liebe zu ihr mit den Anforderungen des Jugendamts in Übereinstimmung bringen sollte. Aber wenn sie wirklich daran interessiert war, aus dieser Liebelei etwas Ernsthaftes entstehen zu lassen, gab es doch wohl Möglichkeiten, die sie in Betracht ziehen konnte. Es täte ihm so gut, wenn sie in den Zeiten seiner Schwäche die Bereitschaft zeigte, um ihn zu kämpfen.

»Ich werde die Pferde holen, sobald ich kann«, versicherte Laura unter Tränen. Sie wollte Fabian jetzt nichts schuldig bleiben, nicht, wenn er ihre Liebe so leicht hingab.

»Lass dir ruhig Zeit damit«, versuchte Fabian einen versöhnlichen Tonfall zu finden. Wenn sie beide jetzt nicht die Kraft oder das Engagement aufbrachten, um ihre Liebe zu kämpfen, sollte der Abschied wenigstens so schmerzlos wie möglich über die Bühne gehen. Er beugte sich noch einmal ganz nahe zu ihr: »Laura, ich wünschte wirklich, es wäre alles ganz anders gekommen.« Er berührte vorsichtig zwei Finger ihrer Hand, mit der sie sich am Türrahmen festhielt.

»Ja, ich auch«, bestätigte Laura und wartete darauf, dass Fabian wenigstens dieses eine Mal die Initiative übernahm und sie zum Abschied küsste. Aber er ließ sie einfach so stehen in ihrem Leid und ging zu seinem Auto zurück, das er außerhalb des Grundstücks auf der Straße hatte stehen lassen.

Verzweifelt drückte Laura die Tür zu. Sie hatte das Gefühl, die nächsten Stunden und Tage nur mit Mühe überleben zu können, so nagte das Scheitern dieser kurzen heftigen Beziehung an ihrem Selbstverständnis. Sie wankte zu ihrer Mutter zurück, die im Wintergarten stolz einen fertigen Kuchen neben dem anderen drapiert hatte. »Mama!«, stöhnte sie.

Weil sie mit ihrem Backwerk so beschäftigt war, hatte Lotte nicht mitbekommen, in welchem Zustand ihre Tochter sich befand. »Möchtest du mal probieren?« Lotte drehte sich mit einer kleinen Auswahl zu ihrer Tochter um, die sich nur mit Mühe auf den Beinen halten konnte. Erst jetzt bemerkte sie Lauras Verzweiflung. Sie stellte den Kuchen zurück und widmete sich ihrer Tochter. »Was ist denn mit dir?«

»Du hattest recht«, bekannte Laura, »man kann die Zeit nicht zurückdrehen.« Dass sie den Bedenken ihrer Mutter letztendlich zustimmen musste, war schlimm genug, aber mehr machte ihr zu schaffen, dass sie mit ihren eigenen Plänen und Vorstellungen so sehr gescheitert war. Eigentlich wollte sie keine Minute mehr hier bleiben. Innerhalb einer Woche waren ihre Ehe und ihre Liebe gescheitert, und alles hing irgendwie mit diesem Haus zusammen.

»Ach, Laura«, versuchte Lotte ihre Tochter zu trösten, wo kein Trost hinreichte. Wenn sie Laura in ihrem Elend so ansah, wäre es ihr lieber gewesen, die Sache mit Fabian wäre glücklicher verlaufen, über alle Bedenken hinweg, die sie dazu hatte.

»Sei mir nicht böse, Mama, aber ich glaube, es ist das Beste, ich fahre zurück nach Wien. Du schaffst doch das Kürbisfest auch ohne mich.« Dort würde auf sie zwar nichts anderes warten als Fremdheit und Arbeit. Aber Laura hatte das Gefühl, ihre Energie in die Auflösung ihrer Ehe investieren zu müssen, um den Kopf und das Herz für die Zukunft freizubekommen. Noch hatte sie Urlaub, Zeit dafür, ihr altes Leben zu demontieren und ein neues in die Wege zu leiten.

»Mit dir wär's aber viel schöner!«, versuchte Lotte ihre verzweifelte Tochter aufzumuntern und nahm ihren Kopf tröstend in beide Hände.

So gehalten konnte Laura ihrem Leid endlich freien Lauf lassen: »Warum kann denn das Leben nicht einfach *einfach* sein?«, haderte sie mit ihrem Schicksal.

Lotte zog Laura an sich und strich ihr beruhigend über Kopf und Haare. Seit Tagen hatte sie sich ihrer Tochter nicht so nahe gefühlt wie bei diesem Zusammenbruch, von dem sie nicht einmal wusste, was ihn ausgelöst hatte. Gestern noch war sie fröhlich und optimistisch gewesen, als sie mit dem Drachen und dem Picknickkorb aufgebrochen war, und nun hatte sie alle Hoffnung fahren gelassen. »Komm, setz dich, ich mache dir eine Tasse Kaffee, und dann erzählst du mir alles.«

Mehr als ein tapferes zustimmendes Nicken brachte Laura nicht zustande, dann sank sie auf den nächstbesten Stuhl.

Lange hatte Fabian überlegt, wie er es anstellen könnte, mit Jacob zu sprechen, ohne Frau Burgler über das unvermeidliche Maß hinaus zu ärgern. Er wollte nichts unternehmen, das seinen Ruf beim Jugendamt noch weiter gefährdete. Plötzlich war ihm Jacobs Lieblingskaninchen eingefallen. Er suchte nach einem Käfig, in dem er es nach Graz transportieren konnte, füllte Streu und ein paar Leckerbissen ein, setzte das Kaninchen von einem Gehege in das andere und befestigte den Käfig dann auf der Ladefläche des Jeeps. Anschließend stieg er selbst ein und machte sich erneut auf den Weg nach Graz. Während er fröhlich vor sich hin pfiff, kurvte Fabian die Landstraße entlang. Die Idee mit dem Kaninchen machte ihn stolz. Wenn es ihm irgendwie gelänge, Jacob zu informieren, dass er ihm Felix mitgebracht hatte, würde er sicher nicht davon abzuhalten sein, zum Auto zu laufen und sein weiches weißes Fell zu streicheln. Dann könnte er wenigstens für kurze Zeit ein paar Worte mit ihm wechseln.

»Ich würde gerne mit Jacob sprechen«, erklärte Fabian freundlich, nachdem Frau Burgler ihm die Haustüre geöffnet hatte.

»Aber er nicht mit Ihnen«, beschied Frau Burgler wie erwartet abschlägig.

Hinter ihr hatte Fabian für einen Moment Jacobs rotblonden Haarschopf neugierig aus der Wohnungstür blitzen sehen. Mit etwas lauterer Stimme sprach er ihn an. »Jacob, wenn du keine Lust hast, mit mir zu reden, ist das in Ordnung«, lenkte Fabian geschickt ein, »aber vielleicht hast du ja Lust, mal Felix Hallo zu sagen.«

»Felix!« Wie erwartet rannte Jacob, so schnell er konnte, zum Haus hinaus. Er kletterte auf die Ladefläche, öffnete den Käfig und holte das Kaninchen heraus. »Kann Felix hierbleiben?«, fragte er seine Oma, während er das kuschelige Haustier liebevoll in den Armen hielt.

Frau Burgler schüttelte den Kopf und sagte: »Leider nicht, mein Schatz, für so ein großes Tier haben wir keinen Platz.«

Enttäuscht ließ Jacob seine Stirn auf den Käfig sinken. Er hatte gehofft, seine Oma würde sich vielleicht erweichen lassen, wenn sie Felix gesehen hatte.

»Möchtest du vielleicht doch zu mir und Felix auf den Hof zurückkommen?« Fabian nutzte die Chance, nahezu ungestört ein paar Worte mit Jacob zu wechseln.

Natürlich wollte Jacob nichts lieber, als in sein freies Leben auf dem Hof zurückzukehren, so nett seine Oma auch zu ihm war. In der Schule, die er gleich an diesem Vormittag besucht hatte, kannte er niemanden. Die Wohnung war eng, und dass er bei seiner Oma keine Tiere halten durfte, hatte er schon befürchtet, bevor er wegen Felix gefragt hatte. Aber er konnte nicht verwinden, was Fabian in der Auseinandersetzung mit Isabell geäußert hatte: »Du hast gesagt, ich bin dir anstrengend und zu viel.«

Liebevoll versuchte Fabian abzuwiegeln: »Aber das hab ich doch nicht so gemeint. Die Arbeit wird mir manchmal zu viel, aber doch nicht du.« Fabian hoffte sehr, dass Jacob diese

Differenzierung einleuchtete. Nichts anderes hatte er je gedacht, aber es möglicherweise nicht so deutlich formuliert. »Ich hab dich sehr lieb, Jacob, und ich wünsch mir nichts mehr, als dich bei mir zu haben.«

Mit diesem Bekenntnis konnte Jacob nichts anfangen, es passte nicht zu dem Bild, das er sich von seinem Leben auf dem Hof machte. Er sprang vom Auto herunter und lief zur Haustür zurück. »Das sagst du jetzt nur, und dann hast du wieder keine Zeit für mich!«

Der skeptische Gesichtsausdruck von Frau Burgler, die die ganze Zeit im Türrahmen gestanden hatte, schlug in Schadenfreude um, als Jacob an ihr vorbei wieder im Haus verschwunden war. »Wir sehen uns bei der Anhörung!«, warf sie Fabian zum Abschied schnippisch zu.

Dass Jacob sich ihm so schnell entfremdet hatte, übertraf Fabians Befürchtungen bei weitem. Und er konnte dem Jungen noch nicht einmal widersprechen. Sosehr er ihn mochte, er konnte ihm nicht den ganzen Tag als Spielgefährte und Kumpel zur Verfügung stehen, das schafften auch Eltern nicht. Doch für ein Kind in Jacobs Situation hatte er möglicherweise wirklich zu wenig Zeit. Möglicherweise hatte Jacob sich, ähnlich wie Isabell, vorgestellt, dass sich aus ihnen dreien im Lauf der Zeit so etwas wie eine richtige Familie entwickeln könnte. Und mit Isabells Kündigung war dieser Wunschtraum zerstoben. Wenn Fabian sich ehrlich prüfte, war es irgendwie auch sein Gedanke gewesen, dass er zusammen mit Isabell für Jacob die Elternrolle übernehmen würde. Er hatte ihr auch immer freie Hand gelassen beim Umgang mit Jacob, sie sollten eine eigene Beziehung zueinander entwickeln. Bei diesem Plan hatte er wohl die Unwägbarkeit der Gefühle vergessen. Isabell hatte offensichtlich mehr Interesse an ihm entwickelt, oder immer schon gehabt, als an Jacob. Es warf allerdings kein gutes Licht auf sie, dass sie den Jungen nach drei Monaten intensiver Betreuung so von einem Tag auf den anderen plötzlich nicht mehr sehen wollte. Mehr Sympathien für Jacob hätte Fabian sich von Isabell schon erwartet. Unter diesen Umständen war es wohl auch besser, dass sie nicht mehr als Kindermädchen zur Verfügung stand.

Aber sollte er nun versuchen, eine andere Frau aufzutreiben, die sich gegen Bezahlung um Jacob kümmern könnte, um dann dem nächsten Unglück dieser Art entgegenzutreiben? Womöglich verliebte er sich dann in die Neue, die diesmal nichts von ihm wissen wollte. Noch immer stand Fabian an sein Auto gelehnt und starrte gedankenverloren auf die hölzerne Eingangstüre, die ihn von Jacob trennte. Er gab sich einen Ruck und stieg in seinen Wagen. Hier hatte er vorerst nichts mehr auszurichten. Und was die Zukunft brachte, würde sich zeigen …

Als Fabian auf dem Weg zum Hof an dem Kürbisfeld vorbeikam, wo Laura vor ein paar Tagen wieder in sein Leben getreten war, begann er darüber nachzudenken, ob nicht sie eine Rolle übernehmen könnte in der zu befürchtenden Auseinandersetzung um Jacobs Schicksal. Schließlich hatte sie nicht nur ihre Hilfe bekundet, sondern auch ihre Bereitschaft, länger hierzubleiben. Außerdem hatte sie vor, sich von diesem Peter zu trennen, das bedeutete ja wohl auch, dass sie umgehend eine andere Wohnung brauchte, wenn nicht ihr Mann auszog. Und wer sagte eigentlich, dass sie unbedingt in Wien bleiben müsse, möglicherweise gab es auch in Graz eine Stelle für sie. Warum rief er sie nicht einfach an und fragte sie, welche Pläne sie hatte, nach dem Ende ihrer Ehe? Aber genau das konnte er nicht. Ihre gemeinsame Vergangenheit legte sich wie ein unverrückbarer Riegel auch vor ihre Zukunft. Fabian wünschte sich so, mit ihr zusammenzuleben, aber er hatte kein Vertrauen darin, dass es diesmal klappen könnte, wenn es von ihm ausginge. Wenn Laura morgen mit zwei Koffern vor seiner Haustür stehen und bekunden würde, bei ihm einziehen und mit ihm leben zu wollen, er würde sie leidenschaftlich umarmen und zuerst sie und dann ihr Gepäck die Treppe hochtragen. Es würde sich ein Traum erfüllen, dem er seit Jahren heimlich nachgehangen hatte, ein Traum, der eine dauerhafte Beziehung zu anderen Frauen unmöglich gemacht hatte. Er musste sich eingestehen, dass er Laura nie vergessen hatte, dass er immer auf diesen Moment gewartet hatte, wo es eines Tages an der Tür klingelte, sie davorstand und einfach sagte: »Ich bin jetzt da.«

18

Nachdem Laura die Entscheidung getroffen hatte, früh am kommenden Morgen nach Wien zu fahren, wusste sie nichts Rechtes mehr mit sich anzufangen. Sie sah ihren Aufenthalt als beendet an und blieb nur, weil sie keine Lust hatte, die Nacht mit Peter in der ehemals gemeinsamen Wohnung zu verbringen. Gelangweilt schlenderte sie durch den Garten und entdeckte plötzlich ihren Vater, der sich an den Apfelbäumen zu schaffen machte. Er stand auf einer Leiter, beugte sich vorsichtig zur Seite und pflückte die faustgroßen gelbgrünen Früchte. Laura wusste nicht, um welche Sorte es sich handelte, aber sie hatte eine gewisse Aversion dagegen entwickelt. Herbst für Herbst hatte sich bei jedem Pausenbrot einer dieser Äpfel gefunden, in ihrem letzten Schuljahr hatte sie keinen mehr davon gegessen, sondern sie alle an Mitschüler verschenkt.

Eine gute Gelegenheit, Abschied zu nehmen, dachte Laura, die sich bereits in dieser Stimmung befand. »Papa, ich fahre morgen schon zurück nach Wien, es gibt noch viel zu erledigen.«

Als Herbert seine Tochter bemerkte, kletterte er die Leiter hinunter. »Weißt du, als ich noch Anwalt war, habe ich viele

Trennungen miterleben müssen. Trennungen, bei denen beide nur verloren haben. Ich habe so gehofft, dass dir das erspart bleibt.«

Laura hatte befürchtet, sich wegen der beabsichtigten Scheidung ein weiteres Mal von ihrem Vater Kritik einzuhandeln. Dass er die Trennung jetzt als gegeben hinnahm, erleichterte sie sehr. Sie schaute ihn zuversichtlich an. »Mach dir keine Sorgen. Peter und ich werden nicht streiten.«

»Ich habe wirklich geglaubt, eine Ehe mit Peter wäre das Beste für dich«, versuchte Herbert seine damalige Einmischung zu rechtfertigen. Lotte hatte recht: Wenn er seine Tochter ansah, wie sie so vor ihm stand, musste er zugeben, dass sie wirklich erwachsen geworden war und sein ungeteiltes Vertrauen verdiente. Sie würde ihren Weg finden, auch über Schicksalsschläge hinweg.

»Und ich wollte immer nur die Tochter sein, die du dir gewünscht hast«, erläuterte Laura ihren Anteil an der Situation und stellte gleichzeitig klar, dass sie heute vor die Entscheidung gestellt anders handeln würde.

Herbert rührte, dass sie ihm keine Vorwürfe machte, sondern ihm offen gegenübertrat und ihren Teil der Verantwortung übernahm. Seine Tochter! Er war stolz auf sie. Um das zum Ausdruck zu bringen und die Spannungen der letzten Tage vergessen zu machen, schloss er sie fest in die Arme. Laura erwiderte die Umarmung, beide den Tränen nahe.

In diesem innigen Moment memorierte Herbert eine Geschichte aus Lauras Kindheit: »Kannst du dich erinnern? In diesem Baum bist du als Kind am liebsten herumgeklettert.«

»Ja!«, bestätigte Laura, die diese Geschichte nicht zum ersten Mal erzählt bekam.

»Aber eines Tages bist du heruntergefallen und hast dir sehr, sehr wehgetan. Du hast schrecklich geweint.«

»Ich wollte nie wieder auf einen Baum klettern«, setzte Laura mit einem Blick in die Krone hinauf die Erzählung fort.

»Keine zwei Tage später warst du wieder oben. Höher als je zuvor. – Was ich dir sagen will, du warst, bist und bleibst genau die Tochter, die ich immer haben wollte.«

Ergriffen drückte Laura ihren Vater fester als zuvor. Mit ihrer Entscheidung gegen Peter sein Wohlwollen nicht verspielt zu haben, machte sie glücklich. Sie hatte sogar den Eindruck, durch ihre Standhaftigkeit in dieser Sache erst auf sich als selbstständigen Menschen aufmerksam gemacht zu haben.

Auf der Suche nach ihrer Familie kam auch Lotte plötzlich in Sichtweite der Streuobstwiese. Sie blieb stehen, um diese vertraute Umarmung zwischen Vater und Tochter nicht zu stören. Sie beobachtete sie nur eine Weile, glücklich darüber, dass die beiden wieder einen Weg zueinander gefunden hatten. Erst als sich beide voneinander lösten, näherte sie sich.

Ihren Vater an der Hand, kam Laura ihr scherzend entgegen: »Darf ich vorstellen, der einzige Mann in meinem Leben, der wirklich zu mir steht! Aber ich fürchte, er ist schon vergeben.«

»Da hast du recht.« Lotte hakte Herbert an der freien Seite unter, und sie spazierten zu dritt zum Haus zurück. »Ich wollte euch fragen, ob wir heute nicht zum versöhnlichen Abschluss essen gehen können?«

»Eine hervorragende Idee!«, antworteten Vater und Tochter wie aus einem Munde.

Bei seinem zweiten einsamen Frühstück entwickelte Fabian eine Idee: Wenn er sich schon nicht in der Lage fühlte, ein klärendes Gespräch mit Laura zu führen, wollte er ihr wenigstens zeigen, dass sie willkommen war. Er beschloss, den beiden Pferden gleich auf der Wiese neben dem Hof eine Koppel zu bauen. Geeignete Pfähle lagen, soweit er wusste, hinter der Scheune, so konnte er gleich damit anfangen. Es gestaltete sich als schwierig, die Pfosten alleine zu schleppen und in den Boden zu rammen. Fabian fühlte sich wie ein einsamer Kämpfer vor einer herkulischen Aufgabe. Das entsprach in etwa seiner Stimmungslage. Holzpfosten für Holzpfosten trieb er mit einem schweren langstieligen Hammer in den Boden, bis ihm die Kraft ausging. Er nutzte die Schwächephase, um ins Sägewerk zu fahren und Querlatten zu besorgen. Dann setzte er die anstrengende Arbeit fort. Er hatte vor, bis zum Kürbisfest fertig zu sein – an diesem Tag würde es wohl die Gelegenheit geben, Laura unverbindlich zu begegnen.

Im Keller stapelten sich noch die leeren Kartons von ihrem letzten Umzug. Laura plante, alles einzupacken, was ihr gehörte, und es am nächsten Tag von einer Firma abholen zu lassen, bei der man Lagerraum mieten konnte. Die Möbel und den gesamten Hausstand sollte Peter einstweilen behalten. Sie hatten das meiste extra für diese Wohnung anfertigen lassen, es wäre nichts als Vandalismus, einzelne Teile davon zu beanspruchen. Als sie die Wohnung betrat, wollte sie als Erstes Peter im Büro anrufen, um ihn über ihre Anwesenheit zu informieren. Er sollte sich nicht wundern, wenn er bei seiner Rückkehr im Flur auf einen großen Stapel Kartons stoßen würde.

Ihre Chancen, schon bald eine Richterstelle in Graz zu bekommen, standen nicht schlecht. Laura wollte alles auf eine Karte setzen und ihre Zelte in Wien abbrechen. Sie konnte Fabians Gesicht nicht vergessen, als er ihr mitgeteilt hatte, dass sie einander für längere Zeit nicht sehen könnten. Er hatte traurig ausgesehen, viel trauriger, als er hatte ausdrücken können. In der Distanz dämmerte ihr plötzlich, dass es nicht mangelnde Liebe war, die sie getrennt hatte, es war wohl eher ein Kommunikationsproblem gewesen: Fabian konnte ihr nicht vertrauen, solange sie nur redete, es war ihr Handeln, das ihn überzeugen würde. Während sie selbst immer darauf wartete, dass er sprach.

Noch mit dem Telefon in der Hand, traf sie im Wohnzimmer überraschend auf Peter, der ein paar Blätter in der erhobenen Hand hielt und sagte: »Hier, ich hab die Scheidungspapiere fertig.«

»Hast du schon unterschrieben?«

»Nein.« Peter kam langsam auf sie zu. Es quälte ihn, zusehen zu müssen, wie Laura ihre Bücher aus dem großen Holzregal herausholte und sorgfältig in Kisten packte. Sie wirkte ziemlich reizvoll, wenn sie die blonde Mähne so offen trug. Das hatte er immer an ihr geliebt, nicht diese streng hochgesteckten Haare fürs Büro. Außerdem hatte sie nur eines dieser weißen T-Shirts im Stil eines klassischen Männerunterhemds an, das Oberarme, Schultern und Brustansatz so verführerisch frei ließ. Er hatte wohl wirklich mehr als einen Fehler gemacht.

Laura nahm die zusammengehefteten Blätter und suchte nach der Zeile, auf die ihre Unterschrift gehörte. Einen herumliegenden Stift in der Hand, setzte sie zur Unterschrift an.

»Willst du nicht erst lesen, was drinsteht?«, unterbrach Peter ihren Aktivismus, zumindest kam es ihm so vor. Wollte sie ihn wirklich so schnell loswerden, dass sie sich nicht einmal für die Bedingungen der Scheidung interessierte?

»Warum denn?«, fragte Laura sanft und schaute ihn mit großen Augen an. »Ich bin sicher, du wirst eine faire Lösung gefunden haben.« Sie unterschrieb den Vertrag und reichte ihn Peter zurück. Tatsächlich bezweifelte sie keinen Moment, dass er sie nicht über den Tisch ziehen würde. Sie hatte ihn nicht verlassen, weil sie ihm misstraute. Sie hatte ihn verlassen, weil sie gemerkt hatte, dass sie ihn nicht liebte, und feststellen musste, dass auch ihm in seinem Leben mit ihr etwas fehlte. Etwas, das sie ihm wohl nicht hatte geben können. Auch wenn sie noch immer keine Vorstellung davon hatte, was es war, wodurch Jacqueline in seinem Leben so eine Bedeutung bekommen hatte. Es interessierte sie nicht mehr. Sie spürte Peters traurigen Blick auf sich, die Erwartung einer letzten versöhnlichen Geste des Abschieds. Doch sie wollte seine Erwartungen nicht erfüllen, nicht jetzt. Sie beendete das bedeutsame Schweigen mit einem ungerührten »Tja!« und wendete sich den Bücherkisten zu.

»Du musst nicht sofort ausziehen«, versuchte Peter sanft einzulenken, »weißt du denn überhaupt schon, wo du hinwillst?« Er konnte sich nicht damit abfinden, dass sie einfach so aus dieser Wohnung und aus seinem Leben verschwinden würde.

»Aus Wien werde ich vorerst weggehen«, verriet Laura sibyllinisch. Natürlich würde er eine Vermutung haben, aber sie hatte keine Lust, ihn selbst auf die Spur zu setzen. Vorerst wünschte sie sich weit weg von Peter, so weit, als hätte es ihn nie gegeben. Dass es ein bisschen ungerecht gegen ihn war und möglicherweise auch nicht sinnvoll für sie selbst, ahnte Laura, aber es hatte keinen Einfluss auf ihre Entscheidung, den Kontakt so schnell und so dauerhaft wie möglich abzubrechen. Vielleicht würde sie eines Tages das Bedürfnis haben, sich mit ihm auszusprechen, aber vorerst wollte sie einen klaren Schlussstrich ziehen.

»Ja, mach's gut!«, verabschiedete sich Peter melancholisch. Er musste Lauras Zurückhaltung wohl oder übel akzeptieren, auch wenn er sich den Abschied, wenn er denn schon sein musste, etwas festlicher gewünscht hätte, nicht zwischen halb gepackten Umzugskartons.

»Du auch!«, antwortete Laura und drehte sich erneut zu den Bücherkisten um.

Die folgende Nacht verbrachte Laura einsam im Hotel. Immer und immer wieder nahm sie ihr Handy in die Hand, überlegte, ob sie Fabian anrufen sollte, oder wartete, ob nicht er anrief. Aber irgendwie hatte das Telefon mit ihrer Beziehung nichts zu tun. Was sollte ein solches Gespräch bringen? Sie legte es beiseite und entschied, bis zum Kürbisfest abzuwarten. Wenn sie morgen alles erledigt hatte, was an einem Freitag zu erledigen war, und die Möbelpacker ihre Kisten abgeholt hatten, würde sie nach Graz fahren und versuchen, mit Jacobs Großmutter zu sprechen. Vielleicht hatten die beiden schon genug voneinander und wären froh, wenn Laura ihnen eine Lösung anbot, die sie ohne Gesichtsverlust annehmen konnten. Über Erfahrungen mit solchen Gesprächen verfügte sie schließlich in ausreichendem Maß.

»Na, Lucky, hallo, Semira! Ich habe eine Überraschung für euch!« Fabian band die beiden Pferde los und führte sie aus ihrem engen Verschlag hinüber in die neue Koppel. Er war schneller fertig geworden, als er gedacht hatte. Die Sehnsucht nach Laura hatte ihm die Energie verliehen, die nötige Umzäunung für die Pferdekoppel innerhalb eines Tages aufzurichten. Die Blasen an seinen Handinnenflächen verrieten, dass der Umgang mit schweren Hämmern nicht zu seinen alltäglichen Verrichtungen gehörte. Stolz lenkte er die beiden Haflinger in die Mitte ihrer neuen Heimat und klopfte ihnen besänftigend auf den kräftigen Hals. Neugierig knabberten sie an der Grasnarbe und sahen Fabian erstaunt nach, als er sie einfach stehen ließ, die Koppel hinter sich schloss und zur Ölpresse marschierte, um das fertige Kürbiskernöl in Flaschen abzugießen.

Er hatte sich für dunkelgrüne Halbliterflaschen entschieden, die mit Naturkorken verschlossen wurden. Die kleineren

Glasbehältnisse, in denen das Öl heute gerne verkauft wurde, wirkten ihm zu herausgeputzt. Er wollte gerne ein Öl herstellen, das gut in die Küche von Menschen passte, die sich nach dem Einfachen und Guten sehnten. Sie sollten das Kürbiskernöl verwenden wie ein alltägliches, aber unverfälschtes Olivenöl, wenn es gut zu den Speisen passte, die sie gerade zubereiteten. Vorsichtig schöpfte er das dunkle, klare Öl aus den großen Edelstahlkannen, in denen sich die Schwebstoffe nach unten abgesetzt hatten, in einen Trichter, mit dem er Flasche um Flasche befüllte.

Er hörte Schritte von Damenfüßen auf halbhohen Sandalen und ein zaghaftes Klopfen. Fabian drehte sich um. Isabell stand mit hängenden Schultern vor der Tür.

»Was führt dich zu mir?« Fabian machte sich keine Mühe, den Groll zu verbergen, den er gegen Isabell hegte. Ihr Anruf beim Jugendamt hatte wesentlich zu seiner jetzigen Situation beigetragen.

»Du warst lange nicht mehr im Geschäft«, begann Isabell vorsichtig.

Fabian setzte seine Arbeit schulterzuckend fort, er hatte es tatsächlich vermieden, Isabell treffen zu müssen, und war gegen seine Überzeugung sogar beim Discounter gewesen, um sich ein paar Lebensmittel zu kaufen, die er unbedingt benötigte. Viel war es ja nicht, seit er hier alleine lebte.

»Ich hab gehört, dass Jacob jetzt bei seiner Oma bleibt«, schnitt Isabell gleich das strittige Thema an. Sie wollte nicht um den heißen Brei herumreden.

»Das entscheidet das Gericht in den nächsten Wochen«,

erklärte Fabian lakonisch und überlegte sich, warum er über diese Entwicklungen eigentlich gerade mit Isabell sprechen sollte.

»Fabian«, Isabell stand noch immer verzagt im Zwielicht, »Fabian, das mit dem Anruf beim Jugendamt tut mir leid!« Sie hatte schon am gleichen Abend bedauert, so unüberlegt gehandelt zu haben. Aber Fabians Ignoranz hatte sie extrem in ihrer Ehre verletzt. Dass er ihr zu verstehen gegeben hatte, sie als Frau überhaupt nicht wahrgenommen zu haben, war mehr gewesen, als sie so einfach hinnehmen konnte. Gegen diese blasse, blonde Reichenbach-Tochter war sie doch ein Ausbund an zupackender Weiblichkeit, gefühlvoller, fröhlicher und eigentlich auch schöner. Sie und Fabian hätten so ein treffliches Paar abgegeben, und den Verkäuferinnenjob hätte sie auch an den Nagel gehängt, wenn ihre Arbeitskraft auf dem Hof gebraucht worden wäre.

»Das kommt jetzt vielleicht ein bisschen spät, oder?« So ohne Weiteres konnte Fabian ihre Entschuldigung nicht annehmen.

»Ich dachte wirklich, es wäre besser, für den Hof, für dich und für …« Es fiel Isabell schwer weiterzusprechen. Natürlich wusste sie, dass sie damit nur die halbe Wahrheit sagte. Aber tatsächlich hatte sie schon vor der Auseinandersetzung darüber nachgedacht, ob Fabian nicht überlastet war mit all dem, was er sich an Arbeit aufgehalst hatte. Sie schluckte ihre Tränen hinunter und sprach tapfer weiter: »Entschuldigung!« Während Isabell auf Fabian zuging, nestelte sie ein kleines Päckchen aus ihrer Handtasche. »Ich hab dir was mitgebracht! Vielleicht kannst du die ja brauchen.« Sie offerierte ihm das kleine Geschenk.

Zögernd nahm Fabian die von einem Gummi zusammengehaltenen Zettel entgegen und betrachtete sie neugierig. Isabell hatte ihm selbstklebende Etiketten für die Ölflaschen drucken lassen. Ein freudiges Lächeln zeigte sich auf seinem bis dahin mürrischen Gesicht. »Das hätte ich jetzt ja total vergessen. Danke Isabell!«

Auch wenn sich Fabians Laune nur sehr kurzzeitig gebessert hatte, war Isabell sehr erleichtert, dass sie etwas Passendes und Praktisches für ihn gefunden hatte. Ihre Mission war damit erfolgreich erledigt. Mehr hatte sie sich nicht erhofft, als den Kontakt wieder herzustellen und eine kleine Spur in Fabians Leben zu hinterlassen. »Ich hoffe wirklich, du gewinnst die Verkostung!« Fast schon wieder an der Tür, drehte sie sich noch einmal um. »Und ich hoffe, du kommst irgendwann wieder ins Geschäft einkaufen!«

Isabells kleiner aufmerksamer Besuch rührte trotz allem Ärger an Fabians Gefühlen. »Klar, ich möchte ja auch in Zukunft nicht verhungern.« Er ließ ein Türchen offen, damit sie einander auch in Zukunft noch begegnen und sich dabei in die Augen sehen konnten. Schließlich lief man sich in diesem kleinen Nest, auch ohne es zu wollen, ständig über den Weg.

Mehr an Zuwendung hatte sie heute von Fabian wohl zu Recht nicht zu erwarten. Ohne noch ein Wort zu sagen, drehte Isabell sich um und ging. Nachdenklich schaute Fabian ihr nach. Dann betrachtete er die Etiketten. Isabell hatte seinen

Geschmack fast besser getroffen, als er es selbst gekonnt hätte. Sie passten sehr gut zu den Flaschen, die er ausgesucht hatte: Nur die Worte »Echtes steirisches Kürbiskernöl, Fabian Lehner« in einer mattschwarzen eleganten Schreibschrift, bei der die Großbuchstaben ein wenig verschnörkelt waren, auf beigefarbenem Grund. Allein mit dieser Flasche hatte er die Verkostung schon fast in der Tasche.

Gott sei Dank gehörte Frau Burgler noch nicht zu den Menschen, die ihre Telefonnummer lieber nicht im Telefonbuch verzeichnet sahen. Laura hatte wenig Mühe, sie aufzuspüren. Es war ihr lieber so, als ihre Beziehungen als Familienrichterin spielen lassen zu müssen, um an die Adresse zu kommen. Jacobs Oma wohnte in einer beschaulichen Nebenstraße, die an einen ausgedehnten Park grenzte. Just als sie die richtige Hausnummer gefunden hatte, kam ihr Jacob entgegen, der geschickt einen Fußball vor sich her trieb.

»Hallo, Jacob«, begrüßte sie ihn, glücklich, ihn so schnell gefunden zu haben.

»Hallo.« Jacob wirkte nicht besonders erstaunt, Laura hier anzutreffen.

»Wie geht's dir?«

Jacob hob zögerlich die Schultern. Er wollte nichts Schlechtes über seine Oma oder Graz sagen, aber besonders glücklich war er hier nicht.

Mit dieser Reaktion konnte sie gut leben. Wenn es Jacob bei Fabian besser gefiel als hier in Graz, wuchsen dessen Chancen, ihn wieder zu sich holen zu können. Laura beugte sich in den Fond ihres Cabrios und brachte den großen, bunt gestreiften Drachen mit dem langen roten Schwanz zum Vorschein. Noch ehe sie etwas dazu bemerken konnte, sah sie, wie Jacobs Augen aufleuchteten.

»Für mich?« So richtig konnte Jacob es nicht glauben, dass der große Flugdrache ihm gehören sollte.

»Den hab ich geschenkt bekommen, als ich ein bisschen älter war als du.« Laura überreichte Jacob den Drachen samt Schnurrolle. »Und jetzt gehört er dir.« Wenn ich so sehe, welches Glücksgefühl ich damit ausgelöst habe, überlegte Laura, sollte ich vielleicht nachsehen, was an attraktivem Spielzeug wohl noch auf dem Dachboden meiner Eltern lagert. »Weißt du, wie man den fliegen lässt?«

»Ich glaub schon«, versicherte Jacob optimistisch, obwohl er bisher nur zugesehen hatte, wenn erwachsene Männer versuchten, ausgefallene Lenkdrachen in der Luft zu halten.

Die beiden hockten sich auf die Wiese vor dem Haus, um den verhedderten Schwanz zu entwirren und den Drachen startbereit zu machen.

»Wie geht's Onkel Fabian?«

»Er würde dich bestimmt gerne wiedersehen«, versicherte Laura, die nicht zugeben wollte, Fabian fast ebenso lang nicht getroffen zu haben wie Jacob selbst.

»Ich ihn auch«, bestätigte Jacob, was Laura sich schon die ganze Zeit über gedacht hatte.

»Weißt du was?«, schlug Laura vor. »Ich kann ja mal mit deiner Großmutter sprechen. Einverstanden?«

Wie gerufen trat in diesem Moment Frau Burgler aus dem

Haus. Obwohl es später Nachmittag war, trug sie einen Morgenmantel.

Sofort erhob sich Laura, um die geschwächt wirkende ältere Dame zu begrüßen: »Hallo, Frau Burgler.« Sie versuchte einzuschätzen, in welcher Stimmung sich Jacobs Oma gerade befand. War sie vom ausgedehnten Mittagsschlaf hochgeschreckt? Oder verbarg sich hinter dieser unangemessenen Kleidung eine ausgewachsene Depression? »Könnte ich mal mit Ihnen sprechen?«

»Hat Fabian Sie geschickt?«, wollte Frau Burgler zuerst abklären.

»Nein«, versicherte Laura mit verschwörerischer Miene.

Trotzdem zögerte Frau Burgler etwas verwirrt.

»Können wir vielleicht reingehen?«, drängte Laura.

»Ja, bitte.« Frau Burgler versuchte sich einen Reim auf die Situation zu machen. Sie führte die Besucherin in ihre bescheidene, mit Andenken und Nippes dekorierte Wohnung und bat sie an den kleinen quadratischen Küchentisch. »Entschuldigen Sie mein Aussehen. Ich schlafe in letzter Zeit so schlecht.«

»Sie sind in einer schwierigen Situation wegen Jacob«, pflichtete Laura verständnisvoll bei.

»Er hatte das Unglück mit den Eltern ganz gut verkraftet, aber jetzt in letzter Zeit weint er wieder die halbe Nacht«, klagte Frau Burgler, die natürlich auch nicht zum Schlafen kam, wenn ihr Enkel so unruhig war.

»Und Sie? Wie geht's Ihnen?«

»Meinen Sohn vermisse ich jeden Tag«, haderte Frau

Burgler, »meinen Enkel will ich nicht auch noch aufgeben.« Sie sah es als letzte persönliche Herausforderung an, sich um ihren verwaisten Enkel zu kümmern. Und natürlich entdeckte sie in ihm auch immer wieder Züge ihres viel zu früh gegangenen Sohnes.

»Sie dürfen sich aber auch nicht zu sehr an ihn klammern.« Lauras erfolgreiche Taktik in solchen Gesprächen war es, ein verbindliches Grundgefühl zu erzeugen, um dann mit sanfter Stimme die harten Fakten auf den Tisch zu legen. »Jacob ist ein Kind, er hat es sicher gut bei Ihnen, aber er braucht auch gleichaltrige Freunde, Ablenkung.« Da Frau Burgler nicht so wirkte, als würde sie Lauras Worte anzweifeln oder ihr widersprechen wollen, präsentierte sie ohne längeres Fackeln den Vorschlag, der ihr in diesem Fall am sympathischsten war: »Das Beste wäre doch, wenn Sie sich die Betreuung mit Fabian teilen würden. Damit wäre allen geholfen.«

Überrumpelt, aber nicht abweisend schaute Frau Burgler die souveräne junge Frau an ihrem Küchentisch an, wartete, welche Argumente sie noch vorbringen würde.

»Und Jacob müsste sich nicht zwischen Ihnen beiden entscheiden. Morgen ist das große Kürbisfest im Ort. Fabian würde sich sehr freuen, wenn Jacob und Sie dabei wären! Ich bin mir sicher! Und nachher könnten Sie in Ruhe miteinander reden.« Laura hatte sich mit ihrem Plan wirklich Mühe gegeben, das Kürbisfest gab einen guten Rahmen ab für etwas unverbindlichere, aber dennoch vertraute Gespräche. Da Frau Burgler weiterhin weder Zustimmung noch Ablehnung signalisierte, hielt sie auch mit ihrem letzten, den für Fabian und sie eigentlich wichtigsten Vorschlag nicht länger hinter dem Berg: »Und überlegen Sie sich das doch noch einmal mit Ihrem Antrag!«

»Und das Jugendamt?« Frau Burgler schien alldem nicht abgeneigt zu sein. Sich rund um die Uhr um Jacob kümmern zu müssen bedeutete auch eine große Anstrengung, der sie sich nicht immer gewachsen fühlte.

»Darum kümmere ich mich«, versicherte Laura bereitwillig, »wenn Sie denn wollen!«

19

Zur Feier des Tages hatte sich Herbert, dessen Engagement in der Küche sonst ziemlich überschaubar war, eine Überraschung ausgedacht: Er stand lange vor seiner Frau auf und zauberte ein wunderbares Frühstück. Es war ihm sogar gelungen, am Vorabend im Garten heimlich einen kleinen Herbstblumenstrauß zu schneiden, den er über Nacht in einer schlecht einsehbaren Ecke der Terrasse deponierte. Weder fehlte es an einem Frühstücksei noch an passenden Servietten, die er sogar liebevoll zu Schwänen gefaltet hatte. Alle glänzenden Metallteile hatte er extra mit einem weichen Tuch nachpoliert, damit Lotte nichts auszusetzen fand.

Der Duft nach frisch aufgebrühtem Kaffee und warmen Semmeln zog durchs Haus, während Lottes und Lauras Wecker fast gleichzeitig läuteten. Sie mussten pünktlich im Ort sein, um die Vorbereitungen für das Fest zu überwachen und mitzuarbeiten, wo immer eine helfende Hand fehlte. Als die beiden sich auf der Treppe begegneten, sahen sie einander ungläubig an.

»Hat Papa alleine …?«, begann Laura.

»… Frühstück gemacht?«, ergänzte Lotte.

»Oder doch nur Kaffee gekocht?«, spöttelte Laura.

»Selbst das wäre bereits ein kleines Wunder!«, gab Lotte schlagfertig zurück.

Sie machten beide große Augen, als sie den gedeckten Tisch sahen. Liebevoll dekorierter Schinken und Salami, die Marmeladen in kleine Schalen gefüllt, die Butter in Röllchen gerollt, wie man es sonst nur von Hotelbüfetts gewohnt war.

»Herbert, du hast dich selbst übertroffen!« Lotte nahm ihren geliebten Mann in den Arm, der stolz mit einer Schürze um den Hals am Herd stand, um die Milch noch etwas anzuwärmen.

»Papa!«, rief Laura anerkennend aus.

Das Lob seiner Frauen ließ Herbert fast ein wenig erröten. »Ich dachte, die Schirmherrin des Kürbisfestes sollte zur Feier des Tages auch zu Hause gewürdigt werden.«

»Ich bin nicht sicher, ob ich jetzt wirklich etwas zu mir nehmen kann. Ich bin so nervös«, gab Lotte zu bedenken.

»Das kannst du Papa nicht antun«, widersprach Laura, »setz dich erst mal hin, ich bin ja jetzt da und werde dir helfen. Bevor wir zum Marktplatz aufbrechen, wird anständig gegessen. Wer weiß, wann wir heute wieder Zeit dazu finden!«

»Ich kann dir auch gar nicht sagen, wie froh ich bin, dass du doch da bist!« Lotte zog Laura zu sich und drückte sie an die Brust.

Als Mutter und Tochter am Hauptplatz ankamen, hatte sich dort schon ein reges Treiben entfaltet. Überall wurden Stände aufgebaut, Häuser mit Blumen, Ranken oder Kürbissen geschmückt, Fahnen aufgezogen oder sicherheitshalber noch einmal die Straße gekehrt. Der nahezu wolkenlos blaue Himmel und die klare Herbstluft taten ein Übriges, um den liebevoll herausgeputzten Ort ins beste Licht zu rücken.

»Oh, da sind die Blumen!«, Lotte deutete auf den kleinen Lastwagen der Gärtnerei, dessen gesamte Ladefläche ein farbenfrohes Blütenmeer bildete. »Die müssen auf die Bühne. Könntest du das bitte übernehmen?«

»Ja, gerne!« Laura wandte sich gleich dem Fahrer zu, der abwartend im Führerhaus gesessen hatte: »Können Sie mir bitte beim Abladen helfen?«

Sie trugen die weißen, gelben, orange- und lilafarbenen Chrysanthemenbüsche zum Podium, auf dem nachher die Kernölverkostung stattfinden sollte. Lotte war dort schon zugange und überwachte das Aufhängen der schmückenden Kürbisgirlanden und des großen Transparents. Kurz darauf kam Herbert mit seinem Wagen mitten auf den Platz gefahren. Er hatte den Kofferraum und alle Sitze vollgestellt mit Kuchenblechen, Tabletts und Platten, auf denen bis zum Rand selbst gebackener Kuchen und Gebäck aufgeschichtet waren. Während er vorsichtig auslud, richtete Lotte wieder schön zurecht, was beim Transport durcheinandergerutscht war, ergänzte verlaufenen Puderzucker oder zupfte die weißen Spitzenpapiere in Form, die sie überall untergelegt hatte. Zufrieden schaute sie auf ihr Werk, als Herbert vorbeikam, ein Stück Linzer Torte stibitzte und es lustvoll in den Mund steckte. Lotte klopfte ihm liebevoll auf die Finger, aber eigentlich waren sich beide einig, dass er sich das Naschen verdient hatte. Schließlich hatte er seit Tagen zusehen müssen, wie seine Frau einen Kuchen nach dem anderen gebacken hatte, der nicht für ihn gedacht war.

Nachdem das Holzpodium ausreichend mit Blumen bestückt war, begann Laura zu helfen, die überdachten Holzstände zu schmücken, an denen die Bauern oder andere Hersteller regionaler Produkte später ihre Erzeugnisse feilbieten würden. Sie umwickelte die rohen Holzlatten mit grünem Kreppband und befestigte in Abständen kleine Sträuße aus Schleierkraut und roten Beeren vom Gemeinen Schneeball daran. Währenddessen schob Fabian eine Sackkarre voller Leckereien vorbei, zu seinem bereits fertig hergerichteten Stand. Er hatte sich schon auf dem ganzen Weg über den Marktplatz nach Laura umgesehen. Aber nachdem Laura ihn endlich entdeckte, verzog er beim Blickkontakt keine Miene, so als wären sie einander völlig fremd geworden. Dieses Verhalten versetzte Laura einen Stich ins Herz. Unter diesen Umständen hielt auch sie ihre Emotionen zurück, schaute nur immer wieder heimlich, was Fabian gerade so machte. Ganz alleine hängte er eine Girlande aus den unterschiedlichsten kleinen Zierkürbissen auf, deckte weiße Tücher über den Tisch und drapierte dann liebevoll rotes Weinlaub darauf. Anschließend platzierte er dekorativ ein großes Käserad, dazu mehrere kleine Käsestücke aus Schafs- und Ziegenmilch und einige Flaschen des neuen Kernöls.

Herbert wanderte mittlerweile an den bereits fertigen Ständen entlang und ließ sich als Ehemann der perfekt organisierenden Schirmherrin feiern, wobei er zwangsläufig auch bei dem Schnapsbrenner vorbeikam, bei dem er seit Jahren die ausgefallensten Wildfruchtbrände orderte.

»Herr Reichenbach, ich hätte heute wieder ein paar wunderbare Tropfen zur Verkostung. Wie steht's?« Das charmante Auftreten des Schnapsbrenners hätte auch manchen überzeugten Abstinenzler dazu gebracht, ein Stamperl Kornelkirschengeist zu probieren.

»Ihre Brände gehören immer zu den besten Tropfen, die ich für meine Gäste im Haus habe«, schwärmte Herbert.

»Dann heute nur für Sie, ein ganz besonderer Tropfen!« Der leutselige Schnapsbrenner füllte eines seiner Probiergläser halbhoch mit wunderbar duftendem Schnaps.

Herbert nahm ihn freudig entgegen. »Danke!«, sagte er, bis ihm einfiel, dass er heute noch eine verantwortungsvolle Aufgabe hatte. »Obwohl, als Justitiar der Kernöl-Verkostung sollte ich wohl einen klaren Kopf behalten.«

Der Schnapsbrenner, der sich nach kurzer Überlegung doch auch selbst bedacht hatte, stieß mit ihm an und grinste über beide Ohren. »Einer ist keiner!«

»Außerdem trägt meine Frau heute die Verantwortung«, ließ Herbert sich gerne zu dem feinen Tropfen überreden.

Auf der anderen Seite des Podiums stand Isabell in einer Gruppe von künstlerisch bewanderten Menschen, die mit Schnitzmessern Kürbisse verzierten, indem sie wie beim Holzschnitt Teile der Schale entfernten und andere erhaben stehen ließen, wodurch zauberhafte Ornamente entstanden. Leider waren die dabei entstehenden Kunstwerke sehr vergänglich, sodass es keinen Sinn hatte, sie zum Verkauf feilzubieten. Die engagierten Schnitzer baten jedoch jeden, dem sie mit ihrem Geschick eine Freude bereitet hatten, um eine Spende für Kinder in Not.

Zufrieden betrachtete Fabian sein Arrangement, dann nahm er eine Flasche seines Öls und marschierte damit vor das Podium, wo die Kandidaten für die Verkostung ihre Proben abgaben. Das Kürbiskernöl wurde in eine neutrale, nur mit einer Nummer versehene Karaffe umgefüllt, die Originalflasche so zu den anderen gestellt, dass man die dort ebenfalls aufgebrachte Ziffer nicht mehr lesen konnte.

Die meisten Anwesenden und Ankömmlinge hatten zu diesem volkstümlichen Fest ihre Tracht aus dem Schrank geholt. Fabian, der sich sonst immer mit Jeans und kariertem Hemd kleidete, trug ein blitzsauberes weißes Hemd und eine aufwendig verarbeitete hirschlederne Bundhose. Und zu einem der feschesten Mädel des Ortes hatte sich Isabell herausgeputzt, mit einem grün-grauen Dirndl und einer weit ausgeschnittenen Bluse, die mehr zeigte, als sie verhüllte. Es waren meist Städter wie Laura, die durch ihre zeitgemäße Alltagskleidung auffielen. Selbst Frau Burgler hatte Jacob in ein traditionelles Gewand gesteckt, das nicht nur ihr Sohn, sondern auch schon ihr Mann als Kind getragen hatte. Die beiden waren gerade mit dem vollbesetzten Bus aus Graz angekommen und erblickten Laura als erste Bekannte, der sie herzlich zuwinkten. Glücklich darüber, dass Frau Burgler sich ein Herz gefasst hatte und mit Jacob gekommen war, deutete sie den beiden die Richtung zu Fabians Stand.

Während die letzten Arbeiten noch im Gange waren, wurden bereits die ersten Geschäfte gemacht. Da Fabian als Bio-Bauer nicht mehr ganz unbekannt war, fand auch sein Öl Interesse. Fast jeder, der ein Stück Käse oder einige Tropfen Öl mit einem Stückchen Weißbrot probierte, kaufte etwas ein. Aber auch die Stände der anderen Anbieter waren stark umlagert.

Als Jacob Fabian endlich unter all den fremden Leuten entdeckt hatte, riss er sich von der Hand seiner Großmutter los, rannte freudig auf ihn zu und rief: »Fabian!«

»Jacob!« Mit weit offenen Armen kam Fabian ihm entgegen und hob ihn zur Begrüßung hoch.

Laura, die zwischen riesigen knallgelben Sonnenblumensträußen das Gebäck ihrer Mutter verkaufte, ging das Herz auf, als sie die beiden so glücklich sah, und auch Frau Burgler ließ sich von der Begeisterung der beiden anstecken.

»Frau Burgler, das freut mich aber«, begrüßte Fabian, der Jacob noch immer im Arm trug, sie mit seinem gewinnendsten Lächeln.

»Wir sind hier, weil der Bub andere Kinder braucht, neue Freunde, den Hof, seinen Hasen und eine richtige Familie. Nicht eine alte traurige Frau«, bekannte Frau Burgler und erklärte damit, warum sie mit dem Jungen heute gekommen war.

»Aber Oma!« Als Jacob ihr so zuhörte, musste er ihr widersprechen. Sein Gefühl war nicht, dass er von ihr wegwollte, sein Gefühl zog ihn zu Fabian hin. Dass er sich für einen von beiden entscheiden sollte, quälte ihn.

Frau Burgler ließ sich von den Nöten ihres Enkels nicht

aus der Ruhe bringen, sie verfolgte ihren Plan, den sie sich den Vormittag über zurechtgelegt hatte. »Geben Sie mir gut Acht auf ihn, vielleicht könnt ihr mich ja hin und wieder besuchen!«

»Bleib da, bitte!«, forderte Jacob fast weinend, der seine Oma sehr liebte, auch wenn er bei ihr in Graz nicht richtig glücklich war.

So von ihrem Enkel umworben, fiel auch Frau Burgler der Abschied nicht leicht.

Fabian, der sich in den letzten Tagen schon viele Gedanken gemacht hatte, wie eine gütliche Einigung mit Jacobs Oma aussehen könnte, präsentierte seinen Vorschlag: »Frau Burgler, sollten wir uns nicht gemeinsam um Jacob kümmern? Sie sind genauso seine Familie wie ich. Ich glaube, Jacob braucht uns beide.«

Ein zurückhaltendes Lächeln umspielte Frau Burglers Mundwinkel. »Das hat Ihre Freundin, die Richterin, auch gemeint, als sie mich besucht hat.«

Kurz überlegte Fabian, was er von dieser Nachricht halten sollte. Hatte sich Laura also doch ungebeten in seine Angelegenheiten gemischt? Er schaute zu ihr hinüber. Aber sein kurzfristig aufgeflammter Zorn verflog sofort wieder. Wenn sie in dieser Angelegenheit tätig geworden war, hatte sie es für niemand anderen getan als für ihn. Und Frau Burglers Anwesenheit zeigte deutlich, dass sie ihre Sache nicht besser hätte machen können. Vielleicht sollte er noch einen Schritt weitergehen, als er das bisher beabsichtigt hatte, einen Versuch wäre es zumindest wert: »Frau Burgler, wollen Sie nicht ganz zu uns kommen? Ich meine, zu uns auf den Hof ziehen? Bei uns wohnen?«

»Ja, du wohnst bei uns!«, jubelte Jacob, dem bei diesem Vorschlag ein Stein vom Herzen fiel.

Zweifelnd schaute Frau Burgler von einem zum anderen. »Das wäre schon schön, aber … ja, ich weiß nicht …« Der Gedanke hatte etwas Verlockendes, sie könnte viel Zeit mit Jacob verbringen, trüge aber die Verantwortung nicht alleine. Sie wäre weniger alleine und könnte auf diesem idyllischen Hof wohnen. Andererseits würde ihr Leben sich doch sehr von dem bisher gewohnten unterscheiden.

Dass Jacobs Oma eine solche Entscheidung nicht von einer Minute auf die andere treffen wollte, überraschte Fabian nicht. Er versuchte, ihr eine Brücke zu bauen: »Sie können ja erst einmal für ein paar Tage kommen und sehen, ob es Ihnen überhaupt gefällt.«

»Oma, dann sehen wir uns jeden Tag«, freute sich Jacob, der die Zweifel seiner Oma nicht nachvollziehen konnte.

Die Begeisterung ihres Enkels überzeugte Frau Burgler davon, zumindest diesen Schritt zu machen. Mit leuchtenden Augen akzeptierte sie Fabians Angebot: »Ich könnte es ja einmal versuchen!«

»Super!« Jacob feierte diesen Entschluss vor Freude hüpfend wie bei einem Tor seiner Fußballmannschaft.

»Danke, Frau Burgler!« Für Fabian hatten sich in diesem Moment mehrere Probleme gelöst. Weder brauchte er sich auf einen Rechtsstreit um Jacob einzulassen, noch musste er von einem Tag auf den anderen ein neues Kindermädchen aus dem Hut zaubern.

»Klara!«, festigte Frau Burgler das neue Verhältnis und wirkte gelöst wie lange nicht mehr.

»Fabian«, revanchierte Fabian sich und drückte ihr warm die Hand. Er warf einen Blick über den Platz und stellte fest, dass die Menschen sich um das Podium zu scharen begannen. »Die Verkostung beginnt gleich. Wollen wir?«

Jacob und seine Großmutter zogen los, während Fabian noch stehen blieb, um Ausschau nach Laura zu halten, aber sie hatte ihren Stand bereits verlassen. Er bahnte sich seinen Weg durch die Menge zum Podium. Plötzlich sah er die langen blonden Haare, und als würde sie seinen Blick in ihrem Nacken spüren, drehte Laura sich um und lächelte ihn auffordernd an. Alles um Fabian herum wurde unwichtig, plötzlich sah er nur noch Laura, erwartungsvoll und ihm zugewandt in dem sinnlosen Getümmel um sie herum. Es zog ihn zu ihr wie einen Jagdhund zu seiner Beute.

»Wie soll ich dir jemals danken!«

»Das brauchst du nicht, das war Frau Burglers Entscheidung«, stellte Laura klar. Ihre Hände suchten Fabians und schmiegten sich hinein.

Mit Glockentönen wurde der Beginn der Verkostung angekündigt. Es wurde still auf dem Platz, alle Blicke richteten sich auf das Podium. Lotte eröffnete die Zeremonie mit einer kleinen Ansprache: »Meine Damen und Herren, liebe Gäste! Als Schirmherrin des diesjährigen Kürbisfestes möchte ich Ihnen ganz herzlich danken, dass Sie so zahlreich erschienen sind. Und jetzt möchte ich Ihnen einen der Höhepunkte unseres Festes verkünden: die Erstverkostung des heurigen Kürbiskernöls. Wie immer gibt es einige Bewerber, aber nur einer wird die strengen Gaumen unserer Tester überzeugen.« Lotte drehte sich von ihrem Rednerpult ein Stück nach hinten, wo der vorbereitete Tisch für die Jury vorbereitet war. »Bitte!«

Die fünf Jurorinnen und Juroren nahmen Platz, um Probe für Probe das frische Kernöl nach zahlreichen Gesichtspunkten zu untersuchen. Sie prüften zuerst Farbe und Konsistenz der Flüssigkeit, machten sich Notizen über den Geruch und probierten dann pur oder mit Brot seinen eigentümlichen Geschmack.

Fabian wirkte fast, als sei ihm das Ergebnis der Verkostung nicht besonders wichtig, im Vergleich zu seinem Glück, endlich wieder mit Laura vereint zu sein. Die beiden schmiegten sich so nahe aneinander, wie es unter den Blicken der Öffentlichkeit möglich war, ohne aufzufallen. Jacob und Frau Burgler sprachen sich gegenseitig Mut zu und drückten Fabian fest die Daumen. Die Zeit zog sich, bis die aufgebotenen Öle nach allen Regeln der Kunst verkostet waren. Endlich trat Lotte mit der Karaffe, in der das erkorene Öl sich befand, auf ihren Mann zu, der die Aufgabe hatte, zu der Nummer auf der Glaskanne die passende Originalflasche herauszusuchen. Es war die Nummer drei, Fabians erste Pressung. Der Newcomer hatte gewonnen!

»Nein«, Lotte konnte es nicht glauben, dass ausgerechnet auf ihn die Wahl gefallen war. Sie warf einen Blick in die Runde und stellte fest, dass der Preis sozusagen in der Familie blieb. Ihr Mutterherz schlug höher, als sie Fabian und ihre Tochter so eng beieinander und ständig turtelnd erspähte. Herbert überreichte ihr die vorbereitete Urkundenrolle, und sie erklomm erneut das Rednerpult, um das Ergebnis öffentlich zu machen.

»Ja, meine Damen und Herren, ich freue mich, den diesjährigen Kernölkönig zu ernennen.«

Um Lotte herum wurde es mucksmäuschenstill, nun fieberte auch Fabian sichtbar dem Ergebnis entgegen.

»Es ist …« Sie machte eine kleine Pause, um die Spannung noch zu steigern und dann, so laut, dass niemand es falsch verstehen konnte, endlich den Sieger zu nennen: »Es ist Fabian Lehner vom Trattnerhof!«

Ein Raunen ging durch die Menge, erst klatschten einige, dann alle. Selbst die Gewinner der letzten Jahre, die sich berechtigte Hoffnungen auf einen erneuten Sieg gemacht hatten, schlossen sich fairerweise dem Jubel an. Fabian und Laura fielen einander um den Hals, Jacob führte einen kleinen Freudentanz auf. Nur Isabell geriet nicht in Jubelstimmung. Sie hatte Fabian und Laura die ganze Zeit über beobachtet und erkannt, dass ihre Chancen, Bio-Bäuerin auf dem Trattnerhof zu werden, zweifellos auf null gesunken waren. Wie gerne hätte sie mit Fabian seinen Sieg bejubelt!

Ungern löste Fabian sich von seiner wiedergefundenen Liebe, aber er musste nach vorn, um die Ehrung in Empfang zu nehmen. Während er durch die Gasse ging, die sich gebildet hatte, klopften ihm Bekannte und Unbekannte zum Glückwunsch auf die Schulter oder schüttelten ihm die Hand.

»Ich gratuliere Ihnen ganz, ganz herzlich, Sie haben ein wunderbares Öl gemacht!« Lotte überreichte ihm die Urkunde.

Dann schob sich auch Herbert nach vorn, um Fabian persönlich seine Anerkennung auszusprechen. Er wollte den neuen Gefährten seiner Tochter, dem er früher so skeptisch gegenübergestanden hatte, nicht länger ignorieren. »Ich gratuliere, Herr Lehner!« Er schüttelte ihm herzhaft die Hand. »Vielleicht sieht man sich ja demnächst öfter. Würde mich freuen.«

»Mich auch!« Fabian bedankte sich bei den beiden und wandte sich anschließend dem Publikum zu, das ihn gebührend feiern wollte. Der Applaus schwoll noch einmal an. Fabian verbeugte sich nach allen Seiten und wollte dann schnell wieder hinunter, wo Laura auf ihn und den Kuss des diesjährigen Kernölkönigs wartete.

Aber Fabian, dem der Trubel schon ausreichte, nahm sie nur bei der Hand und zog sie mit sich fort. »Komm mal mit, ich möchte dir was zeigen!«

Ohne lange zu fragen, schloss Laura sich an und folgte ihm. Zurück blieben die Festgäste, die nach dem offiziellen Teil endlich richtig loslegen wollten. Schon während Lotte den Sieger verkündet hatte, begannen hinter ihr flinke Hände, das Podium abzuräumen, damit die Musiker, die schon seit einiger Zeit bereitstanden, endlich ihren angestammten Platz einnehmen konnten. Denn wie bei jedem anständigen Fest sollten auch an diesem Tag Musik und Tanz zu ihrem Recht kommen.

»Und dein Stand?«, wollte Laura wissen, als sie merkte, dass Fabian sie nicht nur kurz beiseitenehmen wollte, sondern dabei war, den Ort zu verlassen, und über die Wiesen hinauf dem Trattnerhof zustrebte.

»Man muss auch mal Prioritäten setzen!«, verkündete Fabian übermütig und schritt weiter aus. Er wirkte wie ein kleiner Junge in seinem Glück. Alle Sorgen, unter denen er die letzten Tage gelitten hatte, waren wie weggewischt: Er hatte den Titel des Kernölkönigs ergattert – und er schien die besten Aussichten zu haben, sich auch noch die dazugehörige Königin zu angeln.

Seine Begeisterung übertrug sich unmittelbar auf Laura, die sich wie frisch verliebt fühlte. Sie kannte den Weg nicht, und manchmal war sie auch nicht sicher, ob Fabian so genau wusste, wie er den Hof querfeldein erreichte, aber es war ihr egal. So unbeschwert mit Fabian über die Wiesen zu laufen, während unten aus dem Ort leiser werdend die schmissige Musik der Kapelle zu hören war und über ihr kleine Schäfchenwolken zogen, war fast wie ein Stück aus dem Paradies. Schneller als vermutet glaubte sie die Rückseite der Nebengebäude des Trattnerhofs oben am Hügel zu erkennen, wäre da nicht diese Pferdekoppel gewesen, die sie noch nie gesehen hatte. Doch dann erkannte sie überrascht, dass die beiden Pferde, die dort friedlich grasten, Lucky und Seramis waren. Sie blieb stehen: »War es das, was du mir zeigen wolltest?« Sie deutete auf das große Stück umzäunter Wiese.

Fabian tat so, als wüsste er nicht, wovon sie sprach.

»Du hast den Pferden eine Koppel gebaut, in den paar

Tagen, die ich nicht hier war!« Laura schaute ihn bewundernd an.

Fabian nickte nur andeutungsweise, aber er strahlte übers ganze Gesicht.

»Wolltest du mir damit sagen, dass ich auf deinem Hof willkommen bin?«, bohrte Laura nach.

»Ich glaube, es fiel mir leichter, den Pferden einen Auslauf zu errichten, als es dir zu sagen«, gestand Fabian.

»Du bist unglaublich!«, bewunderte sie seine Leistung, als sie an der Koppel angekommen waren. Dann lockte sie Lucky her, um ihn zu begrüßen und zu kraulen.

Fabian sah ihr eine Weile dabei zu, dann beschloss er, dass so viel Zärtlichkeit zu viel war für ein Pferd. Er wandte sich Laura eindringlich zu und sagte voller Inbrunst: »Ich liebe dich!«

Seine Angebetete ließ das Pferd los und strahlte zurück. »Das ist gut. Ich dich nämlich auch!« Sie küssten und umarmten einander, als wäre es das erste Mal.

»Ich nehme deine Einladung an! Die gepackten Koffer liegen schon in meinem Auto«, überraschte Laura Fabian. »Wenn ich Glück habe, kann ich schon in zwei Wochen eine Stelle in Graz antreten, und bis dahin nehme ich mir Urlaub. Die Scheidungsunterlagen hat Peter auch schon fertiggestellt. Ich bin frei für dich. Wenn du willst!«

»Dann ist es wohl aus mit der Einsiedelei«, scherzte Fabian, »wenn ihr alle so schnell bei mir einzieht. Meinst du, du kannst wirklich auf dem Bauernhof leben?«

»Ich habe es noch nicht ausprobiert, und ich fürchte, ich

werde nicht sehr viel Zeit haben, dir zur Hand zu gehen. Aber ich weiß, dass es mir hier besser geht als in der hochglanzlackierten Penthousewohnung über den Dächern Wiens. Es war schon in den letzten Jahren so, dass ich meine Freizeit immer draußen verbracht habe. Wieso sollte ich nicht in der Natur wohnen können?«

»Du bist also schon richtig ausgezogen?«, staunte Fabian.

»Ich habe alles aus der Wohnung geholt, was mir gehört«, bestätigte Laura. »Die Kisten stehen bei einer Umzugsfirma und warten auf ein neues Zuhause.«

»Du bist herzlich willkommen!« Fabian drückte sie noch mal fest an sich. »Hast du Lust, ein Stück zu reiten?«

»Ja, das wäre schön«, stimmte Laura zu, »aber kannst du es überhaupt?«

»Es ist lange her, aber ich habe gestern ein wenig mit Seramis geübt. Wenn sie außerhalb der Koppel genauso gutmütig ist, könnte ich es wagen«, gestand Fabian.

Sie sattelten die Pferde und ritten los. Schnell fiel Laura auf, wohin der Ritt über Stock und Stein führen sollte. »Hast du noch mehr für mich vorbereitet?«, rief sie Fabian zu, der ein Stück hinter ihr ritt.

»Wieso sollte ich?«, fragte Fabian ironisch zurück.

»Vielleicht, weil du die tollste Frau der Welt erobern willst?«, flirtete Laura.

»Vielleicht, weil ich will, dass mich die tollste Frau der Welt erobert?«, neckte Fabian.

Sie näherten sich ihrem alten Liebesnest. Schon von weitem hatte Laura gesehen, dass Fabian auch hier einige Vorbereitungen getroffen hatte. Unter allen Fenstern hingen Blumenkästen mit üppig blühenden Geranien.

»Woher wusstest du, dass ich zurückkommen würde?«, fragte sie Fabian kopfschüttelnd.

»Wenn du nicht zurückgekommen wärst, dann hätte ich dich geholt, von überall auf der Welt!«, versicherte Fabian glaubhaft.

Laura nahm seine Hand und drückte sie ganz fest. Sie zweifelte keinen Moment an der Wahrheit seiner Worte. Bei so viel Energie, wie er in die Vorbereitung ihres Wiedersehens gesteckt hatte ... Damit wäre Fabian wohl auch sonst nicht zu bremsen gewesen. Er hatte nicht nur die Blumenkästen arrangiert, sondern den Eingang auch noch mit Blumen geschmückt.

»Aber es ist mir viel lieber, dass du freiwillig gekommen bist«, gestand Fabian, dann hob er sie auf und trug sie über die Schwelle der nur angelehnten Türe in die Hütte hinein, wo er Laura vorsichtig auf ein romantisch hergerichtetes Brautbett legte. Er schaute sie zärtlich an und fragte: »Für immer?«

»Und einen Tag!« Laura kickte mit dem Fuß die Tür zu und zog Fabian leidenschaftlich zu sich herunter.

DIE ROMANE ZU DEN FILMEN IM ERSTEN
Wenn Träume Flügel verleihen ...
Aus der Lilly-Schönauer-Reihe sind bereits erschienen:
Lilly Schönauer
Liebe gut eingefädelt Bd. 1
288 Seiten, broschiert
ISBN 978-3-8025-1773-0
Lilly Schönauer
Umweg ins Glück Bd. 2
288 Seiten, broschiert
ISBN 978-3-8025-1772-3
Lilly Schönauer
Liebe hat Flügel Bd. 3
284 Seiten, broschiert
ISBN 978-3-8025-1756-3
Überall im Handel
oder unter www.vgs.de
*unverbindliche Preisempfehlung
www.vgs.de
EGMONT
Verlagsgesellschaften
vgs